My Hidden Boss

The Billionaire's Secret Love
Band 2

Shine Romance –
Liebesromane von Herzen fürs Herz
von Sandra Cugier 🖤

MY *hidden* BOSS

Florida Kisses

Sandra Cugier

Bibliografische Information der Deutschen Nationalbibliothek: Die Deutsche
Nationalbibliothek verzeichnet diese Publikation in der Deutschen Nationalbibliografie;
detaillierte bibliografische Daten sind im Internet über http://dnb.dnb.de abrufbar.

Die automatisierte Analyse des Werkes, um daraus Informationen insbesondere über
Muster, Trends und Korrelationen gemäß §44b UrhG („Text und Data Mining") zu
gewinnen, ist untersagt.

© 2024 Sandra Cugier

Impressum:
Cover/Design: A. & S. Cugier, Fotos, Vektoren: depositphoto, canva
Romantikromane-sc@posteo.de

Verlag: BoD · Books on Demand GmbH, In de Tarpen 42, 22848 Norderstedt, bod@bod.de

Druck: Libi Plureos GmbH, Friedensallee 273, 22763 Hamburg

ISBN: 978-3-7693-2544-7

Alle Rechte, insbesondere das Recht der Vervielfältigung und Verbreitung sowie der
Übersetzung, vorbehalten. Kein Teil des Werks darf in irgendeiner Form (durch Fotokopie,
Mikrofilm oder ein anderes Verfahren) ohne schriftliche Genehmigung der Autorin
reproduziert werden oder unter Verwendung elektronischer Systeme gespeichert,
verarbeitet, vervielfältigt oder verbreitet werden.

Die Personen und die Handlung der Story sind frei erfunden. Etwaige Ähnlichkeiten mit
tatsächlichen Begebenheiten oder lebenden oder verstorbenen Personen wären rein
zufällig.

Für dich, liebe Leserin,

*die an die Magie der Liebe glaubt,
an starke Gefühle, die Welten verändern,
und an Herzen, die selbst in Stürmen
zueinanderfinden.
Möge diese Geschichte dein Herz berühren und dir
ein Lächeln auf die Lippen zaubern.*

Von Herzen fürs Herz,
eure Sandra 🖤

Zum Buch:

Office Romance trifft tropischen Luxus – mit gefährlichen Geheimnissen und einem besonderen Knistern.

Summer Fields lebt ihren Traum: Sonne auf der Haut, Sand zwischen den Zehen und ein Job, der sie um die Welt führt. Dazu Tyler Smith, der charmante Barkeeper des Golden Beach Resorts, der ihr Herz höherschlagen lässt. Doch ein verhängnisvoller Fund im Paradies stürzt sie in ein Netz aus Intrigen, Drogenmafia und Geheimnissen – und ausgerechnet Tyler birgt eine Wahrheit, die alles zerstören könnte.

Als das Schicksal sie auseinanderreißt, kämpft Summer nicht nur um ihre Zukunft, sondern auch um das Leben, das sie unter ihrem Herzen trägt. Kann ihre Liebe stark genug sein, um die dunklen Geheimnisse zu überwinden?

Für alle, die Romane mit den Tropes Age Gap, He Falls First, Secret Identity und Surprise Pregnancy lieben.

Florida Kisses

Küsse so sinnlich und heiß,
wie die Sonne in Floridas Kreis.
Ein Hauch von Salz, ein Duft von Meer,
die Leidenschaft wächst mit jedem Mal mehr.

Im Schatten der Palmen ein stiller Blick,
die Welt hält den Atem, ein magischer Augenblick.
Mit jedem Flüstern, mit jedem Zug,
wird die Liebe tiefer, wie ein sanfter Flug.

Ein Tropfen von Tropen, ein Kuss wie ein Traum,
zart wie die Wellen, stark wie ein Baum.
Florida Kisses, ein Versprechen der Nacht,
ein Feuer, das der Mond zum Leuchten gebracht.

Im Rauschen der Wellen, im Wind, der verweht,
bleibt nur die Erinnerung, die für immer besteht.
Küsse so sinnlich, so warm wie der Tag,
in Floridas Armen, endlos erscheinen mag.

(Sandra Cugier 2024)

1. Adam

»Mr. Walker?«, werde ich von meiner Assistentin Tessa Williams angesprochen, die eben den Kopf zur Tür hineinsteckt.

»Mh?!«, mache ich nur, ohne vom PC-Bildschirm aufzusehen.

»Ich gehe jetzt in die Mittagspause«, informiert sie mich.

»Mh«, antworte ich uninteressiert.

»Adam!«, ruft sie jetzt aus, »was ist los?«

Ich seufze genervt auf. »Noch bin ich mir nicht sicher, aber ich werde es herausfinden.«

Jetzt kommt Tessa mit neugierigem Gesichtsausdruck näher an meinen Schreibtisch heran. Sie ist Anfang dreißig, groß, blond, mit der Figur eines Topmodels. Wir kennen uns schon lange, noch bevor sie für mich gearbeitet hat.

»Erzähl«, fordert sie mich auf und lehnt sich mit dem Hintern an die Schreibtischkante.

Nachdenklich lehne ich mich zurück und überlege, ob ich meine Beobachtungen mit ihr teilen soll oder lieber mit meinem Cousin, dem Chief Financial Officer. Als CFO muss er auf jeden Fall informiert werden. Aber hätte er es nicht schon bemerken müssen?

»Ach komm schon«, meint sie jetzt und schmollt. »Als deine persönliche Assistentin genießt du meine absolute Verschwiegenheit, egal was los ist.« Sie beugt sich zu mir und sieht mir direkt in die Augen. »Das müsstet du eigentlich wissen.« Der Tonfall bei ihren letzten Worten wird sinnlich, was mir ein Grinsen entlockt.

Meinen Blick gibt sie frei, während sie sich aufrichtet und mir dabei einen kurzen Einblick in ihr ansehnliches Dekolletee gewährt. Ich schmunzle erneut. Wir waren früher während meiner Studienzeit für zwei Jahre ein Paar. Tessa würde nur zu gern an diese Zeit anknüpfen, aber seit ich die Führungsposition im Unternehmen eingenommen habe, steht mir nicht der Sinn nach Beziehungen, nicht einmal Spielereien locken mich. Wenn ich es mir recht überlege, sollte ich das langsam mal ändern. Mein letztes Date ist so lange her, dass ich mich kaum daran erinnere.

»Tessa, du hast recht und ich könnte deine Einschätzung gebrauchen.« Ich bitte sie mit einer Handbewegung neben mich und zeige auf den großen Bildschirm, auf dem vier Arbeitsfenster nebeneinander zu sehen sind. Es sind

Tabellenkalkulationen, Grafiken und Kontobewegungen, die ich abgleiche.

»Mir sind Unregelmäßigkeiten aufgefallen, sieh mal hier«, ich zeige mit dem Mauscursor auf die Stelle, die mir wichtig ist, »und hier drüben. Im ersten Augenblick sieht es vollkommen okay aus, bis ich die Grafik auf dieser Seite dazu vergleiche.«

Tessa beugt sich vor, um sich das genauer anzusehen. »Und das ist nicht in den Buchungen zu erkennen? Warum aber in der Kurve?«, grübelt sie nachdenklich. »Wenn jemand die Zahlen fälscht, wird er doch nicht so doof sein, und es nicht überall richtig eintragen?«

»Sollte man meinen«, grummle ich und grüble weiter.

»Hast du einen Verdacht?«

»Ich bin im Grunde nur zufällig darauf gestoßen«, antworte ich. »Eigentlich habe ich wiederholt negative Bewertungen für das *Golden Beach Resort* gelesen. Sogar im *Luxe Travel Report* wurde darüber berichtet. Daraufhin habe ich Buchungen, Zahlungen und so weiter nachverfolgt, um zu sehen, ob in diesem Resort die Zahlen rückläufig sind.«

»Das ist komisch. Das GBR wurde doch gründlich saniert und auf höchsten Standard gebracht«, wundert Tessa sich und fährt sich nachdenklich durch ihre Frisur.

»Daran liegt es eher nicht. Wir haben mit der Neueröffnung einen neuen Geschäftsführer eingestellt.

Im *Golden Beach Resort* ist auch sonst nur hochqualifiziertes Personal für die Gäste da. Ich muss da noch gründlich recherchieren, bevor es mir möglich ist, den Grund für alles zu benennen.«

»Soll ich helfen? Ich mache sogar Überstunden für dich«, schlägt sie vor und zwinkert mir zu.

Ich wippe in meinem Bürosessel und denke nach. »Ja, mach das. So langsam sehe ich den Wald vor lauter Bäumen nicht mehr.«

»Wie lange sitzt du schon da dran?«

Kurz werfe ich einen Blick auf die Uhr an der Wand. »Ungefähr fünf Stunden.«

»Dann übernehme ich das jetzt, du machst eine kurze Pause und in zwanzig Minuten ist da diese Videokonferenz mit den MDs. Die Präsentationen sind fertig, du musst sie nur aufrufen«, erklärt sie mir.

»Danke Tessa, du bist eine großartige Assistentin.«

»Ach, Adam, ich könnte noch viel mehr für dich sein.« Sie schiebt eine ihrer blonden Haarsträhnen auf den Rücken und sieht mich kokett an.

»Ich weiß, aber wir haben uns nicht umsonst getrennt. Wir passen einfach nicht zusammen.«

»Da bin ich mir nicht so sicher. Um ehrlich zu sein, schwebt mir auch mehr was Lockeres vor. Wir haben uns im Bett immer sehr gut verstanden.« Jetzt lächelt sie verführerisch.

Doch leider komme ich gar nicht in Versuchung, wenngleich die Erinnerung an den Sex mit ihr durchaus verlockend ist.

»Tessa, ich bin dein Boss, du bist meine Assistentin und somit tabu, wie jede andere Angestellte für mich auch.«

»Aber es gibt so nette kleine Arrangements, süße Heimlichkeiten, die dem grauen Alltag einen besonderen Kick geben würden.«

Ohne darauf direkt einzugehen, erhebe ich mich, bringe zuvor jedoch den PC in Standby.

»Tessa, du bist eine wahnsinnig tolle Frau, sexy dazu. Trotzdem werde ich nicht weich werden.«

»Och«, schnurrt sie regelrecht, »hart wärst du mir auch viel lieber.« Verspielt zupft sie an meiner Krawatte. Ihr Gesicht ist meinem sehr nahe und ihr Parfümduft schwebt mir in die Nase. Doch die Zeiten, in denen sie mich damit verrückt machen konnte, sind einfach vorbei.

Als ich sie vor einem Jahr einstellte, habe ich nicht damit gerechnet, bei ihr noch irgendwelche Gefühle auszulösen, schließlich sind wir damals nicht wirklich im Guten auseinandergegangen. Sie ließ sich von meinem ehemaligen besten Kumpel ficken. Damit ist eigentlich alles erklärt. Warum ich sie trotzdem eingestellt habe? Sie ist in ihrem Job wirklich richtig gut. Ich würde sagen, eine bessere Assistentin hätte ich nicht bekommen können. Ihr BWL-Studium kommt ihr sicherlich zugute. Als ich wissen wollte, warum sie es nicht bis zum Bachelor geschafft hatte, zuckte sie nur mit den Schultern. *»Mir war damals meine Freiheit wichtiger als der Abschluss.«*

Jetzt schiebe ich sie von mir. »Lass es, ein für alle Mal.«

»Ach, du bist ein echter Spießer geworden. Aber okay, ich mache mich jetzt an die Arbeit und werde dir über meine Recherchen berichten.«

Mit schwingenden Hüften tänzelt sie regelrecht hinaus. Kopfschüttelnd sehe ich ihr hinterher.

Dann erhebe ich mich und stelle mich ans Fenster, um auf Jacksonville zu sehen, den St. John River sowie die Main Street Bridge. Kurz nach meinem Studium habe ich ein kleines Hotel samt einem noch kleineren Reisebüro mit wenigen Mitarbeitern von Dad übernommen. Mittlerweile nenne ich eine Hotelkette mein Eigen. *Walker Elite Escapes*. Mit zwanzig luxuriösen Hotels und zehn einzigartigen Resorts in den gesamten USA habe ich einige Konkurrenten abgehängt. Wir gehören seit einem Jahr zur *Bennett's Luxe Travel Group*, was ich bisher nicht bereut habe.

Jetzt diese negativen Kritiken und Unregelmäßigkeiten festzustellen, nagt an mir. Ich habe verdammt noch mal keine Ahnung, woher sie kommen, wer sie verursacht hat und warum!?

Nach der Videokonferenz schlüpft Tessa wieder in mein Büro.

»So, Boss«, fängt sie an und setzt sich mir gegenüber. »Ich habe noch nichts Konkretes herausgefunden.« Sie schiebt mir eine Mappe zu, auf der das Firmenlogo *WEE* prangt, darunter mein Name.

»Was ist das?«, frage ich, ohne hineinzusehen.

»Das sind ausgedruckte Mails zwischen dem *Golden Beach Resort* und dem CFO. Lies sie dir durch und entscheide, ob etwas Undurchsichtiges dabei ist.«

»Was meinst du?«

»Unverfänglich – ich werde das Gefühl beim Lesen nicht los, dass da mehr gelaufen ist. Vielleicht ein weiterer Mailverkehr unter einem anderen Account, auf den ich natürlich keinen Zugriff habe.« Sie beugt sich vor. »Für das ganze Zahlenwerk solltest du jemand anderes hinzuziehen. Deinen besten IT'ler vielleicht?«

Ich lehne mich in meinem Sessel zurück, stütze die Ellenbogen auf die Armlehnen, presse die Fingerspitzen zusammen und lege mein Kinn darauf.

»Im Grunde will ich so wenig Menschen wie möglich einweihen. Meinen besten IT-Freak habe ich leider nicht bei mir angestellt, der arbeitet freiberuflich.«

»Umso besser, schleuse ihn unter einem Vorwand hier ein.«

»Mal sehen, ich lese mir erst einmal alle Mails durch, gehe noch einmal an die Tabellen und denke drüber nach.«

»Zwischendurch machst du Feierabend und schläfst 'ne Runde«, wirft Tessa ein und lächelt. »Du arbeitest einfach zu viel. Hast du überhaupt noch ein Privatleben?«

»Mein Unternehmen *ist* mein Privatleben«, antworte ich und grinse.

»Kein Liebesleben?«

»Das werde ich sicherlich nicht mit dir besprechen«, weiche ich aus.

»Also keines. Okay, Adam, ich werde mal Feierabend machen, denn *ich* habe ein Privatleben.« Sie zwinkert.

»Na dann, viel Spaß, bis morgen«, verabschiede ich sie und atme erleichtert aus, als ich wieder allein bin.

Sofort greife ich mir die Mappe mit den Mails und bin kurz darauf derart vertieft, dass ich die Zeit vollkommen vergesse.

2. Adam

Irgendwann, weit nach Mitternacht, habe ich mich auf die Couch im Büro gelegt und bin eingeschlafen, werde nun von Tessa geweckt.

»Guten Morgen, Mr. Walker. Aufstehen!«, ruft sie fröhlich und klopft mir auf den Oberarm.

»Wie spät ist es?«, bringe ich mühsam heraus und lasse meine Augen noch geschlossen.

»Bereits acht Uhr, Boss, es wird Zeit, sich zu duschen und zu rasieren. Hast du einen Ersatzanzug hier?«

»Mh, hab' ich.« Endlich öffne ich meine Augen und sehe sie an. »Erst brauche ich einen doppelten Espresso.«

»Sehr gern, Boss«, flötet sie und grinst.

Gott sei Dank verschwindet sie augenblicklich, sodass ich mich noch einmal seufzend auf den Rücken rolle, recke, ausführlich gähne und liegen bleibe. Leider ist Tessa schnell wieder mit dem Espresso Doppio zurück.

Ich setze mich auf und nehme das Tässchen mit dem Koffeinkick an. Mit zwei Schluck habe ich es hinuntergestürzt und schüttle mich. Der war stark.

»Danke, Tessa, in einer halben Stunde sitze ich an meinem Schreibtisch.«

»Du musst frühstücken, mein Lieber. Soll ich dir etwas besorgen?«

»Keine Ahnung«, brummle ich und erhebe mich schwer vom Sofa.

Sie seufzt laut. »Du warst damals schon ein Grumpy nach dem Aufstehen. Soll's was Gesundes sein?«

»Eier, Bacon und so weiter«, bestelle ich und begebe mich ins angrenzende Badezimmer. Von dort aus gehe ich in einen kleinen Ankleideraum, in dem stets Anzüge, Hemden und Krawatten bereit hängen.

Nach der Dusche und einer gründlichen Rasur fühle ich mich direkt wieder menschlich. Mit ein wenig Haargel bringe ich meine Frisur in Form. Ein paar Minuten später stehe ich im Anzug und blank polierten Budapestern vorm Spiegel.

Tessa meinte, ich solle mein Privatleben nicht vergessen, fällt mir ein. In diesem Augenblick frage ich mich, wer ich eigentlich bin, wenn ich nicht der CEO meines Unternehmens bin. Wo ist der Adam, der früher nur zu gern einen Flirt eingegangen ist und so manchen One-Night-Stand mitgenommen hat?

Um fit zu bleiben, gehe ich regelmäßig joggen und stemme Gewichte. Selbst das mache ich mittlerweile nur noch, damit ich funktioniere. Verdammt, sie hat recht, ich bin ausschließlich der CEO – Adam ist abgetaucht. Allerdings habe ich ihn vor lauter Arbeit gar nicht vermisst.

Es klopft und Tessa steht im Büro.

»Adam?«, ruft sie. »Dein Frühstück!«

»Moment, ich bin gleich da«, antworte ich, zupfe an meinen Hemdmanschetten herum und gehe hinüber.

Auf dem Besprechungstisch steht ein Tablett mit Toast, Bacon, Rührei, einer kleinen Schale geschnittenem Obst, Saft und einer Kanne Kaffee.

»Danke, Tessa, du bist ein Schatz.«

Sie strahlt mich an. »Ich weiß, Boss. Iss jetzt endlich, damit wir loslegen können. Wir müssen die Tabellen mit den dazugehörigen Buchungen weiter überprüfen.«

»Super, dass du das mit mir zusammen machst. Vier Augen sehen einfach mehr als zwei.«

»Genau, ich setze mich jetzt an meinen PC. Ruf mich bitte, wenn du mich brauchst.«

Sie lächelt noch einmal und schließt die Tür hinter sich.

Da mein Magen laut und deutlich Nahrung verlangt, mache ich mich über das Essen her und verputze alles. Erst als ich fertig bin, lehne ich mich seufzend zurück.

Jetzt will ich dringend herausfinden, wo das Problem hinter den falschen Zahlen liegt. Fuck! Irgendwo haben wir ein Leck im System.

Mein Telefon klingelt und ich gehe ran.

»Ja, Tessa?«

»Da ist Mr. Bennett persönlich am Apparat.«

»Was will er?«, wundere ich mich, weil wir bisher nur selten Kontakt hatten.

»Keine Ahnung, du wirst es sicherlich gleich erfahren«, meint sie und stellt durch.

»Mr. Bennett, guten Morgen. Was liegt an?«, begrüße ich ihn freundlich und betont gelassen.

»Mr. Walker, guten Morgen. Mein Anliegen ist ein wenig heikel.«

Sofort spüre ich einen Knoten im Magen. »Worum geht es?«, frage ich trotzdem ruhig.

»Mir ist zu Ohren gekommen, dass im *Golden Beach Resort* auf Dolphin Island in Florida Unregelmäßigkeiten aufgefallen sind.«

Verdammt, denke ich. »Welcher Art?«, frage ich immer noch besonnen und bin überrascht, dass er wahrscheinlich mehr weiß als ich.

»Nun, der Geschäftsführer Nick Foster scheint Kontakte besonderer Art zu haben. Sie haben nichts davon mitbekommen?«

»Seit gestern untersuche ich Unregelmäßigkeiten auf den Konten. Bisher scheinen sie alle mit dem *Golden Beach Resort* zusammenzuhängen«, erzähle ich Mr. Bennett. »Gerade sitze ich noch über den

Zahlen und Mails. Leider ist es mir nicht möglich, schon Näheres zu sagen.«

»Fuck!«, stößt Bennett aus. »Das passt mir momentan gar nicht.«

»Na ja, das passt niemals«, entgegne ich ernst und starre auf eine Mail, ohne sie tatsächlich zu lesen.

»Meine Schwester heiratet in wenigen Tagen«, höre ich ihn brummen.

»Okay, das ist wirklich nicht unbedingt der passende Zeitpunkt.«

»Ich habe da einen Plan, Mr. Walker ...«

Gespannt höre ich ihm zu ...

3. Summer

Gerade teile ich die Zimmermädchen für den heutigen Dienst ein, da klingelt mein Smartphone.

»Moment, bitte, das ist unser Boss«, teile ich den Frauen mit. »Sie können anfangen. Bei Fragen wenden Sie sich an mich.« Das Housekeeping in den mintgrünen Uniformen nickt mir zu und macht sich an die Arbeit. »Mr. Foster«, nehme ich das Telefonat endlich an. »Was kann ich für Sie tun?«

»Bitte kommen Sie in mein Büro«, fordert er mich streng auf.

»Natürlich, Sir«, antworte ich, lege auf und mache mich auf den Weg zu ihm, ein wenig verwundert über seinen barschen Tonfall.

An der Tür zu seinem Office klopfe ich an.

»Ja!«, bellt er unfreundlich.

»Mr. Foster, guten Morgen«, begrüße ich ihn und bleibe wartend an der Tür stehen.

»Kommen Sie rein und setzen Sie sich«, grummelt er.

Da er so schroff geblieben ist, setze ich mich mit kerzengeradem Rücken auf die Sesselkante. Dabei fühle ich mich unwohl, obwohl ich mir keiner Verfehlung bewusst bin. Aber ich habe den Job als Hausdame im *Golden Beach Resort* erst seit vier Wochen, da kann es eventuell passiert sein, dass ich etwas Wichtiges übersehen habe.

»Ms. Fields, von Zimmer 321 kam gestern eine Beschwerde, weil kein Bettzeug für Allergiker bereit gestellt wurde.«

Ich runzle die Stirn. »Doch, Mr. Foster, ich habe das extra in Auftrag gegeben und später kontrolliert.«

»Warum also die Beschwerde?«, murmelt er, ohne mich anzusehen, sondern weiter in irgendwelchen Unterlagen zu wühlen.

»Dem werde ich selbstverständlich auf den Grund gehen, Mr. Foster.«

»Geben Sie dem Gast einen Wellnessgutschein fürs Spa. Gleichgültig, ob seine Beschwerde einen Grund oder er nur einen schlechten Tag hatte.«

»Selbstverständlich, Mr. Foster. Kann ich wieder an meine Arbeit zurück?«

Jetzt sieht er mich an. »Fühlen Sie sich wohl bei uns im *Golden Beach Resort*?«, will er überraschend von mir wissen.

»Ich habe keinen Grund, mich zu beklagen«, antworte ich ausweichend, denn eigentlich weiß ich nicht, ob es mir hier gefällt. Er ist ein ständig schlechtgelaunter Boss, die mir unterstellten Frauen sind nett, die anderen Kollegen hingegen verhalten sich oft merkwürdig. Noch nie hatte ich es so schwer, mich einzuleben, wie hier.

»Nun dann ...«, verabschiedet er mich und wühlt schon wieder in seinen Papieren.

Wortlos stehe ich auf und verlasse sein Büro.

Zunächst suche ich das Zimmer 321 auf und sehe nach, ob wir dort einen Teil der Sonderwünsche eventuell übersehen haben. Es ist perfekt sauber, die veganen Pflegeprodukte stehen bereit, das gewünschte Obst ebenfalls und auch sonst gibt es nichts zu bemängeln. Ich überprüfe das Bettinlett und stelle am Bezug sofort fest, dass wir auch hier nichts übersehen haben. Alles wird gerade sehr genau aufgeräumt und gesäubert. Da möchte ein Gast wohl seine schlechte Laune an uns auslassen, vermute ich.

»Oh, Ms. Fields«, werde ich freundlich vom Housekeeping begrüßt.

»Ms. Brown, gestern wurde vom Gast dieses Zimmers eine Beschwerde an unseren Boss geschickt, weil kein Allergiker-Bettzeug bei ihm bereitgestellt worden ist.«

»Aber Ms. Fields, Sie haben es doch selbst kontrolliert!«, empört Ms. Brown sich.

»Ich weiß, trotzdem musste ich dem nachgehen.«

Sie nickt verständnisvoll.

»Es gibt aber nichts zu bemängeln«, stelle ich fest, »das werde ich an den Concierge weitergeben, damit er dem Gast einen Wellnessgutschein überreicht.«

»Manche Gäste sind wirklich unerträgliche Wichtigtuer«, zischt sie.

»Es tut mir auch leid, Ms. Brown, aber der Gast ist König.«

»Ja, ja …«, murmelt sie und wischt mit einem feuchten Tuch über den Schreibtisch.

Um einmal tief durchzuatmen und für ein paar Augenblicke die wärmende Sonne auf meinem Gesicht zu spüren, mache ich einen kurzen Abstecher zur Außenbar. Während ich vorbei bummle, bemerke ich, dass der Restaurantleiter Richard einen neuen Barkeeper einarbeitet.

»Hey, Summer!«, ruft er mir zu und winkt mich heran.

»Hallo, Richard, du bist ja schon wieder fleißig.« Ich lächle ihn an und werfe einen neugierigen Blick auf den neuen Barkeeper. Groß, dunkelhaarig, sein markantes Kinn betont ein Fünftagebart. Seine braunen Augen betrachten mich recht ungeniert.

»Oh, das ist Tyler Smith, unser Neuer«, stellt er mir vor. »Und das«, er wendet sich an Tyler Smith, »ist Summer Fields, unsere Hausdame.«

»Hey, Summer.« Tyler reicht mir seine Hand zur Begrüßung.

»Hallo, Tyler«, erwidere ich und schlage ein. »Ich wünsche dir viel Spaß.«

»Danke.« Er sieht mich an. »Darf ich dir einen Kaffee anbieten?«

Lächelnd schüttele ich den Kopf. »Nein, wir Angestellten dürfen offiziell erst nach Dienstschluss in Freizeitkleidung an der Bar sowie im Restaurant etwas trinken oder essen.«

»Okay, das sind die Regeln.« Jetzt grinst er. »Wann hast du Feierabend?«

Ich lache und schüttle den Kopf. »Das musst du schon selbst herausfinden.«

»Worauf du dich verlassen kannst«, pariert er mir zuzwinkernd.

Amüsiert kehre ich zurück in mein Büro. Bestellungen für Reinigungsmaterial müssen aufgegeben, Dienstpläne geschrieben und ein Vorstellungsgespräch geführt werden. Über Arbeitsmangel kann ich wirklich nicht klagen, was mir allerdings gefällt. Es gibt doch nichts Schlimmeres als Langeweile im Job.

Während ich die Bestellung aufgebe, fällt mir wieder der Neue ein. Wie heißt er noch? Ach ja, Tyler. Ein ziemlich gutaussehender Typ. Die Ladys werden ihm sicherlich zu Füßen liegen. Wenn er dazu noch ein guter Barkeeper mit einer coolen Performance ist, werden sie reihenweise bei ihm Schlange stehen.

Leider gehen mir sein freches Grinsen und seine ausdrucksstarken braunen Augen nicht mehr aus dem Kopf. So ein kleiner Flirt kann doch nicht schaden. Und wer weiß, eventuell schlendere ich nach Feierabend mal unauffällig an der Bar vorbei.

Länger habe ich jedoch keine Zeit, über Tyler nachzudenken, denn mit panischer Stimme werde ich von einem der Zimmermädchen auf die Vier gerufen. Eilig begebe ich mich zu ihr und sehe, dass ihre Kollegin blass am Boden liegt.

»Was ist passiert?«, frage ich sie, während ich mich neben die Frau hinknie und den Puls am Handgelenk taste. Leider fühle ich ihn nur sehr schwach. »Wie ist es passiert?«

»Sie ist plötzlich einfach umgefallen – vor meinen Augen, einfach so«, bringt sie mühsam heraus.

Ich ziehe mein Handy aus der Rocktasche und rufe einen Rettungswagen. Selbst wenn sie gleich wieder zu sich kommt, muss sie untersucht werden. Aus dem Zimmer neben uns hole ich einen Stuhl, auf den ich ihre Beine hochlege. Kurz darauf bekommt sie endlich rosige Wangen und öffnet die Augen.

»Hey, da sind Sie ja wieder«, begrüße ich sie erleichtert. »Hören Sie mich?«

»Ja«, erwidert sie leise. »Was ist los?«

»Sie sind ohnmächtig geworden, denke ich. Gleich kommt der Rettungswagen und wird Sie mitnehmen.«

»Das muss nicht sein, ich fühle mich schon wieder wohl«, murmelt sie und bemüht sich aufzustehen.

In diesem Moment betreten die Rettungssanitäter den Flur. Nach einem kurzen Gespräch beschließen sie, die junge Frau in der Klinik durchchecken zu lassen. Ohne einen Grund kippt niemand einfach um.

Angeblich hat sie genug gegessen und getrunken, woran es also nicht liegen kann.

Nachdem es wieder ruhig geworden ist, schicke ich die übrigen Mitarbeiterinnen des Housekeepings zurück an ihre Arbeit und kontrolliere die Zimmer samt Suiten, die schon fertig sind. Dafür ziehe ich weiße Baumwollhandschuhe an, wische über die Kanten der Bilderrahmen, Möbelflächen und andere markante Stellen. Zudem wird das Badezimmer gründlich von mir überprüft. Schließlich muss hier alles dem hohen Standard des Fünfsternehotels gerecht werden.

Zufrieden gehe ich durch die Flure und checke auch hier im Vorbeigehen alles ab. Das Housekeeping arbeitet wirklich zuverlässig.

Vorbeikommende Gäste begrüße ich freundlich und wünsche ihnen einen schönen Tag. Ich bin auf dem Weg zur Küche, um dort ein paar Sonderwünsche einiger Gäste weiterzugeben. Im Geiste sehe ich schon unsere Chefköchin Monica mit den Augen rollen. Und so ist es dann auch.

»Oh, Mann, als hätten wir sonst nichts zu tun«, ärgert sie sich und nimmt meinen Zettel mit den Notizen zu den Zimmernummern entgegen. Dann hält sie mir eine kleine Kostprobe vor. »Hier«, fordert sie mich auf, »probiere bitte mal und sag, was du davon hältst.«

Gespannt nehme ich den Dessertteller und den Löffel.

»Zitronenmousse, verfeinert mit ein paar geheimen Zutaten. Das Topping ist weiße Schokolade mit Zitronenabrieb«, erklärt sie mir.

Vorsichtig durchbreche ich mit dem Löffel die feste, aber hauchzarte Schicht weißer Schokolade und tauche in die Zitronencreme ein, was ein feines Knistern erzeugt. »Mh«, mache ich, »das allein schon hat was …« Erwartungsvoll schiebe ich den kleinen Löffel in den Mund und koste von der locker luftigen Zitronenmousse. »Mh!«, stoße ich aus. »Das ist himmlisch!«

»Nicht wahr?!«, freut sich Monica und strahlt.

Bevor ich erneut antworte, koste ich noch einmal davon; auch jetzt habe ich eine regelrechte Geschmacksexplosion an meinem Gaumen.

»Monica, du bist eine Zauberin.«

»Danke, danke!«, ruft sie zufrieden strahlend aus.

»Ehrlich, das ist ein wahrer Gaumenorgasmus, den deine Köstlichkeit auslöst.«

»Wow, ein Orgasmus in der Küche?!«, hören wir eine dunkle Stimme hinter uns.

Sofort drehen wir uns um. Es ist der neue Barkeeper Tyler, der uns angrinst.

Ich lache. »Am Gaumen, bitte keine falschen Schlüsse ziehen.«

»Schade eigentlich«, entgegnet er und grinst erneut.

»Tja, man kann nicht alles haben!« Mit diesen Worten vernasche ich schnell das Zitronenmousse, reiche den Teller an Monica weiter und verabschiede mich. »Bis später!«

4. Adam

»Warte!«, rufe ich Summer hinterher und wende mich dann an die Köchin: »Wir brauchen frische Zitronen für die Bar.«

Summer, die Hausdame dreht sich zu mir um. »Ja?«

Sie ist wunderschön. Ihre schwarzen, langen Haare sind zu einem schlichten Nackenknoten frisiert worden. Strähnen haben sich aus der strengen Frisur herausgemogelt und umspielen ihr Gesicht. Besonders faszinierend sind ihre grünen Augen, die wie zwei Edelsteine funkeln. Ihr Lächeln ist umwerfend und das bordeauxfarbene Kostüm sitzt perfekt an ihrem Körper.

»Du hast vergessen, mir zu sagen, wann dein Feierabend ist«, bemerke ich mit unschuldigem Blick.

Die Chefköchin drückt mir einen Korb mit Zitronen in die Hand. »So, und jetzt raus aus meiner Küche! Flirten könnt ihr woanders.« Sie schiebt mich auf Summer zu. »Husch, husch!« Lachend scheucht sie uns hinaus und schließt die Tür hinter meinem Rücken.

Summer lacht ebenfalls. »Und ich habe dir darauf geantwortet, dass du es selbst herausfinden musst. Vergessen?«

»Nein, aber es war doch einen Versuch wert, es auf die einfache Tour herauszubekommen.«

Wir gehen nebeneinander her.

Summer wirft mir einen neckischen Blick zu. »Du bist hartnäckig, oder?«

Ich grinse. »Nur wenn es um wichtige Informationen geht, wie zum Beispiel deinen Feierabend.«

»Oh, ich sehe schon, du willst mich unbedingt loswerden«, erwidert sie mit gespielter Entrüstung.

»Ganz im Gegenteil«, antworte ich schnell. »Ich finde nur, dass du viel zu interessant bist, um dich einfach so gehen zu lassen.«

Summer hebt amüsiert eine Augenbraue. »Interessant? Das ist ja fast schon ein Kompliment.«

»Nur fast?«, frage ich mit einem Augenzwinkern.

»Nun ja, du hast mich ja noch nicht davon überzeugt, dass du es ernst meinst«, erwidert sie mit einem verschmitzten Lächeln.

»Dann werde ich wohl mehr Überzeugungsarbeit leisten müssen«, entgegne ich mit einem breiten Grinsen.

»Ein anderes Mal, ich muss jetzt weiter. So long …«, verabschiedet sie sich und eilt davon.

Die Frau gefällt mir …

Adam, sie ist deine Angestellte und du ihr Boss – sie ist tabu, erinnert mich meine Vernunftsstimme plötzlich.

Fuck, ja. Aber hier weiß das niemand, rede ich mich mir selbst gegenüber heraus. Ein Flirt, mehr nicht. Von einem Barkeeper erwarten die Frauen regelrecht, dass er mit ihnen flirtet.

Das erinnert mich an meine Studienzeit. In den Semesterferien habe ich gejobbt, wie die meisten meiner Kommilitonen. Ich fand's cool als Barkeeper und habe mich damals richtig reingehängt, um besser zu sein als die anderen, was mir auch gelang. Mit einem Kumpel habe ich hinter der Bar coole Performances hingelegt und die Mädels haben es uns leicht gemacht, indem sie uns nicht nur angehimmelt, sondern uns fleißig Telefonnummern zugeschoben haben. Manchmal sind wir eine regelrechte Challenge angetreten, wer die meisten Nummern am Ende einer langen Nacht, in den Hosentaschen trug. Dabei lernte ich auch Tessa kennen. Lang, lang ist's her …

Ich schlendere zur Außenbar zurück, in der der Kollege arbeitet. Hier draußen bin ich Barista und Barkeeper in einer Person.

Während ich der Lady am Tresen ein Milchschaumherz auf ihren Cappuccino zaubere, gibt mir der Restaurantleiter Richard den Arbeitsplan für die kommenden Tage und hört nicht auf, mir alles Mögliche zu erklären.

Ich nicke. »Alles okay, ich packe das. Es ist nicht mein erster Job, also bleib locker.«

Er hebt eine Augenbraue und grinst. »Du bist ziemlich von dir selbst überzeugt.«

»Nun ja, ich habe halt meine Erfahrungen und bin definitiv kein Greenhorn mehr.« *Und ich bin dein Boss*, denke ich, während ich mit einer gelungenen Drehung galant den Cappuccino vor die Lady schiebe. »Et voilà!«

»Danke.« Sie lächelt mich an und nippt vorsichtig an dem heißen Getränk.

Ich sehe ihr an, dass sie sich gern mit mir unterhalten würde, aber mir ist gerade nicht danach, darum gebe ich mich recht beschäftigt.

Die Vormittagsschicht verläuft unspektakulär, und ich bin erleichtert, als der Feierabend endlich naht. Um zur Personalunterkunft zu gelangen, könnte ich den kürzesten Weg nehmen. Diese Unterkunft ist eine alte Villa, in der das saisonale Personal in einer Art großer Wohngemeinschaft lebt. O Mann! In einer WG habe ich schon ewig nicht mehr gewohnt, und ich kann nicht behaupten, dass ich mich darauf freuen würde. Aber nun, undercover kann ich schließlich nicht einfach in der Präsidentensuite abtauchen.

Um mir einen Eindruck von der Anlage zu verschaffen, schlendere ich die Wege entlang und beobachte die Kellner und Kellnerinnen, die fleißig umhereilen und die Gäste im Außenbereich bedienen. Zwei von ihnen haben den Service bis an den resorteigenen Strand übernommen. Die beiden wissen nach ihrer Schicht definitiv, was sie getan haben, stelle ich anerkennend fest. Wahrscheinlich schmerzen ihnen bereits nach der Hälfte der Arbeitszeit die Füße.

Mein Blick fängt Summer ein, die gerade mit einem Handgriff ihre Haare aus der strengen Frisur befreit. Eine Böe erfasst sie, und ihre Haarpracht weht auf ... Sie ist wirklich wunderschön. Der Anblick elektrisiert mich und lässt mich erstarren. Erst als sie mich bemerkt, kehrt Leben in meinen Körper zurück.

»Hey, Summer«, begrüße ich sie, »es sieht so aus, als hätte ich deinen Feierabend herausgefunden.«

Sie lacht und streicht sich die Haare nach hinten. »Sieht ganz so aus, Tyler.«

»Darf ich dich auf einen Drink einladen?«

»Nein, nicht hier in der Hotelanlage. Die Kollegen würden sofort darüber tuscheln und Wetten abschließen«, wehrt sie ab.

»Okay, dann in einer Stunde am Nachbarsstrand. Ich sorge für den Drink«, schlage ich erneut vor.

»Da kann ich schlecht nein sagen«, antwortet sie lächelnd. »Dann bis später.«

»Bis später, Summer«, verabschiede ich sie und fühle, wie mein Herz vor Freude über ihre Zusage einen Takt schneller schlägt. Ich bemerke, wie sie die Richtung zur Personalvilla einschlägt. »Warte«, fordere ich sie auf. »Das ist auch mein Weg. Du wohnst in der Villa?«

»Ja, leider. Ich arbeite erst seit vier Wochen hier und habe noch keine eigene Wohnung. Die wollte ich mir erst nach der Probezeit suchen.«

»Meinst du, sie feuern dich wieder?«

»Nein, aber vielleicht will ich ja kündigen?«

»Oh«, mache ich überrascht. »Schlechte Arbeitsbedingungen?«

»Bisher nicht, aber ein ewig miesgelaunter Chef, der jeden runterputzt, wo er nur kann. Der Geschäftsführer des *Golden Beach Resort* ist ein echter Mistkerl.«

»Ich wusste gar nicht, dass Mr. Foster so ein Creep ist«, bemerke ich.

»Woher auch, du bist doch gerade erst angefangen.«

»Stimmt«, murmle ich.

»Warum wohnst du in der WG-Villa?«, will sie nun von mir wissen.

»Na ja, ähnlich wie du auch, der Job ist neu, saisonal und da werde ich mich nicht mit einer eigenen Wohnung festlegen.«

»Woher kommst du?« Mit ihren grünen Augen taxiert sie mich von der Seite her.

»Aus Jacksonville«, erwidere ich knapp.

»O wow!«, stößt sie aus. »Ich liebe diese Stadt!«

»Warum bist du hier?«

»Nun ja, aus demselben Grund wie du wahrscheinlich.«

Wir lächeln uns an.

»Wahrscheinlich, von irgendwas muss man ja leben.« Jetzt betrachte ich sie eingehend von der Seite. Diese Frau ist einfach umwerfend attraktiv. »Eine so wunderschöne Frau wie du müsste eigentlich an jedem Finger zehn reiche Verehrer haben«, mutmaße ich und grinse.

Daraufhin zuckt sie mit den Schultern. »Ich kann nicht klagen.«

»Das glaube ich dir sofort«, kontere ich amüsiert.

Mit einem Lächeln und einem spielerischen Funkeln in den Augen pariert sie. »Aber vielleicht bin ich ja wählerisch.«

Diese Vorlage lasse ich mir nicht entgehen. »Oh, das klingt nach einer Herausforderung. Vielleicht sollte ich dann mein Bestes geben, um deine Ansprüche zu erfüllen.«

Summer lacht leise. »Du könntest es versuchen, aber sei gewarnt, ich bin nicht leicht zu beeindrucken.«

»Herausforderungen sind genau mein Ding«, erkläre ich mit einem Augenzwinkern. »Ich bin sicher, dich überraschen zu können.«

Sie hebt eine Augenbraue. »Oh, wirklich? Da bin ich gespannt. Vielleicht sollten wir das herausfinden.«

»Ich freue mich schon darauf.« Ein breites Grinsen stiehlt sich auf meine Lippen. »Vielleicht können wir das ja bei unserem Drink am Strand diskutieren.«

»Das klingt nach einem Plan«, stimmt sie zu. »Bis später, Tyler.«

»Bis später, Summer.« Ich beobachte, wie sie sich mit eleganten, fließenden Bewegungen von mir entfernt, und freue mich auf unsere bevorstehende Unterhaltung.

Um ihr den Vorsprung zu lassen, trödle ich hinterher. Es ist ein komisches Gefühl, mich wieder als Barkeeper zu geben. Alles, was mich sonst ausmacht, habe ich hier abgelegt. Hier bin ich einfach nur der Kerl, der die Cocktails mixt, nicht der CEO, der ein großes Unternehmen führt. An Letzteres habe ich mich gewöhnt, und es bringt viele Vorteile mit sich, als Boss den Ladys gegenüberzutreten. Es vereinnahmt sie oft, ohne dass ich viel dazutun muss. Sie haben eine gewisse Achtung vor mir, und viele von ihnen würden gern in meine Welt eintauchen. Für schnellen Sex und kurze Begegnungen ist das eine goldene Eintrittskarte für alles, was ein Mann bei Frauen begehrt.

Allerdings ist das nichts Tiefergehendes, nichts, was mein Herz erreicht, was mich dazu bringen würde, zu bleiben. Keine Frau hat es bisher geschafft, mein Interesse über einen längeren Zeitraum zu wecken. Wahrscheinlich bin ich zu sehr mit meinem Unternehmen verheiratet.

5. Summer

In der Villa ist es recht ruhig, die meisten Kollegen sind im Dienst oder schlafen sich mal gründlich aus. Ich gehe in die große offene Küche, die den Mittelpunkt der unteren Etage darstellt. Sie ist riesig und gut ausgestattet. Leider sind meine Mitbewohner eher schlampig, es sieht selten einladend ordentlich aus.

Verdammt, ich kann es nicht leiden, wenn's dreckig ist. Hier mag ich nicht mal 'ne Pizza vom Lieferservice essen. Mein Magen knurrt … egal, ich dusche jetzt lieber und freue mich auf das Date mit Tyler. Ist es ein Date? Ja, doch, das ist es. Sein Blick verriet es mir, und ich finde ihn sehr attraktiv. Nicht nur das, er strahlt etwas Besonderes aus, was ich noch nicht definieren kann. Darum bin ich besonders neugierig auf ihn.

Schnell nehme ich die Treppen hinauf zu meinem Zimmer. Gerade als ich die Tür aufschließe, werde ich gerufen.

»Summer!«, höre ich Tyler hinter mir und beobachte, wie er die Treppen hinaufrennt. »Das nenne ich mal Glück«, meint er etwas außer Atem bei mir angekommen.

»Was?«, frage ich und sehe ihn erwartungsvoll an.

Grinsend zeigt er auf die Tür links von meiner. »Hier ist mein Zimmer. Das nenne ich schon mehr als Glück.«

Mein Herz schlägt heftig und ich spüre, wie meine Wangen heiß werden.

»Ach«, sage ich trotzdem gleichmütig, »reiner Zufall, sonst nichts.« Schnell schließe ich auf, um in mein Zimmer zu verschwinden. »Bis später!«

Mit dem Rücken lehne ich mich von innen gegen die Tür und frage mich, warum er mich so durcheinanderbringt.

Zunächst entkleide ich mich, hänge meine Uniform sorgfältig auf den Bügel und dusche ausführlich. Während das Wasser auf mich hinab prasselt, überlege ich, was ich gleich anziehen werde. Was für ein Unsinn, denke ich plötzlich. Er ist nur ein neuer Kollege, mit dem ich am Strand einen Plausch halten werde. Genau! Darum ziehe ich mir eine Flatterbluse und Shorts an, dazu Flip-Flops.

Gerade als ich fertig geworden bin, klopft es an meiner Tür.

»Moment!«, rufe ich.

»Ich bin's, Tyler.«

»Bin gleich soweit!« Schnell prüfe ich mein Spiegelbild. Zunächst greife ich den Sonnenhut, die große Sonnenbrille, werfe ein paar Utensilien für den Strand in eine Basttasche und schultere sie. Dann atme ich tief ein und öffne die Tür.

Da steht er in Shorts und einem lässigen weißen, kurzärmligen Hemd; eine Sonnenbrille auf den Kopf geschoben und sein Lächeln zeigt makellose weiße Zähne. Die dunklen Augen scannen mich von oben bis unten und wieder zurück.

Ich räuspere mich extra laut. »Hallo?«

»Ja?«, gibt er sich unschuldig.

»Checkst du immer so unverhohlen deine Verabredungen ab?«, empöre ich mich halb belustigt, halb ernst.

»Nein, nur wenn sie so umwerfend aussehen wie du und das, Summer, kommt sehr selten vor«, bekennt er und grinst wieder. Alles an ihm strahlt Selbstbewusstsein aus.

»Dann darf ich das also als Kompliment nehmen?«

»Unbedingt«, antwortet er ernst und hält seinen Rucksack in die Höhe. »Hier habe ich ein paar Snacks und Getränke für uns.«

»Ich bin gespannt. Ach, Moment!« Mir fällt ein, dass ich die Yogamatte mitnehmen möchte, und greife sie mir schnell aus einer Ecke in meinem Schrank. Dann endlich bin ich so weit, wir verlassen das Haus und bummeln durch die gleißende Sonne an den Strand. Als ich ein freies Fleckchen anstreben möchte, hält er mich am Handgelenk fest und führt mich wortlos in die andere Richtung. Etwas überrascht sehe ich ihn an. »Entscheidest du immer ohne zu fragen alles?«, will ich von ihm wissen.

»Ähm – ja«, gibt er zu, »meistens.«

»Und was halten deine Freundinnen davon?«

Er lacht ein tiefes, sonores Lachen, was mich wohlig durchrieseln. »Die, die ich hatte, mochten es.«

»Du hattest?«, hake ich nach und gehe neben ihm her, bis er zwei freie Liegen für uns ansteuert.

»Ja, ich bin solo, falls du das wissen wolltest.« Wieder grinst er selbstbewusst.

»Nein, nicht wirklich«, antworte ich, obwohl das natürlich gelogen ist.

Zu gern würde ich wissen, warum der attraktive Kerl keine Freundin hat, zumal er schätzungsweise zehn Jahre älter als ich sein muss. Also ungefähr vierzig. Ich beobachte, wie er die Liegen zurechtrückt, wobei sich die Muskulatur unter dem Hemd abzeichnet. An seinem herrlich trainierten, knackigen Hintern kann ich auch nicht vorbeisehen. Mir entwischt ein Seufzen bei diesem leckeren Anblick! Wann hat sich das letzte Mal ein derart attraktiver Mann um mich bemüht? Nein, falsch – wann hat sich überhaupt ein solcher Mann wie er um mich bemüht?

Tyler dreht sich zu mir. »Alles klar bei dir?«

Verdammt, er hat mich natürlich gehört. »Aber ja, alles ist gut.«

Seinen Blick weiß ich gerade nicht zu deuten. Einerseits checkt er ab, ob es mir wirklich gut geht, und andererseits ... funkelt es in seinen dunklen Augen auf, als würde er wissen, warum mir der Seufzer entwichen ist. Peinlich! Sehr peinlich. Meine Wangen glühen und ich bin froh, mich hinter der großen Sonnenbrille verstecken zu können. Doch leider sehe ich, wie er sich ein Grinsen verkneift, was am dezenten Zucken seiner Mundwinkel zu erkennen ist.

Bisher war ich mit Männern meines Alters zusammen, aber Tyler ist ein paar Jährchen älter, was ich megaanziehend finde. Seine maskuline, selbstbewusste Ausstrahlung, gepaart mit einer gewissen Dominanz, wirkt auf mich mehr, als ich es bisher kennengelernt habe.

»Hey Summer, du träumst mit offenen Augen«, werde ich von ihm angesprochen.

Wie ertappt zucke ich zusammen. »Nein, das sieht nur so aus«, schwindle ich, »ich habe über etwas nachgedacht.«

Er lacht, während er vor mich tritt. »So, so«, raunt er so dicht vor mir stehend, dass ich seine Wärme und sein dezentes, aber herbes Parfüm wahrnehme. »Wenn ich einer Frau so auf den Hintern starre, wie du mir vorhin, dann habe ich ganz eindeutige Gedanken.«

Ich schnappe nach Luft. Trotzdem schaffe ich es, zu lächeln. »Oh, wirklich? Und was für eindeutige

Gedanken könnten das sein, Tyler?«, frage ich herausfordernd.

Er lehnt sich lässig gegen die Liege neben mir und grinst verschmitzt. »Oh, das bleibt wohl mein Geheimnis, Summer. Aber vielleicht wäre es ja aufregend, es herauszufinden.«

Ein Kribbeln macht sich in meinem Bauch breit und es fällt mir schwer, ihn trotzdem zu provozieren. »Vielleicht wäre es das. Aber ich warne dich noch einmal, so leicht bin ich nicht zu beeindrucken.«

Tyler hebt eine Augenbraue und antwortet mit einem Funkeln in den Augen: »Das werden wir ja sehen, oder?«

Die Spannung zwischen uns steigt, und ich kann nicht leugnen, dass ich diese süße Aufregung genieße, die von Tylers provokanter Energie ausgeht.

Ohne auf ihn einzugehen, setze ich mich auf eine der beiden Liegen. Er platziert sich mir gegenüber. Dabei kommen sich unsere Knie so nah, dass wir uns berühren. Wie von einem Stromschlag getroffen, zucke ich zurück.

»O Summer, du bist viel leichter zu beeindrucken als du vorgibst«, raunt er amüsiert und zwinkert mir zu.

Daraufhin öffnet er seinen Rucksack und reicht mir eine kleine Flasche Wasser und ein Döschen Prosecco. Sich selbst genehmigt er eine Dose mit einem Whisky-Mixgetränk zu dem Wasser.

Wir öffnen unsere Getränke und stoßen damit an.

»Cheers, schöne Frau«, sagt er und sieht mir dabei in die Augen.

»Cheers, Tyler«, proste ich ihm ebenfalls zu, wobei es mir schwerfällt, seinem Blick standzuhalten. Er hat etwas Zwingendes, etwas sehr Sinnliches und ich glaube, dass er ziemlich leidenschaftlich sein kann. Also nicht nur im Bett, sondern im Allgemeinen natürlich. O Mann! Dieses Mal schaffe ich es, das Seufzen zu unterdrücken. Keine Ahnung was mit mir los ist. Wir haben kaum miteinander gesprochen und meine Hormone sind wegen seiner Anwesenheit völlig außer Rand und Band, mein Denken nicht ganz auf der Höhe und mein Bikinihöschen ist feucht. Um mein inneres Chaos zu überspielen, trinke ich ziemlich zügig vom Prosecco mit dem Ergebnis, dass ich leider schnell beschwipst bin. Ich hätte zuerst etwas essen sollen.

In diesem Moment kramt Tyler noch etwas aus der Tasche und reicht es mir. »Hier, du solltest eine Kleinigkeit essen.«

Es ist ein mit Tomaten und Mozzarella belegter Bagel.

»Wow, danke, wie hast du den herbeigezaubert?«

»Ich war kurz beim Bäcker, nur wenige hundert Meter von der WG-Villa entfernt«, gibt er Auskunft und beißt in sein belegtes Brötchen.

»Lecker, ich habe schon seit zwei Stunden Hunger, aber in der WG-Küche war es so schmutzig, dass ich dort nichts essen wollte«, erzähle ich.

»Sieht es da immer so aus?«

»Meistens. Auf meinem Zimmer habe ich einen Kühlschrank und ein paar Küchenutensilien, damit ich wenigstens ein kleines Frühstück vor Dienstantritt haben kann.«

»Warum räumt niemand auf?«, will er wissen.

»Keine Ahnung, vielleicht, weil niemand sich zuständig fühlt, jeder irgendwie in seinem Dienstplan drinhängt …«

»Meinst du, es wäre gut, wenn in der Villa wenigstens einmal die Woche eine Putzfrau für Sauberkeit sorgen würde?«

Ich lache. »Sie müsste wenigstens zwei Mal kommen. Aber ich glaube nicht, dass die anderen bereit wären, anteilig dafür Geld auszugeben.«

»Stimmt natürlich«, brummelt er und scheint tief in Gedanken versunken.

»Egal, was hat dich hierher verschlagen? Nur der Job?«

»Wenn ich gewusst hätte, dass ich dich hier kennenlernen werde, wärest du der Grund gewesen«, lügt er charmant.

»Spinner«, antworte ich und lache.

Er hebt spielerisch die Hände in einer unschuldigen Geste. »Kein Scherz, Summer. Du würdest es nicht glauben, aber ich habe extra nachgeschaut, ob du hier arbeitest, bevor ich mich beworben habe.«

Ich rolle mit den Augen. »Du machst wohl gerne Scherze, oder? Was hättest du getan, wenn ich nicht hier gewesen wäre?«

Ein verschmitztes Lächeln legt sich auf sein Gesicht. »Nun, ich hätte wahrscheinlich versucht, den Charme dieses Ortes zu genießen, ohne die süße Ablenkung durch dich.«

Ich unterdrücke ein Lachen. »Du bist wirklich ein Spinner, Tyler. Aber ich mag das.«

Er zwinkert mir zu. »Gut zu wissen, dass du meinen Humor schätzt.«

Wir beide lachen, und die lockere, provokante Stimmung zwischen uns vertieft sich, während wir uns in weiteren Neckereien verlieren.

Der Prosecco hat mir geholfen, die Unsicherheiten ihm gegenüber zu verlieren.

»Wir sollten uns abkühlen gehen«, mein Tyler plötzlich.

»Oh, besser nicht.«

»Warum?«

»Ich habe ein wenig zu viel Prosecco auf nüchternen Magen getrunken«, gebe ich zu, was ihm ein Lächeln entlockt.

»Dann sollten wir aus der Sonne in den Schatten und du trinkst besser das Wasser hier«, schlägt er vor und hält mir seine noch unberührte Flasche Wasser hin.

Ich nehme sie und trinke reichlich davon. »Danke, aber ich möchte jetzt lieber auf mein Zimmer und mich schlafen legen. Ich glaube, das ist besser.«

»Besser für was? Besser, um mir aus dem Weg zu gehen?«

»Ja, das stimmt, Tyler. Immerhin wird es von der Hotelleitung nicht gerne gesehen, wenn das Personal untereinander flirtet«, sage ich entschlossen, stehe auf, schnappe meine Tasche und mache mich auf den Weg.

Doch kurz darauf ist er bereits neben mir.

»Summer, warte«, bittet er. Kaum bleibe ich stehen, umfasst er mit einem festen Griff meine Taille und zieht mich an sich. »Du kannst vielleicht vor dir selbst weglaufen, aber nicht vor mir«, murmelt er.

Seine Lippen sind nur wenige Millimeter von meinen entfernt. Mein Herz rast, meine Sinne schwirren, und mir wird schwindelig.

»Keine Sorge«, raunt er, »ich werde dich nicht küssen.«

»Warum nicht?«, frage ich ein wenig enttäuscht.

»Weil ich dich lieber nüchtern um den Verstand bringen will«, sagt er.

Ein aufgeregtes Zittern durchläuft mich bei seiner Ankündigung.

»Soll das eine Warnung sein?«, flirte ich leicht.

»Keine Warnung, sondern eine verlockende Einladung«, vollendet er meinen Satz mit einem frechen Lächeln. Sein Blick ist intensiv, und mein armes Herz klopft wie verrückt.

»Das klingt interessant«, erwidere ich mit einem verführerischen Augenaufschlag. »Ich bin gespannt, wie du das anstellen willst.«

»Oh, du wirst es schon noch herausfinden«, flüstert er und lässt mich dann los, bevor er sich mit einem letzten Blick umdreht und verschwindet, mir ein prickelndes Gefühl der Aufregung und Erregung zurücklassend. Wow, der Mann weiß, was er tut.

6. Adam

Da dachte Summer, sie würde mich einfach stehen lassen können – weit gefehlt. Ich behalte gern die Oberhand in diesem verführerischen Spiel.

Jetzt habe ich Zeit, die Hotelanlage zu inspizieren. Schließlich bin ich aus diesem Grund hergekommen. Aber durch Summers Anwesenheit werde ich die Undercoverzeit hier sehr genießen. Abgesehen davon, dass der Personalleiter mir die Hölle heiß machen wird, wenn ich mit einer der Angestellten etwas anfange. Das Machtgefälle zwischen Summer und mir ist einfach zu stark, ich sollte weniger heftig mit ihr flirten – eigentlich ...

Während ich umhergehe, beobachte ich die Angestellten. Die Pagen, den Concierge, Kellner und Kellnerinnen, die Zimmermädchen, die eilig umherlaufen. Oberflächlich sieht alles völlig normal aus. Okay, nach den wenigen Stunden, die ich hier bin, kann ich kaum erwarten, gleich hinter das Geheimnis der schlechten Bewertungen und falschen Zahlen zu kommen.

Am Lieferanteneingang werden Getränkekisten geliefert. Das wundert mich, denn die Lieferung für heute habe ich doch in der Früh schon mit Richard angenommen und in den Listen abgehakt. Zu meiner Verwunderung sehe ich Nick Foster, den Geschäftsführer aus dem Keller steigen und die Warenannahme selbst übernehmen.

Ich bleibe im Hintergrund eines Baumes, um mir das anzusehen. Nebenher gebe ich vor, auf meinem Smartphone zu lesen. Im Augenwinkel beobachte ich allerdings die Szene.

Was ich von hier erkenne, ist, dass es sich um Champagner und Hochprozentiges handelt. Ich runzle die Stirn. Vom Schampus haben wir am Morgen schon eine hinreichende Menge erhalten, auch hinsichtlich der anderen alkoholischen Getränke sind wir ausreichend bevorratet. Das hier ist tatsächlich merkwürdig.

Nach einer Viertelstunde fährt der Transporter wieder davon. Ich notiere mir das Kennzeichen für eventuelle Nachforschungen. Der Fahrer war ein schmaler Typ in Jeans und mit Hoodie. Über seinem Basecap trug er die Kapuze und war somit für mich nicht zu erkennen.

Mr. Foster schließt sorgfältig die Tür zum Nebeneingang ab und begibt sich wieder ins Hotelinnere.

Heute Nacht werde ich nachsehen, um mehr zu erfahren.

Mir fällt Summer wieder ein und es zieht mich zurück in die Villa, wo ich sie vermute. Auf dem Weg dorthin denke ich über das Chaos dort nach. Man sollte doch meinen, dass erwachsene Menschen einen gewissen Ordnungssinn entwickelt haben, zumal in einer Gemeinschaft, schon allein aus Rücksichtnahme.

Kurzerhand telefoniere ich mit Tessa und bitte Sie, das für mich zu organisieren.

In der Villa angekommen, sehe ich mich gründlich um. Die Küche ist wirklich das Grauen schlechthin und ich kann mir nicht vorstellen, hier auch nur einen Kaffee zu trinken. Es fühlt sich niemand zuständig, seinen eigenen Kram wegzuräumen. Sogar in meiner Studenten-WG sah es besser aus. Angewidert wende ich mich ab und inspiziere das kleine Gemeinschaftsbadezimmer hier unten. Jeder Bewohner hat trotzdem seine eigene Dusche und Toilette direkt zum Zimmer gehörend. Hier waren früher ebenfalls Hotelgäste untergebracht, deswegen ist es gut ausgestattet, was das betrifft.

Das WC für die Allgemeinheit sieht wie die Küche aus. Es ist einfach unglaublich. Wenn das nach außen dringt, haben wir bald die Gesundheitsbehörde auf dem Hals. Das. Geht. Gar nicht.

Ich bin kurz davor, mich zu enttarnen, um hier meinen großen Auftritt zu haben. Richtiggehend bin ich sogar wütend und muss mich beherrschen, ruhig zu bleiben. *Ich bin nur der Barkeeper.*

Drei Pagen betreten die Villa, werfen ihre Uniformmützen auf den Küchentisch, hängen die Jacketts über einen Stuhl und unterhalten sich dabei. Ein paar derbe Sprüche werden hin und her geworfen, woraufhin sie lachen. Der Größte der drei greift in den Kühlschrank und holt für jeden eine Dose Bier heraus. Unbekümmert setzen sie sich an den Tisch und erzählen sich Erlebnisse mit den Gästen.

Neugierig geselle ich mich zu ihnen.

»Hey, ich bin Tyler«, stelle ich mich vor.

»Hey, ich bin Tom«, antwortet der große Blonde.

»Hallo, ich bin John und du bist der neue Barkeeper«, werde ich vom zweiten Pagen begrüßt. Er ist etwa so groß wie ich, muskelbepackt und ich schätze ihn auf gerade mal zwanzig.

»Stimmt, John«, antworte ich und grinse. »Ich mixe euch ab jetzt die kreativsten Mixgetränke, die ihr je getrunken habt.«

»Ah!«, macht der Dritte im Bunde mit dunkler Haut, strahlend weißen Zähnen und fast schwarzen Augen, »du bist aber von dir selbst überzeugt. Ich bin übrigens Will.« Er reicht mir seine Hand.

»Bekomme ich auch ein Bier? Morgen fülle ich den Kühlschrank dann wieder auf.«

»Klar, Mann«, kommt es fast einstimmig von den Jungs.

Schnell hole ich mir ebenfalls eine Dose und genehmige mir einen großen Schluck davon.

John stupst mich mit dem Ellenbogen an. »Da oben«, er zeigt mit dem Kinn in Richtung Treppen, »da kommt die neue Hausdame.«

Sofort schnellt mein Blick zu Summer. Tatsächlich, sie nimmt gerade eilig die Stufen hinab. Ihre langen, schlanken Beine machen jeden Schritt von ihr zu einem Highlight. Sie ist eine große Frau, schätzungsweise 1,80, was ich äußerst attraktiv finde. Schließlich bin ich selbst knapp zwei Meter groß.

»Sie ist heiß, oder?«, raunt er mir jetzt zu und ich sehe es in seinen Augen begehrlich aufblitzen.

»Das ist sie wirklich, aber bist du nicht zu jung für sie?«, frage ich ihn und grinse herausfordernd.

»Nein, sie ist doch noch keine dreißig«, mutmaßt er. »Außerdem kann ich es ihr so richtig besorgen.«

Jetzt muss ich mich schwer beherrschen, ihm keine zu verpassen. »Sorry, Kleiner, eine Klassefrau wie sie wird sich mit großer Wahrscheinlichkeit nicht mit einem Jüngling zufrieden geben.«

»Aber mit dir?«, will er mit einem provozierenden Blick von mir wissen.

Ich zucke nur mit den Schultern. Ihm werde ich sicherlich nicht auf die Nase binden, dass ich sie mir schon längst ausgesucht habe. »Keine Ahnung«, antworte ich darum nur und gebe mich uninteressiert.

»Komm, Alter«, kann John es nicht lassen, »sie ist megaheiß und jeder hier im Hotel steht auf sie.«

»Das kann ja sein, deswegen werde ich keine Hahnenkämpfe austragen.«

»Hahnenkämpfe?«, höre ich Summer hinter mir, »weswegen?«

Ich wende mich ihr zu und lächle. »Die Jungs würden sich für ein Date mit dir sogar duellieren.«

Da lacht sie hell auf. »Bestimmt nicht, das Mittelalter haben wir längst hinter uns. Trotzdem danke fürs Kompliment.« Sie schenkt uns ein Lächeln in die Runde. »Aber was ganz anderes: Hier in der Küche ist der reinste Saustall. Wo ist der Reinigungsplan? Wo das Putzzeug?«

»Ach komm, Summer, stell dich nicht so an«, mault Tom, »so schlimm ist es doch gar nicht.«

Summer stemmt ihre Hände in die Hüften. »Tom, es ist sogar noch schlimmer. Wenn es im Hotel so aussehen würde, hätten wir die Gesundheitsbehörde auf dem Hals und sie würden den Laden schließen.«

»Das sehe ich genauso«, stimme ich ihr zu. »Als ich heute hier eintraf, dachte ich, ich sehe nicht richtig.«

Summer setzt sich neben mich und sofort nehme ich ihren Duft auf – eine Mischung aus Sonnenöl und ihrem Parfüm.

»Leider bin ich nur die Hausdame fürs Hotel, aber am liebsten würde ich für die WG-Villa auch Pläne schreiben und die Umsetzung täglich kontrollieren. Ich finde es so eklig, dass ich nicht einmal einen Kaffee hier trinken mag.« Sie fährt mit dem Zeigefinger der linken Hand über den Tisch. »Sogar der klebt und ist ewig nicht gewischt worden.

Wirklich Jungs«, stößt sie aus, »echte Kerle sind sich nicht zu fein, auch einmal selbst aufzuräumen und sauberzumachen. Eure Moms werden das hier in der WG nicht für euch übernehmen.« Summer erhebt sich und sieht sich um. »Wenn das nicht bis heute Abend beseitigt ist, werde ich es dem Geschäftsführer melden.«

Erstaunt sehe ich zu ihr hoch. Damit habe ich jetzt nicht gerechnet. Sie ist taff.

»Nicht dein Ernst!«, ruft Will aus und macht große Augen.

»O doch!« Mit strengem Gesichtsausdruck nickt sie bestätigend. »Seit vier Wochen bin ich hier und habe seit dieser Zeit nicht einmal die Küche benutzt, weil sie so dreckig ist. Ich lagere deswegen nichts im Kühlschrank. Also, Männer, ihr habt noch ein paar Stunden Zeit, um die anderen, die hier im Feierabend herumgammeln, einzusammeln und zum Großputz zu bewegen. Das Klo ist auch dran, nur mal so nebenbei bemerkt.« Jetzt sieht sie mich an. »Wie wäre es, wenn wir uns in der Zeit verdrücken?«

Sofort erhebe ich mich. »Klar, ich bin dabei.«

»Summer!«, ruft uns John hinterher, als wir hinausgehen. »Das meinst du nicht im Ernst, oder?«

Amüsiert sehe ich seinen theatralisch leidenden Gesichtsausdruck.

»Jungs, ihr wollt 'ne heiße Braut aufreißen und stellt euch an wie Memmen, wenn's ums Saubermachen geht. Werdet endlich erwachsen.«

Den Kopf schüttelnd lege ich eine Hand auf Summers unteren Rücken und führe sie hinaus auf die Veranda. Dort dreht sie sich zu mir herum.

»Und? Was machen wir jetzt?«

»Wir besuchen außerhalb des Resorts ein Strandlokal und ich lade dich zum Essen ein«, schlage ich vor.

Zu meiner Freude stimmt sie zu. »Ich war sogar schon einmal in einem der Restaurants, was mir sehr gefiel.«

»Ja, dann mal los, ich folge dir und bin gespannt.«

Wenige Minuten später zeigt sie auf ein Strandrestaurant namens *Del Sol*.

Nun ja, sehr einfallsreich waren sie bei der Namensgebung nicht, denke ich ein wenig sarkastisch und hoffe, dass das Essen dort besser ist, als es der Name verspricht. Summer geht direkt zur Terrasse und wählt einen Tisch unmittelbar am Strand. Nachdem wir Platz genommen haben, bringt man uns die Speisekarte und spannt einen Sonnenschirm über uns auf. Ich schaue mich um und finde das Ambiente bestenfalls mittelmäßig.

»Du siehst nicht aus, als würde es dir hier gefallen, Tyler«, stellt Summer fest.

»Ach, es geht eigentlich. Es ist ein gutes Gefühl, unter dem Tisch die Füße im weichen Sand zu vergraben«, antworte ich ausweichend.

»Als Barkeeper hast du wohl nur im gehobenen Bereich gearbeitet?« Neugierig beugt sie sich vor und blickt mir tief in die Augen, wobei sie mir unbewusst einen kurzen Einblick in ihr aufregendes Dekolleté gewährt. Ihre grünen Augen fesseln mich. Es ist nicht nur die seltene Farbe, die mich fasziniert, sondern auch die besondere Tiefe in ihrem Ausdruck, die ich unbedingt ergründen möchte.

»Stimmt«, gebe ich zu und beuge mich ebenfalls vor. »Aber wenn ich mit einer so attraktiven Frau an einem Tisch sitze, wie du es bist, ist mir das Ambiente beinahe gleichgültig«, zeige ich mich von meiner charmanten Seite.

Sie lacht. »Schmeichler.«

Amüsiert lehne ich mich zurück und studiere die Menükarte, bis ich finde, was ich essen möchte. »Hast du dich schon entschieden?« Ich bemerke, dass sie noch unentschlossen ist. *Typisch Frau*, denke ich schmunzelnd.

Eine Servicekraft kommt an den Tisch, um die Bestellungen aufzunehmen. Summer entscheidet sich für einen Salat mit Gambas und Weißbrot.

»Darf ich einen Wein für uns beide bestellen?«

Summer nickt.

Entschlossen ordere ich den gleichen Salat für mich und dazu einen leichten Weißwein.

Wir müssen nicht lange warten, bis uns das Essen serviert wird, begleitet von Weißbrot und Wein.

»Das ist ein Pinot Grigio, ein leichter, frischer Wein, der oft Aromen von grünen Äpfeln, Birnen und

Zitrusfrüchten aufweist«, erkläre ich, was sie zum Lächeln bringt.

»Auf Äpfel und Birnen in einem Wein wäre ich nie gekommen«, entgegnet sie. »Du bist auch ein Sommelier?«

Ich schenke uns den Pinot Grigio ein. »Nur ein Sommelier aus Liebe zum Wein«, antworte ich und zwinkere ihr zu.

Wir greifen unsere Gläser am Stiel und stoßen an.

»Chin Chin.« Vorsichtig probiert Summer und versucht, die beschriebenen Aromen herauszuschmecken, wie ich an ihrem konzentrierten Gesichtsausdruck erkenne.

»Und?«, will ich wissen, neugierig auf ihre Meinung.

»Mh«, macht sie und nimmt noch einen Schluck. »Also, insgesamt schmeckt er mir. Er ist frisch und fruchtig. Auf Apfel wäre ich sogar auch gekommen, und im Abgang schmecke ich ein wenig Birne. Zitrone … nein, die erkenne ich nicht. Aber er ist herrlich leicht und passt wunderbar zu den Gambas.«

Wir genießen unsere Mahlzeit zunächst schweigend und ich gestehe mir ein, dass sie meine, zugegebenermaßen voreingenommenen Erwartungen übertrifft. Sie ist vorzüglich und perfekt angerichtet; die Gambas sind in Knoblauchöl gebraten, ohne zu stark gewürzt zu sein … Das Weißbrot ist hausgemacht, der Knoblauchdip lässt keine Wünsche offen.

»Nun?«, erkundigt sich Summer, »schmeckt es dem Herrn?«

»Ausgezeichnet. Ich hätte dem Ambiente hier eine so gute Küche nicht zugetraut«, gestehe ich überrascht, aber höchst zufrieden. »Danke für diesen unerwarteten Ausflug hierher.«

»Sehr gern, zumal du mich eingeladen hast.«

An einem benachbarten Tisch nehmen weitere Gäste Platz, deren Anwesenheit ich kurz bemerke, bevor ich meine Aufmerksamkeit erneut Summer zuwende.

»Sag mal, wie bist du zu deinem strahlend sonnigen Namen gekommen?«

Summer, sichtlich amüsiert von meiner Frage, lehnt sich entspannt zurück und lässt ihre Finger durch eine Strähne ihres dunklen Haares gleiten. »Meine Eltern waren überglücklich, nach vielen Jahren der Kinderlosigkeit endlich ein gesundes kleines Mädchen in den Armen halten zu können. Meine Mom sagte oft zu mir, dass ich die Sonne in ihrem Leben wäre.«

»Das hört sich nach einer liebevollen Kindheit an«, stelle ich fest. »Darum bist du auch so angenehm selbstbewusst.«

»Ach, findest du?« Überrascht greift sie nach dem Wein und nippt erneut davon.

»Absolut, das ist mir gleich aufgefallen.«

»In meinem Job muss ich das auch sein, sonst würde ich beim Personal gnadenlos untergehen und bei unserem griesgrämigen Geschäftsführer ebenfalls«, erklärt sie mit einem bezaubernden Lächeln.

»Du hast echte Führungsqualitäten, das gefällt mir«, sage ich, nicht ohne ihr dabei in die Augen zu sehen.

»Hey, du machst mich nervös, wenn du mich so ansiehst, Tyler.« Erneut streicht sie durch ihre Haare.

»Keine Sorge, ich wollte dich nicht aus der Fassung bringen«, entgegne ich lächelnd mit einem Augenzwinkern. »Ich bin einfach fasziniert davon, wie du dich durchsetzt. Es ist beeindruckend, besonders in schwierigen Situationen.«

Summer lacht, eine Spur Verspieltheit blitzt in ihren Augen auf. »Herausforderungen sind mein tägliches Brot. Aber weißt du, was das Beste ist? Es fühlt sich großartig an, wenn alles zusammenkommt. Und ich glaube, ein bisschen Sonnenschein zu verbreiten, hat noch niemandem geschadet.«

»Stimmt absolut, dein Optimismus ist ansteckend«, erwidere ich, lehne mich ein wenig näher. »Ich bin mir sicher, dass du nicht nur bei der Arbeit strahlst.«

»Du denkst also, ich bin überall ein Sonnenschein?« Sie hat ein schelmisches Grinsen auf den Lippen, während sie einen weiteren Schluck Wein nimmt.

»Definitiv. Und ich frage mich, wie es wohl ist, mit dir die Welt zu erkunden. Reisen mit jemandem, der so eine lebensbejahende Energie hat, muss eine echte Bereicherung sein«, sage ich und spiele mit dem

Gedanken, die Unterhaltung in eine noch persönlichere Richtung zu lenken.

»Vielleicht findest du es ja eines Tages heraus«, kontert Summer. »Aber nur, wenn du versprichst, dass du bei unseren Abenteuern mithalten kannst.«

»Das verspreche ich gern«, entgegne ich, positiv überrascht von der Möglichkeit, die sich mir bietet. »Aber zuerst, wie wär's mit einem weiteren Glas Wein? Auf das Kennenlernen neuer Seiten an uns selbst und auf unerwartete Abenteuer.«

»Ein Toast darauf«, stimmt Summer zu, hebt ihr Glas. »Auf unerwartete Abenteuer und auf das Kennenlernen der sonnigen und vielleicht auch der stürmischen Seiten des Lebens.«

Unsere Blicke treffen sich, und in diesem Moment fühlt es sich an, als würde sich eine neue Tür öffnen. Eine Tür, von der ich noch keine Ahnung habe, wohin sie führt, was mich dahinter erwartet. Aber in meinem Magen breitet sich ein kribbeliges Gefühl aus und es hat definitiv mit der attraktiven Hausdame des *Golden Beach Resorts* zu tun.

Ich hebe mein Glas ebenfalls an. »Auf ein Abenteuer mit dir, Summer, denn ich bin gespannt auf deine sonnigen und stürmischen Seiten.«

7. Summer

»Tyler!«, rufe ich aus und lache. »Bist du immer so direkt?«

»Nur wenn ich es so direkt meine«, antwortet er und fährt sich über sein Kinn. »Und eine so bezaubernde Kollegin, wie du es bist, will ich auf jeden Fall näher kennenlernen.«

»Wenn ich mich näher kennenlernen lasse«, entgegne ich schmunzelnd.

»Da du mir schon gemeinsame Abenteuer in Aussicht gestellt hast, gehe ich einfach mal davon aus«, pariert er selbstbewusst.

»Du bist ein klein wenig von dir eingenommen, oder?«, frage ich und beuge mich vor, um ihm einen Einblick in mein Dekolleté zu gewähren, was er auch sofort wahrnimmt.

Er hebt eine Augenbraue und sieht mir dann in die Augen, bevor er antwortet: »Nein, das bin ich nicht.«

Mein Magenwummern verstärkt sich bei seinem Blick, mein Puls beschleunigt sich. Er ist heiß und ich will mich nur zu gern an ihm verbrennen.

»Ganz und gar nicht«, fährt Tyler fort, ein spielerisches Funkeln in seinen Augen. »Ich bin einfach nur eingenommen von der Idee, jemanden wie dich zu treffen. Es passiert nicht jeden Tag, dass ich einer Frau begegne, die mich so inspiriert.«

»Ah, inspiriert also?«, erwidere ich, lehne mich zurück und verschränke die Arme vor mir, um seine Reaktion zu beobachten. »Und wie genau mache ich das? Durch meine überwältigende Ausstrahlung oder meine beispiellose Fähigkeit, dich nervös zu machen?«, frage ich mutiger, als ich mich gerade fühle, denn er ist nicht einfach nur irgendein Mann, er ist einer mit besonderer Ausstrahlung … Er hat etwas Zwingendes und Dominantes an sich. Anders kann ich es nicht erklären. Aber ich fühle mich sehr zu ihm hingezogen.

»Beides«, gibt Tyler zu, sein Lächeln wird breiter. »Deine Ausstrahlung ist definitiv überwältigend, und was das Nervös-Machen angeht … nun, sagen wir einfach, du hältst mich auf Trab. Aber auf die bestmögliche Art und Weise.«

Ich kann nicht anders, als zu lachen. »Auf Trab halten, hm? Das klingt nach einer Challenge, die ich gerne annehme.« Mich erneut vorbeugend fahre ich fort, »Und das, obwohl wir uns heute erst kennengelernt haben!«

»Zeit spielt manchmal keine Rolle«, findet Tyler und beugt sich ebenfalls vor, seine Stimme eine Oktave tiefer, gefüllt mit einer Mischung aus

Versprechen und Verlockung. »Ich bin immer bereit für Herausforderungen. Besonders, wenn sie so faszinierend sind wie du.«

Unsere Blicke bleiben ineinander hängen, und für einen Moment scheint die Zeit stillzustehen. Das sanfte Licht-Schatten-Spiel unter dem Sonnenschirm umhüllt uns und die Umgebung verschwimmt zu einem unscharfen Hintergrund. Es ist, als wären wir die einzigen beiden Menschen hier draußen, verbunden durch das Knistern zwischen uns und das ungeschriebene, flirtige Versprechen eines Abenteuers, das noch vor uns liegt.

»Vielleicht sollten wir anfangen, diese Herausforderungen zu erforschen«, schlage ich mit leichtem, verführerischem Tonfall vor. »Wer weiß, wohin uns das führen könnte.«

»Das ist die beste Idee, die ich den ganzen Tag gehört habe«, stimmt Tyler zu, streckt seine Hand über den Tisch und legt sie auf meine. »Auf das Unbekannte und darauf, dass es genauso faszinierend ist wie du.«

Unsere Finger verschränken sich, was mein Herz noch mehr in Aufregung versetzt. Seine Berührung löst ein nervöses Kribbeln in meiner Mitte aus, das durch den durchdringenden Blick aus seinen dunklen Augen verstärkt wird. Ob es klug ist, mich auf ihn einzulassen, weiß ich nicht, aber ich will dieses Abenteuer mit ihm eingehen, vielleicht gerade, weil er älter ist als ich. Tyler zieht mich magisch an.

Abgesehen davon ist er megaattraktiv! Und irgendwie schmeichelt es meinem Ego ungemein, dass ausgerechnet ein Mann wie er sich für mich interessiert. Tyler wirkt unglaublich weltgewandt, seine etwas dominante Art kommt nicht aufgesetzt rüber. Es ist eher eine natürliche Autorität, die von ihm ausgeht. Eine, an der ich mich messen kann, auch wenn ich mich vielleicht immer wieder daran abarbeiten muss. Aber ich liebe Herausforderungen.

Während Tylers Daumen sanft über die Innenseite meines Handgelenks streicht, hält sein Blick meinen gefangen. Wahrscheinlich legt er alle Frauen flach, die er ins Visier nimmt, denke ich mit leisem Bedauern. Vielleicht sollte es mir gleichgültig sein, aber es ist natürlich wenig schmeichelhaft, eine von vielen zu sein.

»Was geht in deinem Kopf vor, Summer?«, fragt er leise, ohne den Blick von mir zu wenden.

»Willst du eine ehrliche Antwort, Tyler?«, antworte ich mit einer Gegenfrage.

Er grinst. »Ich liebe ehrliche Frauen; das zeugt von Selbstbewusstsein.«

Ich atme tief durch. »Du bist ein absoluter Frauentyp, weißt du ... Wahrscheinlich legst du sie reihenweise charmant lächelnd flach, und ich frage mich, ob ich eine von vielen sein will, die auf deine Komplimente hereinfällt.«

Zunächst bleibt er still, dann verziehen sich seine Lippen zu einem breiten Grinsen, bevor er in lautes Gelächter ausbricht.

Als er sich einigermaßen beruhigt hat, umfasst er meine beiden Hände. »Du machst mir wirklich Spaß, Summer, und steckst voller Vorurteile.«

»Ist das so?« Erneut beuge ich mich ihm entgegen.

»Wenn du mir diesen erregenden Blick in deinen Ausschnitt gewährst, kann ich nicht klar denken«, erwidert er und gibt sich keine Mühe, daran vorbeizusehen.

»Das ist keine Antwort auf meine Frage.« Verspielt lächle ich ihn an.

»Okay, es freut mich, dass du mich attraktiv findest. Warum sollte ich deswegen reihenweise Frauen flachlegen, um bei deinen Worten zu bleiben?« Sein amüsiertes Lächeln macht mich wirklich schwach.

»Weil sie es dir leicht machen, denke ich.«

»Genau das ist der Punkt, Summer. Frauen, die sich mir an den Hals werfen, sind für mich uninteressant.«

Er hebt eine Hand, um der Servicekraft anzuzeigen, dass er zahlen will. Sofort eilt sie an unseren Tisch. Nachdem er das erledigt hat, erheben wir uns und bummeln nebeneinander den Weg zurück zur Villa.

Ich führe unser Geplänkel von zuvor weiter. »Uninteressant, sagst du?« Ich sehe ihn an und ziehe eine Augenbraue hoch. »Also suchst du nach jemandem, der nicht so leicht zu erobern ist?«

Tyler hält inne, sein Blick schweift kurz zum Himmel, bevor er sich mir wieder zuwendet, ein verschmitztes Lächeln umspielt seine Lippen. »Vielleicht. Ich schätze, es gibt etwas Unwiderstehliches daran, für etwas arbeiten zu müssen. Es verleiht dem Eroberten am Ende mehr Wert, findest du nicht auch?«

Einen Moment lang betrachte ich ihn, während meine Gedanken wirbeln. »Das könnte man so sehen. Aber wie weißt du, dass das, was du eroberst, am Ende das Wertvollste ist? Manchmal ist der größte Schatz nicht der, für den man am härtesten kämpfen muss.«

»Ein interessanter Gedanke«, gibt Tyler zu und nimmt meine Hand wieder in seine. »Aber weißt du, was ich denke? Manchmal, wenn du wirklich Glück hast, findest du jemanden, bei dem es sich lohnt, jeden einzelnen Kampf zu führen. Jemanden, der jedes Risiko wert ist.«

Ich verlangsame meine Schritte, als ich das fast unsichtbare Spannungsfeld zwischen uns spüre, das mich unweigerlich näher zu Taylor zieht. »Und glaubst du, du hast so jemanden gefunden?«, flüstere ich, von seiner Nähe stark eingenommen.

Tyler hält an und zieht mich an sich. »Vielleicht. Aber ich bin bereit, herauszufinden, ob ich richtig liege.« Sein Blick hält meinen, intensiv und ruhig.

»Vielleicht sollte ich das auch«, wispere ich, wobei ich in seinen Augen ehrliches Interesse an mir sehe, was mich auf ganz angenehme Weise noch unruhiger werden lässt.

Er beugt sich vor, sein Gesicht nur Zentimeter von meinem entfernt und flüstert: »Dann lass uns gemeinsam herausfinden, wohin diese Reise geht.« Sein Atem streift sanft meine Lippen, wie ein Versprechen eines Kusses, der noch in der Luft hängt, unausgesprochen und knisternd. Mein Herz pocht so heftig in mir, dass er es eigentlich hören muss. Seine elektrisierende Nähe und sein unwiderstehlicher Duft nehmen mich vollkommen für ihn ein. Unbewusst befeuchte ich meine Lippen, was ihn dazu bringt, ein leises Seufzen auszustoßen. Ich hätte jetzt nichts gegen einen Kuss, aber er richtet sich auf und atmet tief durch. Etwas enttäuscht sehe ich zu ihm hoch.

»Hätte ich gewusst, dass ich hier auf dich treffen werde, Summer«, raunt er, »wäre ich schon viel früher hergekommen.«

Verlegen senke ich meinen Blick, weil ich spüre, wie meine Wangen heiß werden. »Tja«, antworte ich dennoch leichthin, »jetzt bist du hier.«

Tyler greift meine Hand und wir schlendern weiter zu unserer Unterkunft. Ich habe nicht das Bedürfnis zu reden oder herumzuplänkeln, und ihm scheint es nicht anders zu ergehen. Es fühlt sich gut an, mit ihm zu schweigen, ihn zu fühlen, denn seine Finger umschließen meine angenehm fest.

Wir kommen der Villa immer näher und ich habe gar keine Lust, unser Date schon zu beenden. »Wenn wir in der WG sind, sollten wir uns in Gegenwart der anderen besser neutral verhalten.«

»Keine Händchenhalten?«, fragt er und lächelt mich an.

»Besser nicht, oder?«, hake ich nach.

»So umgehen wir das Gerede der anderen und geben ihnen nicht die Chance, den Flurfunk anzuheizen. Aber eigentlich habe ich gar keine Lust dazu.«

Ich bleibe stehen. »Nein?« Mein Herz schlägt in seiner Gegenwart so schnell, dass ich es kaum aushalten kann.

»Nein«, bekräftigt er und lächelt erneut.

Oh Mann, dieses Lächeln – es durchdringt mich förmlich. Dabei entstehen feine Fältchen in seinen Augenwinkeln, die ich unglaublich sexy finde!

»Was möchtest du dann?«, hauche ich, kaum in der Lage, meine Stimme zu kontrollieren.

»Ich möchte ganz offiziell mit dir flirten, immer und überall.«

Mein Herz vollführt einen Salto mortale. »Aber nicht während der Arbeit«, versuche ich, das Ganze auf eine weniger emotionale Ebene zu bringen.

»Mal sehen«, murmelt er und zieht mich näher zu sich heran.

»Tyler«, wispere ich schwach.

»Summer?«, flüstert er an meinem Mund, bevor er endlich – endlich – seine Lippen auf meine legt.

O Gott, ja, denke ich seufzend und schließe die Augen. Sein Kuss ist himmlisch; seine Lippen sind warm und fest, dabei zärtlich und sanft. Eine seiner Hände vergräbt sich in meinen Haaren, die andere legt sich an meinen Nacken. Unzählige Schmetterlinge flattern in meinem Bauch, meine Knie werden weich, und ich klammere mich an seinen Unterarmen fest, um nicht den Halt zu verlieren.

Vorsichtig löst Tyler sich von meinem Mund und sieht mir in die Augen. Es raubt mir den Atem, denn sein Blick ist erregend wild. Er atmet langsam und tief durch.

»Summer«, flüstert er heiser, räuspert sich und scheint nach Worten zu suchen. »Du bist noch so jung, und ich bin mindestens zehn Jahre älter …«

»Was ist daran falsch?«, frage ich, eine Mischung aus Neugier und Herausforderung in meiner Stimme. Die Nähe zwischen uns ist prickelnd, jede rationale Überlegung scheint in den Hintergrund zu treten.

Er lächelt, und es ist ein Lächeln, das Wärme und ein Versprechen von Abenteuern in sich trägt. »Eigentlich nichts«, sagt er, seine Augen leuchten amüsiert. »Ich denke nur, dass wir beide wissen sollten, worauf wir uns einlassen.«

Seine Worte lassen meinen Puls schneller durch mich hindurch rauschen. »Und was, wenn ich genau das will?«, entgegne ich, meine Stimme kaum mehr als ein Flüstern, während die Spannung zwischen uns greifbar ist.

Er neigt seinen Kopf, sein Blick tief in den meinen verankert, als ob er direkt in mein Inneres sieht. »Dann sagen wir, dass dies der Beginn von etwas Wunderbarem ist.«

»Ein Beginn«, wiederhole ich und es fühlt sich an wie ein Versprechen, ein Schwur, der in diesem einen, perfekten Moment geschlossen wird.

Sein Lächeln wird breiter, bevor er sich vorbeugt und seine Lippen erneut die meinen treffen. Sein Kuss weckt süße Neugier in mir und unbeschwert antworte ich, indem ich mich auf Zehenspitzen stelle, um diese wunderbare Zärtlichkeit zu vertiefen.

Als wir uns voneinander lösen, atmet er erneut tief durch und flüstert: »Summer, ich weiß nicht, wohin uns das führen wird, aber ich möchte es herausfinden. Mit dir.«

»Mit dir«, wiederhole ich und küsse ihn erneut.

Seine Arme umschlingen mich und drücken mich an sich. Dabei spüre ich seinen festen, muskulösen Körper an meinem, was meine Hormone in Wallung bringt – und wie ich jetzt bemerke, bringt es sein Testosteron in Höchstform. Ein Stöhnen entfährt mir, als ich seine Erregung an meinem Bauch spüre. In meiner Mitte pulsiert es verlangend.

»Summer, du bist sehr verführerisch, weißt du das eigentlich?«, raunt Tyler, während er mir intensiv in die Augen sieht.

Bisher habe ich mich selten wirklich verführerisch gefühlt, auch in meiner letzten Beziehung nicht.

»Das liegt an dir«, antworte ich ehrlich.

Ja, es liegt an ihm. Ich finde ihn so sexy, dass ich, ohne zu überlegen meine Verführungskünste, von denen ich nicht einmal viel wusste, an den Tag lege.

Daraufhin grinst er breit.

»Oh! Bilde dir ja nichts darauf ein, Tyler!«, rufe ich aus und lache.

»Na hör mal; vor mir steht eine wunderschöne Frau, nach der sich alle, wirklich, alle Männer umsehen, und diese sagt mir, dass ich für sie verführerisch bin. Wie sollte ich mir darauf nichts einbilden?« Er küsst mich auf die Nasenspitze. »Du darfst dir übrigens auch etwas darauf einbilden, denn es ist tatsächlich so, dass mich schon lange keine Frau mehr derart interessiert hat, wie du.«

Wow, das sagt dieser außergewöhnliche Mann zu mir. Mir fällt keine passende Antwort darauf ein, weil ich derart verblüfft darüber bin.

Schmunzelnd umfasst er mein Gesicht und sieht mich aufmerksam an. »Du sagst ja gar nichts? Wo bleibt deine Schlagfertigkeit?«

Zunächst schlucke ich. »Die ist gerade vor Verblüffung auf der Strecke geblieben«, antworte ich.

»Warum?«

»Weil …, also weil …«, stottere ich leider sehr ungeschickt.

»Weil du nicht glauben kannst, dass ich mich nicht von jeder schönen Frau verwirren lasse? Traust du mir so wenig zu?«, fragt er ernst.

»O nein! Nein, so meinte ich das gar nicht und so habe ich das auch noch nicht betrachtet. Sorry, Tyler, das ist dumm von mir.«

»Nein«, widerspricht er mir, »nicht dumm, nur an dieser Stelle bist du nicht sehr selbstbewusst.«

»Das liegt wiederum auch an dir«, gebe ich schmunzelnd zu.

»Habe ich solch eine einschüchternde Wirkung auf dich?« In seinen Augen funkelt es amüsiert auf. »Ich muss sagen, das gefällt mir irgendwie.«

»Ja, es liegt an deiner eher dominanten, reifen Ausstrahlung, sie zieht mich an und schüchtert mich ein wenig ein.«

Ich höre ihn seufzen. »Summer, auch daran wirst du dich gewöhnen.«

»Küss mich noch einmal, Tyler«, fordere ich ihn auf und augenblicklich beugt er sich über mich und legt seinen Mund auf meinen, bis ich ihn von mir schiebe. »An diese Küsse jedenfalls könnte ich mich glatt gewöhnen.«

Jetzt lacht er laut auf, legt einen Arm um meine Schultern und führt mich in unsere Unterkunft. Mittlerweile ist es Abend geworden.

»Komm, lass uns schnell in die WG, ich will dir etwas zeigen.« Fröhlich sehe ich zu ihm hoch.

Kurz darauf betreten wir die Villa. Es sieht erstaunlich sauber aus.

»Wow!«, rufe ich, »Jungs, das habt ihr aber gut gemacht«, lobe ich sie.

Tom und Will stehen gerade in der offenen Küche und betrachten zufrieden ihr Werk.

Will legt eine Hand über sein Herz und verneigt sich leicht. »Lady Summer, das haben wir nur für Sie getan.« Er grinst breit.

»Ich fühle mich geehrt, Will. Danke!« Mich um meine eigene Achse drehend begutachte ich die Küche und den gemütlichen Gemeinschaftsraum. »Ihr habt sogar die Fenster geputzt. Alle Achtung«, stoße ich anerkennend aus. »Danke, da freue ich mich direkt, hier mal zu frühstücken oder sogar zu kochen.« Tom und Will grinsen sich an. »Wir haben für dich sogar ein paar Dosen Prosecco kaltgestellt«, sagt Tom und öffnet den Kühlschrank. Darin liegen ein paar rosafarbene Döschen des prickelnden Gesöffs.

Ich nehme zwei Dosen heraus und umfasse Tylers Hand. »Sorry, Jungs, ich stoße später mit euch an. Danke, wirklich, ihr seid echt süß«, verabschiede ich mich und ziehe Tyler hinter mir her die Treppen hinauf und weiter auf den Dachboden.

»Wir sind keine Jungs mehr!«, ruft Tom uns hinterher, woraufhin Tyler laut lacht.

Auf dem Dachboden gibt ein großes Fenster den Blick zum Sonnenuntergang über dem Meer frei. Ich öffne die bodentiefen Flügeltüren und lehne mich an die Brüstung.

Dann wende ich mich Tyler zu. »Ist es nicht traumhaft hier oben?«

Zunächst streichelt er mit dem Fingerrücken über meine Wange. »Traumhaft«, bestätigt er und sieht mich an.

»Du musst hinsehen«, fordere ich ihn auf.

»Ich sehe hin, Summer«, murmelt er und betrachtet mich weiterhin.

»Hey ...«, flüstere ich, »du machst mich jetzt wirklich verlegen ...«

Daraufhin lächelt er nur und richtet seinen Blick endlich mit mir gemeinsam auf den Sonnenuntergang. Der Himmel zeigt sich in Tönen zwischen Orange, Rosa und leuchtendem Rot, welches sich auf der glitzernden Wasseroberfläche widerspiegelt. Es ist atemberaubend.

Zwischendurch nimmt Tyler die beiden Dosen Secco, öffnet sie und reicht mir eine.

»Hast du Lust auf etwas billigen Rosé-Prosecco?«, ziehe ich ihn liebevoll auf.

»Ich weiß nicht, wie viele Jahre ich so etwas nicht getrunken habe. Aber hier oben mit dir, bei diesem wunderbaren Sonnenuntergang, ist er etwas Besonderes.«

»O Mann, du bist so ein Schmeichler!« Belustigt schüttle ich den Kopf, stoße mit meiner Dose an seine und nehme einen kleinen Schluck. Ich beobachte, wie er ebenfalls davon trinkt. An seinem Gesichtsausdruck erkenne ich, dass es ihm nicht schmeckt.

»Brr«, macht er dann auch und schüttelt sich. »Das ist schrecklich süß.«

Ich lache belustigt über Tyler, stelle mich auf Zehenspitzen und küsse sein Kinn.

»Wie hast du das hier entdeckt, Summer?«, erkundigt er sich und legt einen Arm um meine Schulter, um mich an sich zu ziehen. Und – mh! Es fühlt sich wunderbar an.

»Als ich vor vier Wochen hier einzog, habe ich einen Platz für meine Koffer gesucht und bin logischerweise auf den Dachboden geklettert. Wie du siehst, liegt hier allerlei Zeug herum. Auch Möbel von Vorgängern, die wahrscheinlich vergessen wurden. Als ich das alles sah, entschied ich mich für den Schrank dahinten«, ich zeige auf ein helles Sideboard, »das obendrauf sind meine Koffer.«

Wir trinken synchron von unseren Proseccos. Tyler hat recht; er ist überraschend süß. Aber genau das mag ich. Es war eine liebe Geste der Jungs, extra für mich welche in den Kühlschrank zu legen und das, nachdem ich mit ihnen doch recht streng umgegangen bin.

»Hast du dich hier mal umgesehen?«, fragt Tyler, löst sich von mir und schlendert über den weiten Dachboden. Seine Stimme wird von den vielen Möbeln und Kartons in dem großen Raum fast verschluckt.

»Nur ein wenig. Irgendwie war es mir hier ein wenig unheimlich, so ganz allein.« Ich ziehe die Schultern hoch, ein leises Lachen entweicht mir, als ich fortfahre. »Aber dann sah ich den Sonnenuntergang – so atemberaubend schön wie heute Abend. So etwas lässt man sich nicht entgehen, findest du nicht auch?«

»Auf gar keinen Fall«, erwidert er mit samtigem Tonfall, der die warme Abendstimmung noch unterstreicht.

Ein Blick auf meine Armbanduhr erinnert mich daran, dass es schon spät ist. Morgen wartet ein neuer anstrengender Tag und ich kann es mir nicht leisten, unausgeschlafen zu sein.

»Tyler, ich denke, es wird Zeit, den Abend ausklingen zu lassen.«

»Aber warum?«, fragt er, scheinbar überrascht, mit ein klein wenig Enttäuschung in seiner Stimme. »Bin ich dir schon zu langweilig?«

Lächelnd nähere ich mich ihm wieder. »Wer weiß?«, gebe ich zurück und schenke ihm einen verführerischen Augenaufschlag. »Finde es heraus oder gib mir einen Grund, zu bleiben.«

In seinen Augen funkelt es erwartungsfroh auf.

Tyler schließt die Distanz zwischen uns, seine Präsenz füllt den Raum um mich herum. »Ich könnte dir hundert Gründe nennen, aber ich denke, einer reicht völlig aus«, flüstert er, während er eine Hand sanft an meine Wange legt, seine Berührung zart wie der Flügelschlag eines Schmetterlings.

Mein Puls beschleunigt sich, ein zartes Prickeln, das sich von der Stelle seiner Berührung aus durch meinen ganzen Körper zieht.

»Und der wäre?«, hauche ich, gefangen in der Intensität seines Blicks.

»Das hier«, sagt er leise, bevor er die Lücke zwischen uns überbrückt und seine Lippen auf meine legt.

Der Kuss ist zunächst sanft, erkundend, bevor er an Tiefe gewinnt. Leise seufzend lehne ich mich an seinen breiten Oberkörper und gebe mich dem erregenden Gefühl hin, das sich in mir ausbreitet.

Als wir uns schließlich voneinander lösen, blicke ich in seine Augen und sehe darin ein Spiegelbild meiner eigenen Gefühle – eine Mischung aus Überraschung und tiefem Verlangen.

»Ich glaube, das ist Grund genug, den Abend noch ein wenig zu verlängern«, hauche ich, innerlich zitternd vor Aufregung und Erregung.

Tyler lächelt, sein Blick weich und zugleich intensiv. »Ich könnte nicht mehr zustimmen.«

8. Adam

O Mann, da stehe ich hier mit dieser bezaubernden Frau in den Armen und sie weiß nicht einmal meinen wahren Namen. Das schlechte Gewissen meldet sich plötzlich äußerst intensiv. Zärtlich streichle ich durch ihre langen, dunklen Haare.

»Vielleicht es doch besser, wenn wir den Abend beenden, bevor wir etwas tun, was wir später bereuen könnten«, flüstere ich bedauernd.

Die Enttäuschung ist ihr deutlich anzusehen.

»Warum, weil du älter bist als ich? Ich bin achtundzwanzig, wie viele Jahre sind es denn?«, will sie mit leiser Stimme wissen.

»Es sind fünfzehn Jahre, süße Summer.« Meine Stimme klingt heiser, denn alles in mir verlangt nach ihr. Ihr Duft, ihre schönen Augen, ihre endlos langen Beine und – ach – das Lachen, ihr Lächeln, ihre Art, mich anzusehen ... tja, mich hat's wohl erwischt. Ausgerechnet mich und das hier undercover.

Jetzt lacht sie. »Du bist also ein alter Mann«, stellt sie belustigt fest und umschlingt meinen Nacken.

»Wenn du das so sagst, dann fühle ich gleich mich noch älter«, murmle ich an ihren Lippen.

»Soll ich es noch ein paar Mal wiederholen?«, neckt sie mich.

»Nur, wenn du bereit bist, die Konsequenzen zu tragen.«

Ihre Lippen sind nah an meinem Mund, ihr Atem streift mich. »Die da wären?«

Ich atme tief durch, um bei mir zu bleiben. »Das werde ich dir zeigen. Bist du bereit?«

Ein Zittern durchfährt sie, was ich direkt an meinem Körper spüre.

»Ja, das bin ich, Tyler«, wispert sie. »Ich bin bereit.«

Ihr erregendes Wispern schießt direkt in meinen Schwanz. Summer macht mich total verrückt und das nicht nur, weil ich schon zu lange keinen Sex mehr hatte. Ihre Hände umschmeicheln gerade meinen Hals und schieben sich in meine Haare hinein, während sie mich zu sich hinunterzieht, um mich zu küssen. Und wie sie mich küsst! O mein Gott, ihre Lippen fühlen sich wahrlich himmlisch an – so weich und zart. Ihre Zunge bringt mich zum Stöhnen, denn sie sucht und findet meine. Wir liefern uns ein äußerst sinnliches Duell. Meine Hände schiebe ich unter ihre Bluse und treffe auf seidenweiche Haut, was mir ein erneutes Stöhnen entlockt. Vollkommen überrascht stelle ich fest, dass sie keinen BH trägt. Mein Schwanz schwillt weiter an und im Stillen verfluche ich die Enge meiner Shorts. Aber nur sehr kurz, denn ihre Hände nesteln an meinem Hosenknopf herum und öffnen ihn, ebenso den Reißverschluss.

»Summer«, seufze ich und schiebe sie an die Wand in ihrem Rücken.

»Ich will dich, Tyler.« Fest schmiegt sie sich an mich.

O ja, ich will sie auch.

Zunächst knöpfe ich ihre Bluse auf und umfasse ihre Brüste, die sich weich in meine Hände schmiegen. Ihr Keuchen verstärkt den Drang, sie endlich zu nehmen, doch ich beuge mich zunächst vor und küsse ihren Mund, gleite mit meinen Lippen ihren Hals hinab, bis hinunter zu ihren Nippeln, die ich mit der Zunge erkunde, bevor ich an ihnen sauge, bis sie groß wie Himbeeren sind. Jetzt will ich endlich ihre heiße Mitte erforschen, öffne ihre Shorts und schiebe sie samt Höschen hinunter. Raschelnd fällt beides auf den Boden. Meine Hose zerre ich ungeduldig von meinen Hüften, bis sie ebenfalls unten landet. Aus meiner Hemdtasche ziehe ich ein Präservativ heraus, welche ich zur Sicherheit eingesteckt hatte, ohne es tatsächlich vorzuhaben. Es war mehr so aus einem Gefühl heraus, worüber ich jetzt ziemlich froh bin. Konzentriert rolle ich es über meine Erektion.

Ihre Hände sind derweil unter meinem Hemd verschwunden und machen mich völlig verrückt. Ihre Finger auf mir bescheren mir Gänsehaut, noch mehr

Lust und verwirrende Gefühle, die ich so bisher nicht kennengelernt habe.

»O mein Gott, Summer, du bringst mich um den Verstand«, murmle ich, küsse sie drängend und fordernd, während ich ihr linkes Bein anwinkele, um mit den Fingern der anderen Hand den Weg zu ihrer Mitte zu finden.

Kaum berühre ich die glattrasierte Haut ihrer Vulva, zuckt mein Schwanz in ungeduldiger Vorfreude. Mit zwei meiner Finger gleite ich zwischen die weichen Lippen und werde von Hitze und Nässe empfangen. Ihre Klit ist bereits drall und geschwollen.

Ungeduldig drängt sie sich mir entgegen.

»Hey, Süße, hab Geduld«, flüstere ich an ihrem Hals, auf den ich erneut Küsse gebe.

Ich will sie zunächst weiter mit den Fingern erforschen und dringe in ihren heißen Spalt, der mich eng und nass empfängt. Ich bin kurz davor abzuspritzen, so lustüberladen, wie ich bin. Mühevoll halte ich inne und versuche, daran zu denken, warum ich überhaupt hier gelandet bin. Aber selbst der Gedanke an die fehlenden Beträge in den Kalkulationen ändern nichts daran, dass ich sie will – jetzt.

Darum umfasse ich meinen Schwanz, positioniere ihn an ihrer Pussy und dringe langsam in sie ein. Ihr erregender Moschusduft steigt in meine Nase und vernebelt meine Sinne endgültig. Als ich bis zum Anschlag in sie vorgedrungen bin, stöhnen wir beide vor Erleichterung und Lust laut auf. Summer klammert sich an meinen Oberarmen fest und lehnt ihren Kopf hinter sich an die Wand. Ihre sinnlich geöffneten Lippen sind rot von unseren Küssen, in ihrer Halsbeuge sehe ich das schnelle Pulsieren ...

»Bitte jetzt«, seufzt sie und schiebt ihren Unterleib gegen meinen.

In diesem Augenblick gebe ich Zurückhaltung und Vorsicht auf, lasse los und stoße zu. Hart, schnell und so tief, dass sie jeden heftigen Stoß mit einem Stöhnen quittiert. Ihr Spalt zieht sich enger zusammen und sie wird gleich kommen. Aber ich will sie dabei ansehen, ich will die Lust, den Orgasmus auch in ihrem Blick sehen, darum halte ich inne.

»Nicht jetzt!«, ruft sie empört und verzweifelt zugleich aus.

»Sieh mich an, Summer, ich will, dass du mich ansiehst, wenn du kommst.« Mir bricht der Schweiß aus, weil ich mich schwer zusammenreißen muss, jetzt nicht zu ejakulieren.

Mühevoll öffnet sie ihre Augen und sieht mich an. Die ansonsten grünen Iriden sind schwarz, so geweitet sind ihre Pupillen. Ich stoße erneut zu und sofort fallen ihre Augenlider zu.

»Sie mich an!«, fordere ich streng, sodass sie mir folgt. »Und jetzt, Babe, kommst du mit mir«, keuche ich und nichts hält mich mehr zurück.

Während ich sie mit meinem Blick fessle, gebe ich alles, bis ihre Pussy sich um meinen Schwanz rhythmisch zusammenzieht. Es ist, als würde es in ihren Augen explodieren, als würden unzählige Funken sprühen … Wie in meinen, denn ich komme unaufhaltsam, während das Blut aus meinem Kopf direkt in meine Erektion rauscht und alle lustvollen Gefühle sich pumpend in ihr entladen …

Meine Beine zittern, ich bin schweißüberzogen und atme heftig wie nach einem Marathonlauf.

Erst jetzt schließt sie ihre wunderschönen Augen wieder und seufzt: »Tyler, das war heiß, sehr heiß.«

Vorsichtig entziehe ich mich ihr und lasse ihr Bein wieder los. »Du hast mich wirklich um den Verstand gebracht, Summer.«

Ich bücke mich, angle ein Papiertaschentuch aus meiner Shorts und entferne das Präservativ.

Summer rutscht mit dem Rücken an der Wand in die Hocke. »Tyler, du hast mich fertig gemacht.« Leise lacht sie über sich selbst.

Schnell schlüpfe ich in meine Hosen und hocke mich zu ihr. »Das hört ein Mann doch sehr gerne nach einer solch heißen Nummer.« Ich greife in ihre Haare am Nacken und ziehe sie zu mir heran. »Du bist ein Summer-Dream«, raune ich, bevor ich sie zärtlich küsse.

»Du bist auch ein Traum, Tyler«, antwortet sie zwischen zwei Küssen. »Auch wenn ich nicht weiß, wer du bist.«

Ein Schreck durchzuckt mich. »Wie meinst du das?«, frage ich leise und halte angespannt den Atem an.

»So richtig weiß ich es nicht«, antwortet sie und ich atme weiter. »Da ist etwas an dir, was dir eine Ausstrahlung gibt, die ich noch bei keinem Barkeeper je bemerkt habe.«

»Erkläre es genauer«, fordere ich sie immer noch angespannt auf.

»Es ist nicht nur, dass du Anfang vierzig bist ... Du hast da etwas Autoritäres, etwas äußerst Selbstbewusstes, wie ich es sonst nur bei sehr erfolgreichen Männern kennengelernt habe.« Sie sieht mich an. »Ja, sowas in der Art. Besser kann ich es gerade nicht erklären.«

Summer besitzt also auch hervorragende Menschenkenntnis, stelle ich anerkennend fest.

»Weißt du, Süße, nicht jeder Mensch passt in jede Schablone oder Erfahrung hinein.«

»Das stimmt allerdings.« Sie sieht mich an, streichelt über mein Gesicht und fährt mit einem Finger den Schwung meiner Oberlippe nach, sie wirkt gedankenvoll. »Ich weiß nicht, ob es richtig ist, dass ich mich auf dich einlasse, Tyler. Wirklich, du bist so viel lebenserfahrener als ich ... Der Sex mit dir war der Burner. Aber du verbirgst etwas vor mir, vielleicht auch vor allen anderen, das spüre ich genau.«

»Aber?«, hake ich rau nach.

»Aus irgendeinem Grund ist mir das nicht wichtig, weil ich den Moment mit dir genießen will, oder die Momente, von denen ich hoffe, es werden noch ein paar mehr sein.«

Mein schlechtes Gewissen rumort in mir, aber es ist viel zu früh, mich schon auf irgendeine Weise zu erkennen zu geben. Nicht nur für meine Undercover Aktion, sondern auch ihr gegenüber. Nicht, weil ich ihr nicht vertrauen könnte, ich glaube sogar, ihr könnte ich alles anvertrauen. Keine Ahnung, woher ich diese Sicherheit nehme. Ich weiß einfach nicht, was mich hier erwarten wird, und es könnte sie in Gefahr bringen, zu viel zu wissen. Von daher muss ich mit dem schlechten Gewissen Summer gegenüber leben oder die Finger von ihr lassen. Das werde ich nach der Nummer gerade eben mit ihr allerdings nicht schaffen. Ganz im Gegenteil, ich will sie unbedingt immer wieder. Ich will immer wieder in ihre vor Verlangen verschleierten Augen sehen, ihr Stöhnen hören und mich tief in ihr versenken. Kurz schließe ich die Lider, während ich durchatme.

»Summer, ich will definitiv noch viele aufregende Momente mit dir erleben. Schließlich will ich dich richtig kennenlernen und alles von dir wissen.« Liebevoll lächle ich sie an.

»Werde ich dich auch kennenlernen?«

»Ja, das lässt sich dann wohl kaum vermeiden, oder?«, versuche ich das Gespräch lockerer werden zu lassen.

»Wahrscheinlich«, gibt sie lächelnd zurück, erhebt sich und kleidet sich wieder an. Danach reiche ich ihr eine der Prosecco Dosen.

»Auf diesen unverhofften und ganz wunderschönen Abend«, proste ich ihr zu.

»Auf diesen Abend«, prostet sie zurück.

Tief sehen wir uns in die Augen und trinken von dem warmgewordenen Sekt. Obwohl er scheußlich schmeckt, nehme ich ein paarmal mehr davon, denn der Akt zuvor mit Summer hat mich durstig gemacht. Mit dem Handrücken wische ich mir über die Lippen, beuge mich vor und küsse sie zärtlich. »Lass uns langsam hinunter, wir sollten schlafen gehen.«

»Ja, das sollten wir«, antwortet sie leise. »Es war schön mit dir.«

»Mit dir auch.«

Hand in Hand nehmen wir die Stufen hinab zu unseren Zimmern. Im Küchen-Wohnbereich ist alles still und dunkel. Nur aus ein paar Zimmern hört man Stimmen.

Vor ihrer Tür bleiben wir stehen. »Schlaf gut, bezaubernde Summer.«

Ihr Lächeln daraufhin ist wirklich umwerfend.

»Schlaf schön, alter Mann.« Sie lacht.

»Sag das noch einmal und ich zeige dir, wie alt ich bin«, pariere ich und lache ebenfalls.

»Ach ja? Und wie soll das aussehen, alter Mann?«, fordert sie mich mit frechem Blick heraus.

»Ich habe da eine ganz genaue Vorstellung«, flüstere ich, umfasse erneut ihre Hand, öffne meine Tür und ziehe sie zu mir herein.

»Tyler ...«, haucht sie, bevor ich sie küsse und rückwärts bis zu meinem Bett dränge, um mich mit ihr darauf fallen zu lassen ...

Am nächsten Morgen klingelt mein Wecker, den ich zunächst überhöre, weil ich todmüde von der aufregenden Nacht mit Summer zu wenig geschlafen habe. Auch sie rührt sich nicht, sondern seufzt nur, um sich an mich zu kuschelnd weiterzuschlafen. Schmunzelnd lange ich mit meinem Arm über sie hinweg und stelle das blöde Ding aus. Dabei küsse ich ihre Schläfe.

»Wachwerden, Babe«, flüstere ich und liebkose ihre Augenlider.

»Mhm, morgen ...«, murmelt sie mit müder, heiserer Stimme. »Wie früh ist es?«, will sie dennoch wissen.

»Sechs Uhr und Zeit für uns, aus den Federn zu springen.« Liebevoll streichle ich durch ihre seidigen Haare. Sie ist wirklich wunderschön, sogar am Morgen.

»Viel zu früh«, beschwert sie sich.

Jetzt lache ich. »Du musst doch schon um sieben anfangen, oder nicht?«

Da schlägt sie die Augen auf und sieht mich direkt an. »Leider hast du vollkommen recht.« Kurz schließt sie ihre Lider noch einmal, atmet tief durch und reckt sich. Dann legt sie ihre Arme um meinen Hals. »Guten Morgen, Tyler. Heute Abend werde ich wahrscheinlich um sechs Uhr ins Bett gehen, um den Schlaf der letzten Nacht nachzuholen.«

»Ach, Süße, ihr Küken könnt aber auch nichts ab«, ärgere ich sie voller Zärtlichkeit.

»Hey!«, ruft sie dann auch sogleich aus. »Ich bin kein Küken mehr.«

Ich lache nur, drücke ihr einen herzhaften Kuss auf und stehe auf. »Raus, raus aus den Federn!«

»Boah, bist du immer so fit vor dem Aufstehen?« Ungläubig sieht sie mich an. Ihre Haare liegen, wie ein Kranz um ihren Kopf herum, was sie wie eine Göttin aussehen lässt.

»Nein, aber die letzte Nacht mit dir hat mir Flügel verliehen«, gebe ich zu und beuge mich über sie, indem ich die Hände neben ihrem Kopf abstütze.

Sie umfasst meinen Nacken und zieht mich zu sich herunter. »Das höre ich sehr gern.«

Wir liebkosen uns liebevoll, bis ich mich von ihr löse, meine Stirn an ihre lege und wir uns ansehen. Ihre grünen Augen faszinieren mich erneut.

»Heute habe ich Frühschicht und werde am Abend auch arbeiten müssen. Sehen wir uns irgendwann am Nachmittag?«, frage ich sie hoffnungsvoll.

»Nach meinem Feierabend müsste ich ein wenig einkaufen. Aber danach habe ich Zeit.«

»Okay, dann nimm mich mit, so lerne ich gleich ein wenig die Umgebung kennen«, schlage ich vor.

»Super, dann treffen wir uns um halb drei?«

»Gern, aber bevor du gehst, gib mir deine Handynummer«, bitte ich sie.

»Schreib auf«, fordert sie mich auf.

Ich schnappe mir mein Smartphone und füge Summer in meine Liste ein. Dann nennt sie mir ihre Nummer. Sofort schicke ich ihr daraufhin eine Nachricht.

»Jetzt hast du auch meine.«

Summer setzt sich auf und schwingt ihre langen Beine aus dem Bett.

»Deine Beine«, seufze ich und kann meinen Blick nicht von ihnen lassen.

»Was ist damit?«, will sie wissen und räkelt sich noch einmal.

»Sie sind wunderschön, lang und – machst du Sport?«

Jetzt lacht sie. »Ja, ich jogge mehrfach die Woche und übe mich fast täglich im Yoga.«

»Yoga also«, entgegne ich und grinse. »Darum warst du so wahnsinnig gelenkig heute Nacht.«

»Tyler!«, ruft sie empört aus, greift das Kopfkissen und wirft es nach mir. Ihre Wangen haben sich gerötet, was mehr als süß ist.

Lachend fange ich das Kissen auf. »Aber wenn es doch so ist, wie ich sage?«

»Du machst mich wieder mal verlegen, mein Lieber«, gibt sie zu und steht endlich auf. »Ich muss mich jetzt beeilen, sonst komme ich zu spät.«

»Lauf nur, aber eines musst du noch hierlassen«, halte ich sie auf.

»Ach ja?« Sie schlüpft schnell in ihre Shorts und die Bluse von gestern.

»Ja, komm mal her«, fordere ich sie auf.

Sogleich überbrückt sie die wenigen Schritte zwischen und uns lehnt sich an mich. »Was muss ich hier lassen?«

Ihr Gesicht umfassend hebe ich es mir entgegen und küsse sie. »Diesen einen Kuss, den ich brauche, um jetzt joggen zu gehen und ohne Unterbrechung an dich zu denken«, murmle ich und drücke erneut meine Lippen auf ihre. Ihr leises Seufzen erregt mich und wenn sie nicht dringend losmüsste, würde ich sie auf der Stelle verführen. Darum schiebe ich sie bedauernd von mir. »Lauf los, bis heute Nachmittag.«

»Bis dann …«, wispert sie, küsst mein Kinn und geht zur Tür.

Zunächst öffnet sie diese nur einen Spalt, um zu horchen, ob sich jemand auf dem Gang befindet. Weil die Luft rein ist, schlüpft sie hinaus und kurz darauf höre ich die Tür nebenan.

Ich wohne Tür an Tür mit meinem Summer-Dream, den ich niemals erträumt habe. Mit einem tiefen Seufzer ziehe ich kurze Lauftights und ein passendes Shirt an, schnüre meine Joggingschuhe und mache mich auf den Weg.

9. Summer

Nachdem ich mich eilig geduscht und fertig gemacht habe, schnappe ich mir eines der Räder vor der Villa, die uns allen zur Verfügung stehen, und radle zum Hotel hinüber. Buchstäblich in letzter Sekunde trete ich pünktlich meinen Dienst an.

Die Mädels des Housekeeping versammeln sich gerade im Frühstücksraum.

»Guten Morgen euch allen«, begrüße ich sie gutgelaunt.

Ich bekomme ein einstimmiges »Guten Morgen« zurück. Zunächst hake ich auf einer Liste in meinem Tablet die Namen der Frauen ab, die ihren Dienst angetreten haben.

»Ms. Fields, Diana bleibt noch für heute im Krankenhaus und hofft, morgen entlassen zu werden. Sie wird sich bei Ihnen melden, sobald sie weiß, wann sie wieder arbeiten kann«, teilt mir Mrs. Miller mit.

»Oh, ja, danke! Ich hoffe, es ist nichts Ernstes? Okay, schafft ihr es heute ohne Diana?« Ich blicke in die Runde.

Die Frauen sehen sich an und nicken mir dann zu. »Wir schaffen das.«

»Prima, für die kommenden Tage werde ich auf jeden Fall eine andere Kollegin für Diana einteilen, damit die Arbeit nicht bei euch hängen bleibt. Ich danke euch und denke, dass wir langsam anfangen sollten.«

Ich verabschiede mich mit einem Kopfnicken und eile in mein Office.

Kurz darauf klopft es und der Restaurantleiter betritt den Raum.

»Guten Morgen, Richard, was führt dich zu mir?«, frage ich erstaunt, ihn hier zu sehen.

»Guten Morgen, Summer. Ich war vorhin im Weinkeller und mir ist aufgefallen, dass dort eine große Lieferung angekommen ist, die ich nicht bestellt und nicht angenommen habe. Weißt du etwas davon?« Er setzt sich auf den Stuhl vor meinem Schreibtisch.

»Nein, Richard, woher sollte ich das wissen, das ist doch gar nicht mein Bereich. Monica, unsere Chefköchin könnte da eher Infos haben, denke ich.«

Er schüttelt den Kopf. »Nein, niemand aus der Küche weiß etwas darüber. Ich dachte, weil du mit dem Geschäftsführer als Einzige regelmäßig im Gespräch bist …«

Auf meine Unterarme abgestützt beuge ich mich vor. »Mit Mr. Foster bespreche ich nur das Allernötigste. Er ist unfreundlich, eigentlich ein richtiger Griesgram, weißt du?«

Er schenkt mir ein mitleidiges Lächeln. »Klar weiß ich das, er ist zu mir nicht anders. Ich hätte allerdings gedacht, dass er Frauen wie dir gegenüber ein wenig mehr Manieren an den Tag legt.«

»Warum wie mir?«, will ich jetzt verblüfft und neugierig wissen.

»Na ja«, er rutscht unruhig auf dem Stuhl hin und her. »Hast du nicht bemerkt, dass einige unserer männlichen Kollegen ein Auge auf dich geworfen haben?«, fragt er nun.

Ich sehe ihm an, wie unangenehm ihm diese Situation ist.

»Nein!«, stoße ich aus und lehne mich in meinem Bürosessel zurück. »Nein, das ist an mir vorbeigegangen. Muss ich da was wissen, was hinter meinem Rücken über mich erzählt wird?«

»Nein, das nicht. Manche halten dich für eingebildet, weil du nicht auf sie reagierst und na ja, sie reden nicht so nett über dich«, gibt er dann doch zu. »Also nicht alle!«, hängt er schnell dran. »Nicht, dass du meinst, alle sind so. Nur ein paar.«

Ich seufze. »Mit gekränkter männlicher Eitelkeit kenne ich mich nicht so gut aus, um ehrlich zu sein. Aber ich habe mir nichts vorzuwerfen, denn ich habe nicht mit ihnen geflirtet oder sonst versucht, ihre Aufmerksamkeit zu erlangen.«

»Nur mit dem Neuen, mit dem schon«, kommt es von meinem Kollegen.

»Der lästert über mich?«, frage ich gekränkt.

»Nein«, Richard lacht, »nein, der würde sowas nie tun. Der hält sich von allen eher distanziert. Aber auf dich hat er ein Auge geworfen, das ist ja mal klar.«

»Richard, danke, dass du mir davon erzählt hast, dann bin ich vorgewarnt. Aber mit wem ich flirte, geht nur mich etwas an.«

»Natürlich, Summer, etwas anderes wollte ich auch gar nicht damit sagen«, stimmt er mir zu und erhebt sich. »Wenn du etwas von der Getränkelieferung hörst, sagst du mir dann sofort Bescheid?«

»Klar, Richard, das versteht sich von selbst. Bis später ...«

Tyler ... sofort flattern die Schmetterlinge in meinem Magen – oder nein, ich habe noch nichts gefrühstückt, weil ich sonst zu spät gekommen wäre. Seufzend fahre ich meinen PC hoch und erledige meine Arbeit. Danach gehe ich hinunter, um nachzusehen, ob es mit den Zimmern gut vorangeht.

Es ist ruhig auf den Fluren zu den Suiten, nur aus einer höre ich das Rauschen des Staubsaugers, aus einer anderen das Kichern von zwei der Zimmermädchen. Hier läuft alles seinen Gang. Zufrieden gehe ich in den nächsten Flur, um dort nach dem Rechten zu sehen. Auch hier ist alles so, wie es sein soll. Ich nehme den Fahrstuhl hinunter, um in der Küche bei Monica einen kurzen Plausch zu halten und ihr die Wünsche einiger Gäste mitzuteilen. Zuvor muss ich jedoch zum Boss, der mich mal wieder super unfreundlich zu sich beordert hat.

Kaum fährt der Lift an, wird er auch schon gestoppt. Die Tür öffnet sich langsam und unser sexy Barkeeper steigt ein.

»Tyler!« Augenblicklich flattert es erneut wie verrückt in meinem Magen.

»Wie es aussieht, ist mir meine kleine Überraschung gelungen.« Er drückt auf den Knopf und der Lift fährt erneut an. Zwischen zwei Etagen stoppt er diesen wieder und zieht mich in seine Arme, um mich stürmisch zu küssen. »Ich konnte nicht bis heute Nachmittag warten«, raunt er und sieht mich atemlos an, um mich noch einmal derart zu küssen, dass ich weiche Knie bekomme.

Der Mann geht aber ran! Er lässt mich dann so plötzlich los, sodass ich überrascht ins Schwanken komme.

»Hey, Summer!«, ruft er aus und umfängt mich erneut. »Ich wusste ja gar nicht, dass ich so umwerfend küsse«, amüsiert er sich.

»Tja, was soll ich sagen und nicht lügen?«, frage ich ihn und lächle. »Ich habe mich ja bereits verraten.«

»Du bist sehr süß«, murmelt er und küsst mich jetzt sanft.

»Tyler, ich muss gerade zum Boss, er hat mich zu sich zitiert.«

»Dann haben wir den gleichen Weg, mich hat er ebenfalls einbestellt.«

»Oh!«, mache ich und sehe ihn an. »Meinst du, jemand hat uns verpetzt?«

Er zuckt mit den Schultern. »Keine Ahnung, wir werden es erfahren.« Sagt's und drückt auf den Knopf, damit die Fahrt weitergeht.

Vor Mr. Fosters Tür atme ich tief durch, sehe Tyler noch einmal an, der mir aufmunternd zulächelt, und klopfe an.

»Herein!«, hören wir seine unfreundliche Stimme.

Kann der niemals nett sein? Ich habe noch keinen Menschen kennengelernt, der ein derart notorischer Grumpy ist.

Wir betreten sein Office.

»Mr. Foster, guten Morgen«, begrüße ich ihn.

»Guten Morgen«, höre ich Tyler hinter mir.

Unser Boss tippt noch auf seiner Tastatur herum, bis er sich uns zuwendet. »Treten Sie näher«, fordert er uns grußlos auf. »Hier passieren merkwürdige Dinge, seit Sie, Ms. Fields und Sie, Mr. Smith, hier arbeiten«, schleudert Mr. Foster uns unvermittelt eine ungehörige Anschuldigung entgegen.

»Das müssen Sie uns näher erklären, *Boss*«, zischt Tyler neben mir.

Dieser macht unbeeindruckt weiter. »Dafür könnte ich Sie beide fristlos entlassen, das wissen Sie?«

»Sir, was genau werfen Sie uns eigentlich vor?«, bringe ich heraus, straffe meine Schultern und trete einen Schritt dichter an seinen Schreibtisch. »Ich bin mir keiner Fehler bewusst.«

Endlich sieht Mr. Foster mich an. »Kaum, dass Mr. Smith hier auftaucht, stecken Sie mit ihm unter einer Decke, und zwar wortwörtlich.« Mir bleibt vor Schreck fast die Luft weg. »Und zweitens, achten Sie nicht auf Ihre Untergebenen. Ihr Zimmermädchen, welches gestern ins Krankenhaus kam, muss noch länger auf Station bleiben.«

»Warum?«, presse ich mühsam heraus.

»Drogen«, antwortet er knapp und sieht wieder auf seinen Bildschirm.

»Und was habe ich damit zu tun?«, frage ich beherrscht.

»Das wird sich noch zeigen, Ms. Fields.« Jetzt wendet er sich Tyler zu. »Und zu Ihnen, gestern traf eine Sonderlieferung Champagner und hochpreisiger Weine ein, die niemand bestellt hat.«

»Und das muss ich gewesen sein, wo ich doch erst seit kurzem hier arbeite?«

Obwohl ich Tyler noch nicht so lange kenne, höre ich die unterdrückte Wut aus seiner Stimme heraus. Und ich selbst zittere vor Empörung.

»Ich habe Sie gesehen, als die Waren angeliefert wurden.«

»Das passt ja wunderbar, Sir«, knurrt Tyler, »ich habe Sie auch gesehen, und zwar, wie Sie die Waren in Listen abgehakt und angenommen haben.«

Daraufhin herrscht zunächst angespannte Stille, bis Mr. Foster uns ansieht. »Als Boss bin ich ihnen keine Rechtfertigungen schuldig. Ich beobachte Sie beide sehr genau, das sollen Sie wissen.« Sein Blick wandert von Tyler zu mir und wieder zurück. »Gehen Sie an Ihre Arbeit«, schickt er uns barsch hinaus.

Tyler umfasst meinen Unterarm und zieht mich in den Flur. Draußen lehnt er sich an die Wand und atmet tief durch.

»Ich bin ehrlich«, fängt er an, »es war nur knapp davor, dass ich ihn am Kragen über den Schreibtisch gezogen hätte, um ihm in seine miese Visage zu schlagen. Seine Anschuldigungen sind unfair und er will uns damit unter Druck setzen.«

»Ich verstehe nicht warum?«, frage ich ihn und fühle leichte Verzweiflung in mir aufsteigen.

»Können wir in deinem Büro ungestört sein?«

»Ehrlich, ich weiß es nicht. Eventuell hat er sogar Kameras installiert. Leider traue ich ihm alles zu.«

»Guter Einwand. Okay, wir machen jetzt unsere vorgezogene Frühstückspause und gehen im Park spazieren. Da können wir reden«, schlägt er vor und ich nicke.

»Ja, meine Mädels rufen mich an, wenn sie meine Unterstützung brauchen.«

Wenige Minuten später spazieren wir im Park. Der feine Kies unter unseren Schuhen knirscht bei jedem Schritt.

Tyler greift meine Hand und streichelt sie mit seinem Daumen. »Erzähl, was ist mit dem Zimmermädchen passiert?«, fordert er mich auf und zieht mich auf eine Bank, die umgeben von blühenden Büschen in einer Nische steht.

Kaum dass wir sitzen, legt er einen Arm um meine Schultern und zieht mich an sich.

»Glaubst du, wir könnten gesehen werden?«, frage ich ihn und sehe ihm dabei in die Augen, in denen nun Zärtlichkeit aufblitzt.

»Nachdem Mr. Foster es schon weiß, woher auch immer, sollte es uns gleichgültig sein«, antwortet er grinsend.

Ich seufze.

»Komm, erzähl von deinem Zimmermädchen, bitte«, verlangt er erneut.

»Gestern Vormittag brach sie einfach zusammen. Ohne Vorankündigung, ohne irgendetwas zu sagen. Ihre Kollegin rief mich an und so schnell, wie ich konnte, eilte ich nach oben. Dort lag sie am Boden, leichenblass und kam zunächst nicht zur Besinnung. Ich rief den Rettungswagen. In der Zwischenzeit legten wir ihre Beine hoch und sie kam zu sich. Natürlich wollte sie nicht ins Krankenhaus, aber ich bestand darauf. Allein schon aus versicherungsrechtlichen Gründen, falls sie Schäden vom Sturz auf den Boden davongetragen hätte«, erzähle ich ihm vom gestrigen Tag.

»Ist dir zuvor schon etwas an ihr aufgefallen?«, will Tyler nachdenklich wissen.

»Sie ist immer eher blass, wirkt übernächtigt. Ich glaube, sie feiert gerne. Aber solange sie ihrer Arbeit nachkommt, ist alles okay«, berichte ich ihm meine Beobachtungen. »Da sie meine Untergebene ist, achte ich auf sie. Ich halte es für meine Fürsorgepflicht den Frauen gegenüber. Die Verantwortung für ihren Lebensstil kann ich jedoch nicht übernehmen.«

Jetzt drückt er mich an sich. »Du bist eine großartige Frau, weißt du das eigentlich?«

»Nein, Tyler, das ist mir nicht bewusst. Aber ich bemühe mich.« Lächelnd sehe ich ihn an.

Daraufhin beugt er sich über mein Gesicht und küsst mich sanft. Mh, seine Lippen fühlen sich mit jedem Kuss himmlischer an. Ich könnte direkt süchtig werden, aber ich sollte mich an so etwas Besonderes lieber nicht gewöhnen. Für Tyler werde ich nur ein nettes Zwischenspiel sein, und er für mich eine besondere Erfahrung, die ich in vollen Zügen genießen werde.

»Aber jetzt«, flüstere ich an seinen Lippen, zwischen zwei Küssen, »erzähl mir von deinen Beobachtungen gestern.«

Nach einer weiteren Zärtlichkeit berichtet er mir seine Version von der großen Lieferung Champagner und Wein.

»Tja, eigentlich wollte ich gestern Abend in der Dunkelheit nachsehen, aber da hatte ich ein traumhaft schönes Date mit dir und habe keine Sekunde mehr an diesen Vorfall gedacht.« Er grinst mich mit funkelnden Augen an.

»Du kannst ihn so wenig leiden wie ich, nicht wahr?«, will ich von ihm wissen, weil mir einfällt, wie Tyler dieses *Boss* so herauspresste.

»Ein Freund von ihm werde ich nie werden, was ja auch nicht nötig ist. Ich frage mich gerade, woher er weiß, dass wir zwei zusammen sind. Entweder jemand bespitzelt die Angestellten oder er hat tatsächlich überall Kameras anbringen lassen.«

»O wow!«, entfährt es mir, »das wäre ja gegen alle Gesetze!«

»Ja, und ich frage mich, wo in der Villa Kameras angebracht sein könnten. Auf dem Dachboden hoffentlich nicht.« Jetzt lacht er. »Nein, bestimmt nicht. In unseren Privaträumen wohl auch nicht, aber in den Fluren der unteren Etage, die von allen benutzt werden. Da sind wir in der Nacht engumschlungen und küssend vor unseren Zimmern gewesen.«

»Puh, das ist schlimm. Wir müssen das also heimlich herausfinden, was schwierig ist, weil wir mit hoher Wahrscheinlichkeit dabei gesehen werden. Verdammt!« Ich starre vor mich auf den Kiesweg. »Wir sollten langsam wieder an unsere Arbeitsplätze, ich kann es mir nicht erlauben, gefeuert zu werden.«

»Natürlich nicht«, antwortet er und erhebt sich. Dann streckt er mir seine Hände entgegen, und ich ergreife sie, um mich hochzuziehen. »Pass auf dich auf und wenn irgendetwas komisch sein sollte, rufst du mich an, okay?«

»Okay, wirst du dann mein Retter in der Not sein?«, will ich lächelnd wissen und sehe ihn an.

»Natürlich werde ich das.«

Er küsst mich zum Abschied, bevor jeder von uns seines Weges geht.

10. Adam

Nachdenklich sehe ich ihr hinterher. Auch wenn versteckte Kameras nicht unüblich sind, um das Personal zu beobachten, was ich definitiv niemals befürworten würde, glaube ich nicht daran. Okay, es gibt auf den Fluren des Hotels Sicherheitskameras, die sind aber nicht versteckt und für jeden ersichtlich. Ich denke, dass ein Kollege hinter der Sache steckt.

Tief in Gedanken versunken gehe ich zurück an meinen Arbeitsplatz. Richard wartet bereits auf mich.

»Mann, wo bist du gewesen?«, werde ich in genervtem Tonfall begrüßt.

»Sorry, ich musste zum Boss«, antworte ich und binde mir meine Baristaschürze um.

»Warum, hast du schon was ausgefressen?«, fragt er und arbeitet auf seinem Tablet eine Liste ab.

»Nein, habe ich nicht«, entgegne ich knapp, weil ich keine Lust habe, mich irgendwie zu erklären.

»Na ja«, kommt es jetzt von ihm, »wahrscheinlich ist ihm zu Ohren gekommen, dass du und unsere Hausdame …«

Ich zucke mit den Schultern. »Vielleicht ... aber das geht niemanden etwas an.«

»Doch, es ist dem Personal untersagt, untereinander zu flirten und ...«

»Ja, und?«, frage ich herausfordernd, »wer will uns das tatsächlich verbieten?«

»Mr. Foster könnte euch feuern«, erklärt er mir ernst.

»Rein rechtlich wäre das unter Umständen möglich, obwohl es ein Eingriff in die Privatsphäre ist, wenn ein Arbeitgeber persönliche Beziehungen zu streng reglementiert«, erkläre ich ihm.

»Na, da kennt sich ja jemand aus«, höhnt er. »Wahrscheinlich hast du damit schon ausreichend Erfahrungen gemacht.«

»Denk, was du willst, mir ist es gleichgültig«, antworte ich gelassen, umrunde den Tresen und gehe an einen Tisch, um die neueingetroffenen Gäste zu bedienen, die gerade Platz nehmen.

Mir kommt der Verdacht, dass der Restaurantleiter Richard Infos an Foster weitergegeben hat. Ja, das macht Sinn, denke ich und begrüße die zwei Damen an dem Tisch, die gutgelaunt zwei Cappuccini und zwei Zitronensorbets bestellen. Mit einem Lächeln nicke ich ihnen zu und gehe wieder hinter den Tresen, um das Gewünschte zu erledigen. Richard gibt sich sehr beschäftigt und so denke ich weiter nach. Seit vier Jahren arbeitet er schon hier, weiß ich aus den Personalunterlagen. Seine Beurteilungen waren alle einwandfrei. Er war eben merkwürdig, als es um Summer und mich ging ... Summer! Der Gedanke an sie bringt mich zum Lächeln und schickt mir ein Kribbeln in den Bauch. Mir! Dieses Gefühl hatte ich schon seit Ewigkeiten nicht mehr. Ja, ich erinnere mich nicht einmal an das letzte aufregende Gefühl des Verliebtseins.

In diesem Moment frage ich mich, was Verliebtsein eigentlich bedeutet. Gegenseitige Anziehung und Hormone, die Achterbahn fahren? Ja, das wird es sein. *Heftige* gegenseitige Anziehung verbessere ich mich und schmunzle über mich selbst.

Während ich den Damen Cappuccini und Zitronensorbets serviere, überlege ich, wie und wann ich ihr erzählen werde, wer ich wirklich bin. Zu lange sollte ich das nicht verheimlichen, denn sie ist so herrlich offen und ehrlich. Es wurmt mich, ihr nicht als der, der ich bin, gegenübertreten zu können.

Der Vormittag bleibt ruhig, obwohl eine kleine Reisegesellschaft bei uns einkehrt und sich mit Cocktails und Schampus den Urlaubstag versüßen lässt. Sie sind fröhlich und laut. Kurz vor Schichtende kassiere ich ab, um die Gäste meinem Kollegen zu überlassen. In diesem Moment sehne ich mich nach meinem Office in Jacksonville, wo Tessa mir zwar manchmal auf die Nerven geht, ich mich aber nur mit wenigen Menschen am Tag befassen muss. Mir war der Luxus, weitestgehend für mich allein zu sein, bisher gar nicht bewusst.

Ich begebe mich zum Personalraum des Hotels, um mich dort einen Augenblick hinzusetzen, in der Hoffnung, ein paar Kollegen kennenzulernen. Aber leider ist niemand in dem Raum, der nicht besonders groß, aber sauber und ordentlich eingerichtet ist. Darum greife ich mir einen Becher und stelle ihn unter den Kaffeevollautomaten. Kurz überlege ich, bevor ich auf Café American drücke und warte. Nach zwei Shots Espresso füllt der Automat heißes Wasser in den Becher, so, wie ich ihn mag. Mit dem American in der Hand setze ich mich an den Tisch, der mittig im Raum steht. Mein Blick richtet sich auf die Spinde, in der die Angestellten ihre Wertsachen einschließen können. Jedes der Metallfächer ist feinsäuberlich mit den Namen gekennzeichnet worden. Mir fällt ein, dass auch ich einen Schlüssel dafür bekommen habe. Also stehe ich auf und suche meinen Namen. In zweiter Reihe ganz rechts sehe ich ihn dann auch. Tyler Smith. Es fühlt sich komisch an, nicht Adam Walker darauf zu lesen, sondern mein Pseudonym für diese Zeit hier, von der ich hoffe, sie dauert nicht zu lange. Ich sehne mich nach meinem eigentlichen Leben zurück. Obwohl – nein, nur halb, denn in meinem Office, hoch oben im Tower, wäre ich Summer niemals begegnet.

Als ich das Fach aufschließe, bin ich überrascht, darin etwas vorzufinden: einen Umschlag, den ich herausnehme und von beiden Seiten betrachte. Er ist unbeschriftet und verschlossen. Zwischen meinen

Fingern fühle ich durch das Kuvert hindurch eine Art kleines, längliches Päckchen. Zunächst ist es undefinierbar. Plötzlich habe ich einen Verdacht, einen wirklich miesen Verdacht, und ich frage mich, woher dieser Gedanke kommt. Fuck! Ich schiebe den Umschlag in meine Hosentasche und verschließe das Fach wieder. Eilig mache ich mich auf den Weg. Gott sei Dank begegne ich niemandem, der mich noch aufhält. Mein Bauchgefühl sagt mir, dass hier ein mieses Spiel gespielt wird.

Drei Stunden später sitze ich in der WG-Villa in der Küche und trinke, tief in Gedanken versunken, einen Kaffee. Fuck, denke ich nur und starre vor mich hin. Es war die beste Entscheidung, hierher zu kommen als Undercover Boss. Langsam drehe ich den Becher vor mir auf dem Tisch am Henkel hin und her, während ich überlege, wie ich mich jetzt verhalten soll.

»Hey, Tyler«, werde ich von Tom begrüßt. »Was sitzt du hier so belämmert rum?« Er setzt sich mir gegenüber.

»Nicht belämmert, nur nachdenklich«, antworte ich. »Bist du niemals nachdenklich?«

Er zuckt die Schultern. »Manchmal, klar. Aber ich vermeide das.«

»Echt? Warum das?« Jetzt bin ich neugierig.

Erneut zuckt er mit den Schultern. »Weiß nicht ...«

»Du läufst vor deinen eigenen Gedanken davon?«, hake ich nach, in der Hoffnung, etwas von ihm zu erfahren.

»Ja, wahrscheinlich. Ich mag nicht über mich nachdenken, weißt du. Lieber höre ich Musik, Hörbücher oder zocke am PC.«

»Wenn ich ehrlich sein soll«, setze ich das Gespräch fort, »bin ich gern mit meinen Gedanken allein. Stille hilft mir, Lösungen für Probleme zu finden, manchmal sogar meditative Ruhe zu erlangen. Sowas in der Art. Ich mag das wirklich. Solltest du echt mal ausprobieren, Tom.«

»Vielleicht«, kommt es mürrisch zurück. Dann steht er auf. »Gleich zocke ich wieder, das entspannt mich.«

»Na dann, viel Spaß«, wünsche ich Tom und sehe ihm hinterher. Mir fällt ein, dass ich noch nie gezockt habe. Irgendwie fehlt mir der Sinn darin.

Erneut wird die Haustür geöffnet und die Sonne geht auf, auch wenn es mitten am Tag ist.

»Hey Tyler«, werde ich von Summer mit einem erfreuten Lächeln begrüßt.

»Schön, dich zu sehen, Summer«, entgegne ich und stehe auf. »Du siehst gestresst aus, ist alles gut bei dir?«, will ich besorgt wissen.

»Alles okay, denke ich. Es war nur anstrengend.«

»Sonst nichts?«

»Ich wäre jetzt für einen Kuss, damit der Stress von mir abfällt«, schlägt sie vor und hält mir ihr Gesicht entgegen.

»Mehr brauchst du nicht?«, hauche ich ihr ins Ohr, bevor ich meine Lippen auf ihre lege und ihr keine Chance zur Antwort gebe.

Ein Schauer durchläuft ihren Körper, und ich spüre, wie ihr Atem stockt. Für einen Moment existieren nur noch sie und das Kribbeln, das durch meinen Körper strömt.

»Du machst mich atemlos«, entgegnet sie nach dem Kuss und holt tief Luft, »Einen Kaffee, dann eine Dusche und eine halbe Stunde die Augen schließen, ja, das bräuchte ich.«

»Dann war es sehr anstrengend«, stelle ich fest.

Sie nickt, löst sich von mir und bereitet sich einen Cappuccino zu. Mit der Tasse in der Hand lehnt sie sich an die Küchenzeile.

»Wie war es bei dir, hast du etwas Neues entdeckt?«, fragt sie und streicht sich müde über ihre Lider.

»Nein, habe ich nicht, aber ich halte meine Augen offen«, entgegne ich.

Es ist besser, wenn sie ahnungslos bleibt. Sobald ich mehr Infos habe und es wichtig wird, werde ich sie einweihen müssen.

»Ich würde meinen Cappuccino gern draußen auf der Terrasse trinken, magst du mitkommen?«, fragt sie mich und stößt sich von der Küchenzeile ab.

»Gern«, antworte ich, lege einen Arm um ihre Schultern und führe sie hinaus.

Niemand unserer Kollegen hält sich hier draußen auf, darum haben wir freie Auswahl unter den Liegen. Summer deutet auf zwei im Schatten einer Palme stehende, die wir dann auch sofort einnehmen.

Seufzend lehnt sie den Kopf zurück. »Ich weiß nicht, irgendwie sind einige der Mädels wirklich total angespannt und ich habe keine Ahnung, woran das liegen könnte. So, als würde eventuell Mr. Foster Druck auf sie ausüben, weißt du?«

Während sie noch die Tasse in einer Hand hält, hat sie dennoch eine entspannte Haltung eingenommen. Ich sitze auf der Liege neben ihr und betrachte sie. Ihre dunklen, glänzenden Haare verleiten dazu, mit den Fingern hindurchfahren, denn sie sind seidenweich. Ihre schwarz getuschten Wimpern bilden einen Kranz um ihre Augenlider, und ihre Nase zeichnet sich durch fein geschwungene Nasenflügel aus. Und dann ihr Mund ... Natürliche volle Lippen, deren Oberlippe die sanfte Rundung eines geformten Herzens aufweist. Sie ist wirklich wunderschön und so jung, viel zu jung – ich meine, fünfzehn Jahre Altersunterschied sind nicht unbedeutend.

Summer schlägt ihre Augen auf und sieht direkt in die meinen. »Ich habe es doch bemerkt«, sagt sie lächelnd und amüsiert.

»Was?«, gebe ich mich unwissend.

»Dass du mich angesehen hast«, antwortet sie und mustert mich nun ihrerseits. Zwischendurch nimmt sie einen Schluck ihres Kaffees und setzt die Tasse auf den Boden neben ihrer Liege ab. »Du bist wirklich sehr attraktiv«, stellt sie fest.

»Danke«, antworte ich und halte ihrem Blick stand. „Du bist selbst sehr schön«, gebe ich ihr das Kompliment zurück. »Und ich habe eben wieder festgestellt, wie jung du bist«, gestehe ich.

»Stört dich das sehr?«, fragt sie leise.

»Nein, eigentlich nicht, nur … wie soll ich mich ausdrücken … «, stammle ich ungeschickt, da mir im Moment tatsächlich die richtigen Worte fehlen.

Daraufhin setzt sich Summer auf und rutscht näher zu mir. Ihre Oberschenkel berühren die meinen. »Weißt du, Tyler, ich finde, dass ich erwachsen genug bin, um auf mich selbst aufzupassen. Kein Mann muss das für mich tun. Wenn ich also kein Problem mit unserem Altersunterschied habe, solltest du es auch nicht haben, oder?«

Jetzt streiche ich durch ihre seidenweichen Haare. »Wahrscheinlich hast du recht. Es ist vielleicht mehr die Sorge darüber, was andere über uns denken.«

Sie schmunzelt. »Hey, wo ist der selbstbewusste Tyler geblieben?«

»Es geht da weniger um mich, sondern, wie über dich geredet wird. Da kommt doch glatt der Beschützerinstinkt in mir durch«, gebe ich schmunzelnd zu.

»Ich finde, du bist ein Mann im besten Alter. Längst nicht alt, aber schon lebenserfahren genug, um ein echter Kerl zu sein.« Jetzt streicht sie mit einem Finger am äußeren Augenwinkel meines rechten Auges entlang. »Und diese Lachfältchen machen dich nicht alt, sondern sehr sexy.«

»So, so«, raune ich, beuge mich vor und streiche mit meiner Nasenspitze über ihre Wange, bis hin zu ihrem Ohr.

Eine Schauerwelle durchläuft sie, was sie zum Kichern bringt. Das vergeht ihr jedoch, weil ich meine Lippen auf ihre lege und sie zunächst sanft küsse. Da sie sofort darauf eingeht, vertiefe ich den Kuss, was augenblicklich meine Hose zu eng werden lässt. Ihr Seufzen kurz darauf verstärkt den Effekt nur noch. Ich umarme sie und ziehe sie mit mir in die Waagerechte auf der Liege. Engumschlungen lassen wir nicht voneinander ab. Ihr Atem fließt förmlich in meinen über und ich nehme ihn tief in mir auf. Er ist nicht nur aphrodisierend, sondern erscheint mir in diesem Augenblick lebensnotwendig zu sein. Obwohl mein Verstand immer mehr gen Süden schwindet, fällt mir doch noch ein, dass wir uns auf der Terrasse befinden, wo uns jederzeit jemand überraschen kann, darum werde ich ruhiger. Das veranlasst sie zu einem enttäuschten Laut, der mich zum Schmunzeln bringt.

»Du bist süß, Summer, wirklich.«

Sie kuschelt sich an meinen Körper. »Manchmal kann ich auch süß sein.«

»Was bist du, wenn du es nicht bist?«, frage ich verspielt und lehne meine Wange an ihren Kopf.

»Sag du es mir«, fordert sie mich auf.

»Du bist umwerfend sexy, wenn du nicht süß bist und ich finde, du bist meistens sogar beides zusammen«, überlege ich und grinse. »Und ich habe dich gestern Abend und heute Nacht als sehr, sehr heiß erleben dürfen.«

Zufrieden schnurrt sie geradezu an meinem Hals. »Hach, das höre ich gern.« Sie lacht leise über sich selbst.

»Wenn du in deiner Funktion als Hausdame im Dienst bist, dann hast du eine sehr professionelle Ausstrahlung«, erzähle ich weiter.

»Nicht gut?«, will sie wissen und sieht mich wieder an.

»Doch, sehr gut. Ich mag das an dir. Schließlich habe ich mich sofort von dir angezogen gefühlt, als ich dich sah.«

Summer löst sich aus unserer kuscheligen Haltung und setzt sich wieder auf. »Ich würde jetzt wirklich gern duschen und eine Runde schlafen.« Nun lächelt sie verschmitzt. »Ich habe da was nachzuholen.«

Lachend setze ich mich ebenfalls auf. »Okay, mach das. Wir sehen uns heute Abend?«

»Ja, gern, ich freue mich auf dich«, sagt sie sofort zu und steht auf. Mit einem strahlenden Lächeln wendet sie sich ab, um ins Innere der Villa zu gehen.

Ein schöner Rücken kann definitiv auch entzücken, denke ich und sehe ihr hinterher.

11. Summer

In meinem Zimmer lasse ich mich auf das Bett fallen und träume mit offenen Augen an die Decke. Ich weiß auch nicht warum, aber ich hatte eben das Gefühl, ich muss flüchten. Mit seiner intensiven Ausstrahlung nimmt er mich ein, wie es bisher noch kein Mann vor ihm getan hat. Aus irgendeinem Grund fühle ich deutlich, dass er nicht der ist, der er vorgibt zu sein. Ich werde dahinterkommen und in der Zwischenzeit genieße ich seine Gegenwart und unsere Dates.

Die gleichaltrigen Typen, mit denen ich bisher zusammen war, sind gegen ihn unreife Jungs. Vielleicht bin ich auch nur an die Falschen geraten? Keine Ahnung, Fakt ist, ich bin noch immer Single, während meine Freundinnen von damals schon längst verheiratet sind, in festen Beziehungen leben und zum Teil Kinder haben. Von all dem bin ich weit entfernt. Vermisst habe ich es allerdings auch noch nicht. Schließlich braucht es dazu einen Mann, den ich liebe und der mir Geborgenheit schenkt.

Außerdem mag ich meinen Job. Es ist schon großartig, in den luxuriösesten Hotels zu arbeiten, die schönsten Plätze der Welt zu sehen und zu bereisen. Bisher bin ich nur ein bis maximal zwei Jahre an einem Ort geblieben und dann weitergezogen. Meine Referenzen sind sehr gut und das ermöglicht es mir, bei den Besten zu arbeiten. Hier im *Golden Beach Resort* bin ich mir allerdings nicht im Klaren, ob es eine gute Wahl von mir gewesen ist. Also, natürlich gehört es zu den High-Level Resorts, aber der Geschäftsführer ist irgendwie, ich weiß auch nicht, zwielichtig? Zudem sind mir die schlechten Bewertungen zu dem Hotel viel zu spät aufgefallen. Das war nachlässig von mir, die nicht mit einzubeziehen, bevor ich mich hier beworben habe. Ich hatte mich zu sehr von dem traumhaft schönen *Dolphin Island* blenden lassen. Außerdem stimmt etwas nicht mit drei der Zimmermädchen. Sie sind alle gerade mal volljährig, sehr attraktiv und immer aufgedreht, fast schon überdreht. Manchmal habe ich sie in Verdacht, dass sie aufputschende Mittel einnehmen. In ihrer Arbeit sind sie jedoch zuverlässig und es gibt keinen Grund, misstrauisch zu sein.

Über meine Gedanken, die immer langsamer werden, schlafe ich ein.

Wach werde ich, als es an meiner Tür klopft und Tyler meinen Namen ruft.

»Moment«, bringe ich mühsam heraus und setze mich benommen auf. Ein Blick auf die Uhr am Bett zeigt mir, dass schon Dinner Time ist.

Langsam stehe ich auf und gehe zur Tür, schließe auf und öffne sie.

»Hey, Tyler, sorry, hab verschlafen«, murmle ich.

Er grinst breit. »Das ist nicht zu übersehen, Summer. Aber auch mit zerknitterten Klamotten und verschmierter Mascara bist du bezaubernd.«

»O nein!«, rufe ich aus und lache. »Gib mir eine halbe Stunde und ich bin bereit für unser Date.«

»Mehr Aufwand machst du dir nicht, um mir zu gefallen?«, fragt er, zieht amüsiert eine Augenbraue hoch und lächelt.

»Das, mein Lieber, habe ich gar nicht nötig«, kontere ich selbstbewusst und lache. »Bis gleich, okay?«

»Ich warte draußen am Pool auf dich«, antwortet er, tippt sich salutierend an die Stirn und wendet sich ab.

Die Tür verschließe ich wieder hinter mir und atme zunächst tief durch.

Dreißig Minuten später nehme ich die Treppen hinunter und gehe an den Pool, wo Tyler auf dem Rasen sitzt und vor sich hin träumt. Erst als ich vor ihm stehe, sieht er zu mir auf.

»Da bist du ja, Summer und zudem wunderschön«, macht er mir ein Kompliment.

»Danke«, antworte ich und setze mich neben ihn.

»Wie wäre es, wenn wir woanders hingehen?«, fragt er mich. »Ich würde gern mit dir reden, ohne das Gefühl zu haben, wir werden beobachtet.«

»Eine gute Idee«, stimme ich sogleich zu. »Wo willst du hin?«

Er zuckt mit den Schultern. »So gut kenne ich mich ja hier nicht aus. Auf jeden Fall raus hier.« Während er mit mir spricht, erhebt er sich und hält mir seine Hände hin.

Als ich sie ergreife, zieht er mich mit Schwung zu sich hoch. Unsere Gesichter sind so nahe beieinander, dass ich seinen Duft aufnehme. Ein Parfüm, was meine Sinne sofort anspricht. Am liebsten würde ich mich an seinem Hals entlang schnuppern und diesen Herrenduft tief einatmen. Es ist nicht irgendein Parfüm, fällt mir auf. Seit ich in den Luxury Hotels arbeite, erkenne ich den Unterschied von Mainstreamduftwässern zu exklusiven Düften sofort.

Wir sehen uns an … Seine braunen Augen haben eine besondere Tiefe, in die ich gerne eintauchen möchte, denn ich bin neugierig auf diesen Mann, will alles von ihm wissen. Und diese kleinen Lachfältchen um seine äußeren Augenwinkel herum geben ihm eine attraktive reife Maskulinität, von der ich mich nur zu gern anziehen lasse.

»Wir sollten gehen«, murmelt er an meinen Lippen, ohne den Versuch zu unternehmen, mich zu küssen.

»Sollten wir«, antworte ich ebenso leise und sehe ihn unumwunden an, überwinde den Hauch von Nichts zwischen uns und küsse ihn sanft. »Ich weiß auch schon, wohin. Wie wäre es, wenn wir uns Pizza und Wein bestellen, um es am Strand zu genießen? Ich wüsste da ein lauschiges Plätzchen«, schlage ich vor.

In seinen Augen funkelt es. »Eine ausgezeichnete Idee. Haben wir hier irgendwo eine Decke, die wir mitnehmen können?«

Ich nicke, umfasse seine Hand und lenke ihn in die Villa. In einem Schrank in der großen Diele liegen Decken, Polster und Kissen für die Terrasse. Ich greife mir zwei Decken heraus und rolle sie zusammen. Sofort nimmt er beide an sich, damit ich keine tragen muss.

Zunächst gehen wir still Hand in Hand den Weg entlang, bis ich ihn zum Strand führe. Mit den Füßen schlendern wir im seichten Wasser, wo die Wellen des Meeres langsam auslaufen. Es ist angenehm kühl und die Sonnenstrahlen brechen sich auf dem bewegten Wasser, sodass es glitzert, wie Abertausende kleine Kristalle. Ich liebe das Rauschen des Meeres, es wirkt auf mich beruhigend.

An dem von mir ausgesuchten Platz breiten wir eine Decke aus. Tyler sucht einen Lieferservice heraus und bestellt Pizza und Wein, beides lässt er an den Strand bringen. Wir sitzen in einer kleinen, zurückgezogenen Bucht, umgeben von schützenden Felsen. Eine Palme bewegt im Wind sanft ihre

Palmenwedel und bildet ein natürliches Dach über uns. Die untergehende Sonne taucht den Himmel und das Meer in ein leuchtendes Gelb, das in ein sattes Orange und schließlich in ein tiefes Rot übergeht. Die Wellen glitzern im letzten Licht des Tages, während die sanfte Brise die Palmenwedel wiegt. Ich spüre Tylers warme Brust an meinem Rücken und seine gleichmäßigen Atemzüge entspannen mich. Meine Hände ruhen auf seinen kräftigen Oberschenkeln und ein wohliges Gefühl der Geborgenheit durchströmt mich. Wir genießen die stille Verbundenheit, reden nicht, sondern lassen den Augenblick für sich sprechen, bis sein Handy vibriert.

Er schaut kurz drauf. »Die Pizza ist da, ich hole sie eben ab.«

Wenige Minuten später ist Tyler schon zurück, und bei den letzten Augenblicken des Sonnenuntergangs beißen wir hungrig in unsere Pizzen. Die letzten Strahlen der untergehenden Sonne tanzen auf den Wellen, während der Geschmack von Tomatensauce und Käse sich mit der salzigen Meeresluft mischt. Zwischendurch schenkt er uns Wein in zwei Pappbecher und reicht mir einen.

»Ich weiß nicht, wie viele Jahre ich keinen Wein mehr am Strand aus einem Pappbecher getrunken habe«, stellt er amüsiert fest und stößt mit mir an. »Auf diesen bezaubernden Abend, Summer.«

»Auf diesen Abend, Tyler«, erwidere ich und nehme einen Schluck vom Rotwein. Der kühle Wein ist eine angenehme Erfrischung in der warmen Abendluft. »Warum hast du dir so etwas Unkompliziertes nicht mehr gegönnt?«, frage ich und beiße erneut von einem Stück Pizza ab.

Nachdenklich sieht er mich an. »Tja, ich habe viel zu viel gearbeitet.«

»Als Barkeeper?«

»Eher nicht, es handelte sich mehr um ... geschäftsführende Aufgaben«, drückt sich Tyler etwas vage aus, doch ich frage nicht weiter nach.

Wir kennen uns noch viel zu kurz, als dass er mir alles erklären müsste. Außerdem arbeiten im Hotelgewerbe viele Menschen im Laufe ihres Lebens auf verschiedenen Ebenen. Geschäftsführende Tätigkeiten ... ja, das passt zu ihm, denke ich und stelle ihn mir in einem gutsitzenden Anzug vor. Die Vorstellung lässt mich unbewusst seufzen, er sieht bestimmt sehr sexy darin aus.

»Was hast du, Summer?«

»Ach, nichts«, antworte ich und merke, wie meine Wangen heiß werden.

Leise lachend rückt er näher an mich heran. »Das, Süße, glaube ich dir aber nicht.«

Ich schmunzle. »Das ist allein dein Problem.«

»Und frech ist sie auch noch«, murmelt er an meinem Ohr, was mir eine Gänsehaut beschert. Leider vibriert in diesem Moment mein Handy. Zunächst übergehe ich es, weil Tyler mit seinen Lippen an meinem Hals hinabwandert – doch kaum hört es auf, fängt es erneut an zu nerven. »Geh nur dran«, murmelt er, ohne von mir abzurücken, darum greife ich das Smartphone und nehme das Telefonat an.

»Fields?«

»Ms. Fields, ich muss mich für morgen krankmelden«, höre ich Melanie, eines der Zimmermädchen, am anderen Ende. »Emma ist auch krank geworden«, fährt sie fort.

»Ihr wollt euch beide für morgen abmelden?«, frage ich stirnrunzelnd. »Ist euch klar, dass wir eine Krankmeldung von eurem Arzt verlangen können?«

»Nein, das hatten wir vergessen«, kommt es zögerlich zurück. Ich spüre förmlich, wie die zwei Frauen sich am anderen Ende ansehen und überlegen.

»Okay, dann erwarte ich euch beide morgen pünktlich zum Dienstbeginn«, beende ich das Gespräch, mir klar werdend, dass die beiden blaumachen wollten.

Ohne ein weiteres Wort legt Melanie auf.

»Was war denn das?«, will Tyler wissen und rückt von mir ab, um mich anzusehen.

Kurz erzähle ich es ihm. »Weißt du, das ist komisch. Die beiden haben das schon einmal gemacht, kurz nachdem ich meinen Job angetreten hatte. Es war auch ein Samstag, da bemerkte ich, wie sie aufgebrezelt und auf High Heels ins Haupthaus gingen, ohne dass ich sie wieder herauskommen sah.«

»Sie waren bestimmt eingeladen«, mutmaßt Tyler.

»Es fand aber nichts Besonderes statt. Ansonsten ist es dem Personal strengstens untersagt, sich von Gästen einladen zu lassen.«

Wir sehen uns nachdenklich an.

»Schon komisch, erst gestern die große Getränkelieferung, dann heute die Krankmeldungen für morgen, einen Samstag.« Er setzt sich auf. »Da findet etwas statt, von dem nur wenige wissen. Wir sind nicht eingeladen, so viel steht fest.«

»Merkwürdig, was könnte es sein und warum sind nur so wenige eingeweiht?« Mich beschleicht ein komisches Gefühl. »Es muss etwas Illegales sein.«

»Davon gehe ich aus«, knurrt Tyler und sieht mich düster an. »Und unser Mr. Foster ist daran beteiligt.«

»Das würde zu ihm passen,« überlege ich.

12. Adam

Morgen also, denke ich, *was auch immer es ist, wir werden dabei sein. Dafür sorge ich.*

»Ja«, antworte ich, »da muss ich dir recht geben, Summer. Ich vermute auch, dass er dahintersteckt.«

Nachdenklich starre ich aufs Meer hinaus und sehe ein Ruderboot, das auf die Bucht zusteuert – um diese Uhrzeit eher ungewöhnlich. Gerade als Summer ihr Smartphone hervorzieht, halte ich meine Hand darüber.

»Jetzt nicht«, fordere ich bestimmt.

»Warum?«

»Siehst du das da draußen? Wenn ich mich nicht irre, sind das zwei Männer in einem Ruderboot.«

»Ja und?«

»Sie sollen nicht bemerken, dass wir sie beobachten«, erkläre ich leise.

»Ich verstehe nicht ...«

»Psst, ich erkläre es dir später«, raune ich ihr zu und fixiere mit meinem Blick das kleine Boot, das auf einen der Bootsstege zusteuert. Was genau sie am Steg tun, kann ich von hier aus nicht erkennen – verdammt. Aber nach wenigen Minuten rudern sie wieder hinaus in die Dunkelheit. Jetzt ziehe ich mein Smartphone aus der Hosentasche und wähle eine Nummer. »Tyler Smith hier«, melde ich mich, nachdem mein Gegenüber den Anruf angenommen hat, und berichte von den Ereignissen. Kurz darauf lege ich auf.

»Tyler, was geht hier vor sich?«, will Summer zu Recht wissen.

»Eigentlich wollte ich dich da heraushalten, merke aber, dass es nicht möglich ist. Heute, als ich meinen Spind im Aufenthaltsraum geöffnet habe, lag darin ein Briefumschlag, ohne Adressat oder Absender. Mein Instinkt warnte mich, also brachte ich ihn sofort zu einem Detective vor Ort. Er nahm eine Probe fürs Labor und wir beschlossen, den Umschlag wieder zurückzulegen, um niemanden zu alarmieren.« Kurz überlege ich, inwieweit ich sie mit einbeziehe, ohne sie eventuell zu gefährden. »Summer, ich will dich nicht mit zu viel Wissen da hineinziehen, aber es geht hier im Hotel mit unrechten Dingen zu.«

»Und warum willst ausgerechnet du das herausfinden?« Ernst sieht sie mich an.

Tief atme ich durch. »Es ist besser, wenn du nicht alles so genau weißt, glaube mir. Aber sobald ich es dir gefahrlos mitteilen kann, werde ich dir die gesamte Geschichte erzählen. Alles.« Sanft umfasse ich ihr Gesicht. »Ich will dich nicht belügen, ich möchte dich damit beschützen.«

»Weißt du, was das Blöde daran ist?«, fragt sie mich leise.

»Sag's mir«, bitte ich sie, meinen Mund fast an ihrem.

»Dass ich dir glaube«, murmelt sie. »Wahrscheinlich ist es ein Fehler, w…«

In diesem Augenblick stehlen meine Lippen ihr das flüchtige Geständnis der Zuneigung, sanft und mit bedachtsamer Zärtlichkeit. Ein leiser Seufzer entflieht mir, während ich die Augen schließe, um mich ganz diesem Gefühl hinzugeben. Summers Lippen, so zart, schmecken nach einem Hauch von Wein, gemischt mit der salzigen Meeresluft. Ihre Berührung fühlt sich an, als würde sie mir die Pforten zu einem verborgenen Paradies öffnen. Und Summer, im Einklang mit diesem zarten Moment, erwidert diesen Kuss, als wären unsere Seelen für genau diesen Austausch über Zeiten hinweg gewandert.

O Mann, denke ich, wann habe ich jemals in dieser Weise über den Kuss einer Frau sinniert, solch poetische Gedanken und Gefühle dabei empfunden?

Bisher nie. Nur bei Summer.

Vielleicht ist es ihre Schönheit, die mich so ergreift, oder ihre Jugend – wobei sie mit ihren achtundzwanzig Jahren natürlich kein Teenie mehr ist. Doch sie wirkt viel jünger, als sie ist. Ihre Unschuld und Sanftheit berühren mein Herz auf eine Weise, die mir bislang unbekannt war.

Vorsichtig löse ich meine Lippen von den ihren und lehne meine Stirn an ihre. Ihr Atem streift mich warm und berauschend, ein süßer Hauch, der meine Sinne benebelt. Mein Herz schlägt hart und schnell, während ich versuche, die aufkeimende Erregung zu zügeln. Dieser innige Moment verdient es, in gefühlvoller Stille genossen zu werden.

»Tyler«, wispert sie, »du kämpfst mit sehr unfairen Mitteln.«

»Ach!?«, stoße ich amüsiert heraus. »Ist das so?«

Sie küsst mich zart. »O ja! Mit so einem Kuss setzt du mich schachmatt.«

»Das liegt an deinen zarten, überaus sinnlichen Lippen und daran, dass du wirklich gut küsst«, entgegne ich lächelnd.

»Schmeichler«, gibt sie leise lachend von sich.

»Schmeichler?«, wiederhole ich schmunzelnd. »Nur die Wahrheit, mehr nicht.«

Ihre Augen leuchten und sanft lächelt sie mich an. »Und was, wenn ich sage, dass deine Lippen ebenso sinnlich sind? Dass sie eine Sehnsucht in mir wecken, die ich kaum zu zügeln weiß?«

Ich ziehe eine Augenbraue hoch, mein Herz schlägt einen Tick schneller. »Dann würde ich sagen, dass wir beide im selben Boot sitzen.«

Sie legt ihre Hand sanft an meine Wange. »Ein ziemlich schönes Boot, finde ich.«

»Das Beste, auf dem ich je gesegelt bin«, gestehe ich und fange ihren Blick mit meinem. In diesem

Moment scheint alles andere unwichtig. Nur sie, nur dieses zärtliche Gespräch zwischen uns, zählt.

»Versprich mir, dass wir dieses Boot gemeinsam steuern werden, Tyler. Keine gefährlichen Wendemanöver!«

Ich erfasse ihre Hand, die sich noch an meine Wange schmiegt, und küsse ihre Fingerknöchel. »Ich verspreche es. Zusammen, Summer, gegen alles, was da kommen mag.« Kurz denke ich nach. »Nur ab und an werde ich als erfahrener Kapitän die Führung übernehmen, damit wir nicht mit unserem Boot kentern und untergehen. Wäre das für dich in Ordnung?«

»Ja, ich vertraue dir«, antwortet sie leise, ohne den Blick von mir zu wenden. »Aber nicht, weil ich naiv bin, weißt du, sondern weil ich tief in mir fühle, dass es richtig ist.«

Es fällt mir schwer, ihr jetzt nicht die Wahrheit über mich zu erzählen. Ich muss sehr an mich halten, denn ihr Vertrauen ist ein Geschenk an mich, ein Vorschussgeschenk. In diesem Augenblick hasse ich mich dafür.

»Mir wird kalt, ich würde gern langsam zurückgehen.«

Eine kühle Brise streift uns, und ich ziehe sie näher an mich, um ihr meine Wärme zu spenden. »Sorry, Süße, ich habe das gar nicht bemerkt.«

»Woher auch«, meint sie und kuschelt sich an mich. »Du bist so schön warm …«

»Komm, wir gehen jetzt zurück und, Summer?«

»Ja?«

»Lass uns ab jetzt nicht mehr in der Nacht trennen.«

Lächelnd antwortet sie: »Das meinst du ganz uneigennützig?«

»Natürlich, wie denn sonst?« Ich lache, meine es aber sehr ernst, denn ich will Summer nicht allein lassen. Sie beschützen kann ich nur in ihrer direkten Nähe. Abgesehen davon werde ich jede Nacht mit ihr genießen.

Wir falten gemeinsam die Decke zusammen, bringen die Pizzaschachteln ineinander und schlendern langsam zurück. Einen Arm lege ich um ihre Schultern und drücke sie an mich.

»Tyler …«, fängt sie an und gerät ins Stocken.

»Was ist?«, frage ich sie deshalb und bleibe stehen.

»Ich spüre, dass deine Gefühle mir gegenüber echt sind, auch wenn du ansonsten vieles vor mir verbirgst. Wie soll ich mich ausdrücken? Noch nie habe ich mich jemandem so schnell so nahe gefühlt …«

»Das macht dir Angst?« Zart streichle ich ihre Wange.

»Ja, irgendwie schon und es macht mich unsicher«, gibt sie zu.

»Weißt du, ich bin seit längerer Zeit keine Beziehung mehr eingegangen, weil ich nicht bereit dafür war, weil mich keine Frau auf tiefer Ebene angesprochen hat. Und dann steht da vor meinem

Tresen eine wunderschöne Hausdame mit grünen Augen, die mich anfunkeln und einem Mund, den ich am liebsten sofort hätte küssen wollen.«

Daraufhin lacht sie. »Hey, du bist ein charmanter Lügner.«

»Nein«, widerspreche ich ihr, »nicht umsonst wollte ich deinen Feierabend wissen.«

»O ja, das stimmt und du hast nicht lockergelassen.«

»Und du bist mir geschickt ausgewichen.«

Jetzt lacht sie erneut. »Da konnte ich nicht wissen, wie hartnäckig du bist und auch nicht, dass wir in der Villa-WG unsere Zimmer nebeneinander haben werden.«

»Wir konnten auch nicht wissen, dass wir direkt bei unserem ersten Date eine sehr heiße Nacht miteinander verbringen werden.«

Lächelnd sieht sie mich an. »Nein, das konnten wir nicht wissen. Normalerweise bin ich gar nicht so schnell entflammbar.«

»Tja, Summer, ich fühle mich sehr geehrt«, entgegne ich mit einem breiten Grinsen.

»Grins nicht so selbstgefällig«, tadelt sie mich liebevoll.

»Na hör mal; fast jeder der männlichen Hotelangestellten hat ein Auge auf dich geworfen und wäre nur zu gern an meiner Stelle«, erkläre ich ihr. »Auch die Pagen machen alle Stielaugen, wenn sie in deiner Nähe sind.«

»Vielleicht«, tut sie das ab. »Ich stehe definitiv nicht auf unreife Jungs.«

»Nein, du stehst auf reifere Männer«, stelle ich zufrieden fest.

»Ja, das war schon immer so und erst durch dich ist es mir wirklich klar geworden.«

»Was habe ich doch für ein Glück«, stoße ich aus. »Komm, lass uns weiter.«

In der Villa werfen wir die Pizzakartons in den Müll und legen die Decken ordentlich in den Schrank zurück. Auf der großzügigen Loungeecke lümmeln ein paar unserer Kollegen und zocken lautstark am Flatscreen. Die Atmosphäre ist ausgelassen und voller Gelächter. Als sie uns bemerken, laden sie uns ein, mitzumachen. Wir lehnen dankend ab.

»Gute Nacht«, wünschen wir ihnen, und sie erwidern ein spöttisches »Viel Spaß«.

Wir tauschen ein verschwörerisches Grinsen und gehen die Treppe hinauf.

Oben bleiben wir vor ihrer Tür stehen.

»Bei mir oder bei dir?«, fragt sie lächelnd.

»Bei dir, Süße«, antworte ich.

In ihrem Zimmer sehe ich mich kurz um.

»Du hast es hier aber hübsch«, stelle ich fest. »War das schon so eingerichtet, oder hast du nachgeholfen?«

»Die weißen Möbel standen schon hier, aber mit den Kissen, Vorhängen und Läufern habe ich meinen Stil reingebracht. Schön, dass es dir gefällt. Setz dich doch«, fordert sie mich auf und deutet auf das rote Sofa vor dem Balkonfenster. »Möchtest du noch einen Wein?«

»Sehr gern.«

Sie hantiert an einer eleganten Anrichte, in der eine Bar mit indirekter Beleuchtung und einem kleinen Kühlschrank integriert ist.

»Wow, das ist nobel«, stelle ich fest.

»O ja, ich bin auch ganz begeistert davon. Man merkt, dass diese Villa früher first-class Gäste beherbergte.« Sie sieht mich mit einem Zwinkern an. »Nur die Nüsse und der Sekt sind nicht aufgefüllt worden.«

»Da werde ich wohl mit der Hausdame ein strenges Gespräch führen müssen«, gehe ich auf sie ein und unterdrücke ein Grinsen.

Mit zwei Gläsern Wein kommt sie auf mich zu und reicht mir eines davon.

»Sir, muss ich mich jetzt um meinen Job sorgen?«, fragt sie mit gesenktem Blick.

»Vielleicht«, antworte ich vage und sehe sie streng an.

„Was kann ich tun, um das zu umgehen?", fragt sie mit verführerischem Augenaufschlag, was mich in den Schwitzkasten bringt.

Summer weiß nicht, dass ich jetzt wirklich in Schwierigkeiten geraten könnte, wenn ich dieses Spiel auf die Spitze treibe, wie ich es am liebsten täte, denn alles in mir verlangt danach. Aber ich bin immer noch ihr Boss. Ach fuck! Ich atme tief durch, um mich zu beruhigen und einen Augenblick Zeit zu gewinnen.

»Da ich hier nur dein Kollege bin, steht es mir Gott sei Dank nicht zu, dich zu maßregeln«, antworte ich daher ausweichend. Um dem von ihr angefangenen Spiel eine andere Richtung zu geben, umfasse ich ihr Handgelenk und ziehe sie zu mir aufs Sofa. »Aber ich werde darüber schweigen.«

»Einfach so?«, hakt sie ein wenig enttäuscht aussehend nach.

»Ach Summer, soll ich dir etwa den Hintern versohlen?«, frage ich mit hochgezogener Augenbraue und grinse.

»Och«, macht sie und legt einen Finger über ihren verlockend geschwungenen Mund. »Das wäre doch mal eine Abwechslung.«

»Du stehst drauf?«

»Bisher nicht, aber warum nicht einmal etwas Neues ausprobieren? Und du, wie sieht es bei dir aus?«

»Ich liebe Sex, wenn er ehrlich ist, voller Verlangen und wilder Lust – manchmal auch mit Dominanzspielchen. Es ist aber nicht die Regel, eher die Ausnahme.«

»Warum?« Neugierde liegt in ihrem Blick.

»Wahrscheinlich, weil ich es nicht brauche, es aber mal eine Abwechslung bedeutet.« Nachdenklich betrachte ich sie. »Du bist so heiß, dass ich darüber gar nicht nachgedacht habe.«

Sie schmunzelt. »Das nenne ich mal ein Kompliment.«

Mit einem beherzten Griff ziehe ich sie auf meinen Schoß. Ein kleiner Juchzer entweicht ihr, während sie ihr Glas hastig auf den Tisch stellt.

»Wirklich? Ich dachte, es wäre offensichtlich, wie du auf mich wirkst«, erwidere ich mit einem Augenzwinkern, während ihre Arme sich um meinen Nacken legen. »Aber vielleicht sollte ich deutlicher werden?«

»Oh, und wie würdest du das tun?« Ihre Stimme klingt herausfordernd, gemischt mit unüberhörbarer Vorfreude.

»Indem ich es dir zeige, statt zu erzählen«, raune ich, meine Lippen nur einen Hauch von den ihren entfernt. »Handlungen sprechen schließlich lauter als Worte.«

Ein schelmisches Lächeln umspielt ihre Lippen, kurz bevor sie meine erneut treffen, diesmal fordernder, wie ein stummes Versprechen. »Dann hoffe ich, deine Taten können dein gewagtes Statement untermauern.«

»Verlass dich drauf.« Meine Antwort ist leise, fast flüsternd, bevor ich mich von Worten abwende und mich der Sprache der Zärtlichkeit hingebe, die zwischen uns spricht – leidenschaftlich, unausgesprochen, aber in jedem Kuss und jedem Blick deutlich zu verstehen.

Die Luft ist erfüllt von unseren Seufzern und dem immer heftiger werdenden Atem. Unsere Zungen tanzen einen sinnlichen Tanz und ich schiebe sie sanft in die Waagerechte. Halb auf Summer liegend umfasse ich ihr Gesicht und sehe sie an. Ihre Augen sind fast schwarz vor Verlangen, ihre Lippen glänzen von unserem wilden Kuss, und ihre Wangen sind sanft gerötet.

»Du bist so wunderschön«, hauche ich, vollkommen fasziniert von ihr.

Sie schlingt ein Bein um meine Hüfte und reibt ihren Schritt an meinem. Meine Erregung wird davon derart befeuert, dass es augenblicklich schmerzhaft eng in meiner Hose wird. Trotzdem ist es ausgesprochen lustvoll. Um es auszukosten, schiebe ich meine Hände unter ihr Oberteil und treffe auf kühle, seidenweiche Haut. Ohne unsere Münder voneinander zu lösen, helfen wir uns gegenseitig aus den Klamotten, die achtlos zur Seite geworfen werden. Und dann endlich liegt sie hüllenlos vor mir, schmiegt sich vor Begierde bebend an mich, während sie meinen Hals hinunter küsst. Doch ich stoppe sie, um meinerseits ihren Körper zu erkunden. Ihre Brüste verlangen geradezu danach, berührt zu werden. Die rosaroten Nippel recken sich mir entgegen. Neckend umschließe ich sie mit meinen Lippen, um an ihnen zu saugen und sie mit meiner Zungenspitze zu umkreisen. Ein leises Stöhnen entlocke ich Summer damit, erregt wölbt sie sich mir immer mehr entgegen, reibt sich an meiner Männlichkeit und verlangt heiser, dass ich endlich zu ihr kommen soll.

Mit einem beherzten Griff drehe ich sie auf den Bauch und schiebe mich über sie. Summer greift neben das Sofa in ihre Strandtasche und friemelt etwas heraus, das sie mir in die Hand drückt. Sofort erkenne ich den Blister eines Präsers, den ich aufreiße und ihn mir sorgfältig überrolle. Währenddessen schiebt Summer mir ihren Hintern entgegen. Eine Hand lege ich auf ihren Bauch, mit der anderen umfasse ich meinen Schwanz und positioniere ihn an ihrer Pussy, die nassglänzend darauf wartet, endlich genommen zu werden.

Langsam schiebe ich mich in ihren Spalt, der sich eng um meine Erektion schmiegt. O Mann! So eng ... so heiß ... Vorsichtig dringe ich bis zum Anschlag in sie, wo ich zunächst verharre, um sie zu genießen und mich zu sammeln, denn ich bin verdammt scharf auf sie. Langsam bewege ich mich in ihr, während ich meine Hand von ihrem flachen Bauch zu ihrer Pussy bringe und mit einem Finger ihre Klit stimuliere. Summers Stöhnen daraufhin schießt sofort in meinen Schwanz. Darum nehme ich sie jetzt mit schnelleren, festeren Stößen, ohne von ihrer drallen Perle abzulassen. Ihre sinnlichen Seufzer werden lauter, ihre unwillkürlichen Bewegungen stärker – sie wird gleich kommen. Davon angeheizt stoße ich jetzt heftiger zu, schneller und ... in diesem Augenblick überkommt sie der Orgasmus. Ihre Enge umspannt in festen Wellen meinen Schwanz und nimmt mich mit in die Sekunden der Unendlichkeit, des Rausches, des Höhenfluges hinein, in eine ungezügelte Gefühlsexplosion. Lichtpunkte blitzen hinter meinen Augen. Ich nehme sie hart, bis ich mich atemlos über Summer beuge, um ihren Nacken zu küssen, während ich mich in das Kondom ergieße. Ihre Haut ist wie meine von einem Schweißfilm überzogen. Sie riecht verführerisch nach sich selbst und dem Parfüm, was mir zuvor schon an ihr aufgefallen ist. Eine verdammt sexy Mischung, auch jetzt noch, wo ich ausgepumpt und wunderbar zufrieden bin.

Vorsichtig entziehe ich mich und verschwinde kurz im Bad. Als ich zurückkehre, erhebt sie sich und verschwindet ebenfalls darin. Wenige Minuten später kuscheln wir uns in ihr Bett. Ich ziehe sie in meine Arme.

»Du bist wirklich umwerfend, Summer«, murmle ich in ihre Haare.

»Wie du, Tyler, so hoch wie eben bin ich noch nie geflogen«, wispert sie und seufzt zufrieden, was mich zum Lächeln bringt.

»Ich habe sogar die Sterne gesehen«, antworte ich zärtlich und schließe äußerst entspannt die Augen. »Sei mir nicht böse, wenn ich gleich einschlafe«, bitte ich sie.

»Gute Nacht, mein heißblütiger Geliebter«, antwortet sie und küsst mich auf den Hals.

13. Summer

Der Wecker klingelt. Ungern werde ich wach, sehr ungern. Die Müdigkeit hängt noch schwer in meinen Gliedern. Nachdem ich den Alarm ausgestellt habe, kuschle ich mich mit dem Rücken dicht an Tyler heran. Sofort legt er einen Arm um meine Taille und drückt mich an sich. Dabei fühle ich seinen Schwanz an meinem Hintern. Aufreizend reibe ich mich an ihm.

»Mmh«, brummelt er müde an meinen Nacken, was erregend zarte Vibrationen auf meiner Haut auslöst.

Mit einer Hand greife ich hinter mich und umfasse seine Erektion. Augenblicklich bin ich bereit für ihn. Sex am Morgen vertreibt Kummer und Sorgen, oder nicht?

»Summer, du musst doch aufstehen«, murmelt er, bewegt aber trotzdem seinen Schwanz in meiner Hand.

»Es darf auch gerne schnell gehen«, wispere ich und kichere.

»Ich habe kein Kondom parat«, kommt es etwas enttäuscht von ihm.

Schnell greife ich in die Schublade meines Nachttischchens. Nach unserer ersten Nacht habe ich direkt Vorsorge getroffen und Präservative besorgt. Ich greife einen Blister heraus, welchen er mir sogleich abnimmt. »Bleib wie du bist«, fordert er mich auf und kurz darauf winkelt er mein Bein an und dringt von hinten in meinen Spalt. Dieser Kerl macht mich verrückt. Er ist so heiß, dass ich vor Erregung schon nass bin.

»Oh, du fühlst dich so geil an«, murmelt er mit heißem Atem in mein Ohr.

Wie du, denke ich und bewege mich, um ihm zu zeigen, wie sehr ich ihn will. Daraufhin stößt er fest zu. Ein Stöhnen entweicht mir.

»O Gott ja«, seufze ich und halte ihm gegen, weil er jetzt immer schneller und härter wird.

Seine Hand an meiner Taille rutscht jetzt zwischen meine Schenkel und neckt meine Klit so aufreizend, dass ich geradezu explodiere. Mein ganzer Körper spannt sich an, meine Pussy umklammert seinen Schwanz immer und immer wieder. Ich stöhne seinen Namen, als ich fühle, wie es auch ihn überkommt. Er stößt wirklich hart zu, doch ich spüre keinen Schmerz, sondern nur den Wunsch, ihn noch tiefer und noch härter zu fühlen. Tylers raues Stöhnen, seine kräftige, fast schmerzhafte Umarmung, als es ihm kommt, befriedigt mich, macht mich glücklich.

»Du bist wirklich heiß, Summer. Du bist das, was dein Name verspricht.«

In seiner Umarmung drehe ich mich zu ihm um und küsse ihn zärtlich. »Pass auf, dass du dich nicht an mir verbrennst«, antworte ich scherzhaft.

Er lacht leise, ein tiefes, warmes Lachen, das mein Herz schneller schlagen lässt. »Das Risiko gehe ich gerne ein«, erwidert er, während seine Hände sanft meinen Rücken hinabgleiten. »Bei dir lohnt sich jede Art von Verbrennung.«

Ich kann nicht anders, als zu schmunzeln, während ich meine Arme enger um seinen Nacken lege. »Vorsicht, ich könnte süchtig machen.«

»Das bin ich bereits. Süchtig nach deinem Lächeln, deinem Lachen, der Art, wie du meinen Namen sagst.« Seine Stimme ist weich, fast ehrfürchtig, und in diesem Moment weiß ich, dass dies nicht nur ein flüchtiger Flirt ist. »Ich bin süchtig danach, dich zu berühren und bin bereit, jedes Risiko einzugehen, nur um bei dir zu sein.«

Unsere Blicke treffen sich und in seinen Augen sehe ich eine Tiefe, die mir den Atem raubt.

»Und wenn wir uns wirklich aneinander verbrennen?«, flüstere ich.

»Auch dieses Risiko werde ich eingehen«, antwortet er ernsthaft.

»Wow«, hauche ich und bin sprachlos.

Zärtlich küsst er mich mit weichen, samtigen Lippen, so zart, wie ich noch nie von einem Mann zuvor geküsst wurde. Er berührt damit punktgenau mein Herz, was mich sanft erschauern lässt.

»Du bringst mich ganz durcheinander, weiß du das eigentlich?«, frage ich ihn und lächle.

»Das habe ich mir erhofft, seit dem Augenblick, an dem ich dich sah.«

»O Mann, du bist so ein Charmeur!«, antworte ich lachend. »Leider muss ich jetzt aber wirklich aufstehen und mich sehr beeilen.«

»Geh du nur unter die Dusche. Ich verschwinde in meinem Zimmer. Pass auf dich auf, und wenn irgendetwas sein sollte, was dir komisch vorkommt, dann ruf mich an. Okay?«

»Ja, ich werde dich anrufen.« Ich stehe auf und zeige an mir herunter. »Du weißt doch, ich bin schon ein großes Mädchen.« Mit diesen Worten spiele ich auch auf meine Körpergröße an.

»O yes!«, stößt er aus, »darum hast du auch so herrlich lange Beine.«

Ihm einen Luftkuss zuwerfend, verschwinde ich endlich im Bad, um festzustellen, dass ich mich wirklich beeilen muss, wenn ich nicht zu spät meinen Dienst antreten will. Aber ehrlich, für diesen Mann komme ich gerne zu spät. Für diesen Mann und den himmlischen Sex mit ihm.

Pünktlich betrete ich den Frühstücksraum, in dem die Zimmermädchen bereits versammelt sind. Ich werfe einen Blick in die Runde und stelle fest, dass Melanie und Emma fehlen. Sie haben ihre Krankmeldung durchgezogen. Vielleicht bekomme ich ja noch die ärztlichen Bescheinigungen von ihnen, was ich allerdings stark bezweifle. Jetzt fehlen mir schon drei Frauen in dem eingespielten Team. Das ist ein großer Missstand und ich werde das mit Mr. Foster besprechen müssen. Ach, verdammt! Ich hasse es, mit ihm zu reden; er ist so … so … unheimlich. Ja, das ist er. Ich spreche mit den verbliebenen fünf Frauen die Lage durch und teile sie ein. Kaum machen sie sich an die Arbeit, klingelt das Diensttelefon, und mein Boss ist dran. Mürrisch befiehlt er mir, in seinem Büro zu erscheinen. Verärgert über seinen Tonfall begebe ich mich sofort zu ihm.

»Guten Morgen, Mr. Foster«, begrüße ich ihn dennoch freundlich, als ich sein Büro betrete.

Wie zumeist sieht er nicht einmal auf und arbeitet weiter an seinem PC, bis er gnädigerweise den Blick auf mich richtet. Doch er scannt mich von oben bis unten, was ich so unverschämt finde, dass ich vor Empörung darüber zittere. Mit einer Handbewegung bedeutet er mir, näher zu kommen. Zögernd folge ich der stummen Anweisung.

»Heute Abend, Ms. Fields, findet ein großes Event hier im Hotel statt«, teilt er mit und kratzt sich am Kinn. »Es fehlen noch ein paar Servicekräfte. Leider sind heute zusätzlich zwei der Zimmermädchen krankgemeldet, darum teile ich Sie stattdessen für den Abend ein.«

»Mr. Foster, mein Vertrag sieht nicht vor, dass ich im Service arbeite!«, widerspreche ich ihm. Gleichzeitig bin ich verwirrt, ich bin eigentlich davon ausgegangen, dass die beiden Zimmermädchen sich wegen dieses Events krankgemeldet haben.

»Nun, das tut nichts zur Sache. Ich brauche dringend Ersatz für Melanie und Emma, darum werden Sie einspringen.«

Sein Tonfall lässt keinen Widerspruch zu, was ich allerdings nicht auf mir sitzen lasse.

»Sir, erstens steht nirgends etwas davon, dass dieses Event überhaupt stattfindet, und zweitens bin ich keine Servicekraft.«

»Ms. Fields, wenn Sie sich weigern, heute Abend zu arbeiten, werde ich Ihnen fristlos kündigen.«

»Aber Mr. Foster, das ist Erpressung!«, rufe ich fassungslos aus. Was meint der Kerl eigentlich, wer er ist?

Er sieht mich nur ernst an. »Um sieben Uhr finden Sie sich am Nebeneingang ein. Sie werden, wie die anderen Frauen im Service, in einem Partyoutfit erscheinen.«

»Sir, das geht zu weit. Entweder ich …«

»Entweder«, unterbricht er mich barsch, »Sie machen das, was ich Ihnen sage, oder Sie können sofort Ihre Sachen packen.«

Mein Puls rast, ich bekomme kaum Luft vor Empörung und balle meine Fäuste. In diesem Moment klopft es an der Tür und Tyler betritt den Raum. Ihn schickt der Himmel!

»Sir, Sie haben mich gerufen?« Seine tiefe, warme Stimme beruhigt mich augenblicklich.

»Heute findet eine besondere Party im Hotel statt. Da einiges an Personal ausgefallen ist, werden Sie dafür einspringen.«

»Ich verstehe nicht, es ist keine Veranstaltung eingetragen worden«, hakt Tyler nach.

»Nun, sie findet statt. Richard wird Ihnen alles zeigen, Mr. Smith. Sie werden die Hauptverantwortung übernehmen.«

»Wo genau soll das sein? Ist es eine Strandparty?«

»Nein, eher eine Kellerparty. Im Kellerbereich befinden sich großartige Säle und Séparées für solche Möglichkeiten, mit Bar und allem, was dazugehört. Es werden nur hochkarätige Gäste erscheinen. VIPs aus Politik, Wirtschaft und dem Showbiz.«

»Warum weiß das niemand?«, will Tyler mit ernstem Tonfall wissen. »Keine PR im Vorfeld, nichts …«

»Manches wird intern geregelt, mehr müssen Sie nicht wissen, Smith.« Mr. Foster greift einen Stapel Papiere und teilt sie in zwei Hälften. »Ich muss Sie aber zum Schutze der Gäste um absolutes Stillschweigen bitten. Dazu unterschreiben Sie diese Verträge. Verschwiegenheit, die auch über die Zeit hinausgeht, in der Sie hier arbeiten.«

Tyler und ich sehen uns an. Er hebt eine Augenbraue und nickt mir fast unmerklich zu. Dann greift er die Papiere und reicht mir meine ebenfalls. Ohne zu fragen, setzen wir uns auf einen der Besucherstühle und lesen die Stillschweigeverträge durch.

»Wenn wir dies unterschreiben, Sir«, kommt es jetzt von Tyler, wobei er *Sir* fast drohend ausspricht. Ich sehe ihn an. »Dann nehmen wir nicht an etwas Illegalem teil?«

Mr. Foster lehnt sich bedächtig in seinem Chefsessel zurück und wippt ein wenig, bevor er ausweichend antwortet: »Sie werden bekannte Persönlichkeiten treffen und alles tun, damit es unseren auserwählten Gästen an nichts fehlen wird.«

»Wer von den Hotelangestellten ist noch dabei? Wer von ihnen hat diese Verträge ebenfalls unterschrieben, Mr. Foster?«, will ich jetzt wissen.

Wie erwartet antwortet er nicht direkt auf meine Frage. »Das werden Sie heute Abend sehen, Ms. Fields. Mit Ihrer Schönheit werden Sie auf jeden Fall die Aufmerksamkeit einiger Herren auf sich ziehen. Nutzen Sie die Möglichkeit, die Ihnen geboten wird.«

Mir zieht sich angstvoll der Magen zusammen. Tyler sehe ich an, wie seine Gesichtszüge sich verhärten und er die Kiefermuskeln anspannt.

»Wenn Sie jetzt unterschreiben würden …«, kommt es lässig von Mr. Foster. »Lesen Sie den

Vertrag genau durch, dann werden Sie erkennen, dass Sie dafür fürstlich belohnt werden.«

Wortlos greift Tyler einen Kugelschreiber und unterschreibt. Danach sieht er mich kurz an, und ich erkenne in seinen Augen, dass ich es ihm gleichmachen soll. Also setze ich ebenfalls meinen Namen darunter. Ich unterschreibe nicht wegen des Geldes, sondern um hinter das Geheimnis zu kommen, das offensichtlich hier verborgen wird – genau wie Tyler.

Kurz darauf stehen wir im Garten in einer Ecke und sehen uns an.

»Summer, das heute Abend wird kein Spaziergang. Du kannst noch aussteigen, wenn du willst«, bietet Tyler mir an.

»Nein, ich werde das schaffen. Erzähl mir mehr über das, was du schon weißt, bitte«, fordere ich ihn auf.

Er streichelt mit dem Fingerrücken über meine Wange. »Lass mich kurz telefonieren, dann werde ich dich einweihen. Ist das okay?«

»Klar, das ist in Ordnung«, antworte ich und lächle.

Er dreht sich zur Seite und greift sein Smartphone.

Absichtlich höre ich nicht genau zu; er wird mir erzählen, was nötig ist. Mir ist klar, dass er mit einer Mission hier ans *Golden Beach Resort* gekommen ist. Seine Ausstrahlung, sein Benehmen – alles zeigt mir, dass er nicht nur ein Barkeeper ist, sondern ein Mann mit Führungsqualitäten, ein Mann von Welt. Ich bin nicht naiv und lasse mich nicht blindlings auf ihn ein. Es ist eher so, dass ich die Zeit mit ihm genießen möchte, weil mir klar ist, dass er nur ein Gastspiel in meinem Leben sein wird, obwohl es sich so großartig mit ihm anfühlt. Und ja! Ich bin total verliebt in ihn. Er strahlt so eine wunderbare Tiefe aus, die ich bisher noch bei keinem Mann so wahrgenommen habe. Das liegt vielleicht daran, dass er schon lebenserfahrener ist als meine Freunde zuvor. Ich weiß es nicht und es ist mir eigentlich auch total egal.

Jetzt wendet Tyler sich mir wieder zu. »Komm, Sunshine, wir gehen ans Wasser, da sind wir unbeobachtet.«

Er legt einen Arm um meine Schultern, und gemeinsam gehen wir ans Meer, um uns im warmen Sand niederzulassen.

»Summer ... bei diesen Partys geht es hoch her. Sex, Drogen und Alkohol. Ich glaube, du solltest dich da nicht drauf einlassen.« Zärtlich sieht er mich an.

»Aber ich ...«, will ich entgegensetzen, doch er unterbricht mich.

»Sorry, Sunshine, ich befürchte, du bist da nicht sicher.«

»Warum?«

»Es wird dort sehr zügellos zugehen, und ich schätze, dass die Männer im Rausch ein Nein einfach ignorieren könnten.«

»Du sorgst dich um mich? Das ist süß«, antworte ich lächelnd und umfasse seine Hand, die auf meiner liegt. »Jetzt erzähl mir endlich, wen du angerufen hast und was los ist.«

14. Adam

»Also, für *süß* bin ich vielleicht ein wenig zu alt«, gebe ich grinsend zu bedenken, was sie leise auflachen lässt. »Aber im Ernst, es ist nicht ungefährlich, und ja, ich mache mir Sorgen um dich«, gestehe ich. »Erinnerst du dich an das Boot, das wir am Strand beobachtet haben?«

Sie nickt. »Ja, klar, das war schon etwas merkwürdig.«

»Das hängt alles zusammen mit dem Event heute Abend. Ich stehe in Kontakt mit Detective Hunter, der nun die Ermittlungen führt. Auch heute Abend werden die Detectives vor Ort sein – natürlich undercover. Sie werden sich uns nicht zu erkennen geben, es sei denn, es wird nötig.« Ich blicke sie erneut nachdenklich an. »Mir wäre wirklich lieber, wenn du dich da raushalten würdest.«

»Dann wird Mr. Foster mich sofort entlassen«, entgegnet sie und sieht mich forschend an.

»Sieh mich nicht so an, Summer«, murmle ich und umfasse ihr Gesicht. »Ich habe mich in dich verliebt, verstehst du?«

»Hast du das?«, fragt sie leise.

»Du glaubst mir nicht?« Sanft küsse ich sie.

»Doch, ich glaube, ich habe mich auch in dich verliebt«, erwidert sie mit einem Lächeln.

»Jetzt bin ich ein wenig gekränkt«, amüsiere ich mich.

»Weil ich es nur glaube?«, will sie wissen und lehnt ihre Stirn gegen meine.

»Genau deswegen«, entgegne ich mit gespielter Entrüstung, während ich leise lache. »Aber ich nehme das als einen guten Anfang.«

Summer lächelt, ihre Augen funkeln im sanften Licht des Schattens der Palme, unter der wir sitzen. »Ein guter Anfang also. Was schlagen Sie dann als Nächstes vor, Mr. Detective?«

Ich kann nicht umhin, bei ihrer neckischen Bemerkung zu schmunzeln. »Zunächst einmal, dass du heute Abend nicht allein bist. Ich will nicht, dass dir etwas zustößt, besonders nicht unter meiner Wache.«

Ihr Lächeln vertieft sich und sie nickt langsam. »Okay, ich akzeptiere dein beschützendes Angebot. Aber ich weiß nicht, wie das gehen soll, wenn du hinter dem Tresen deine Cocktails mixt.«

»Dafür gibt es eine Lösung«, antworte ich. »Wir beide werden einen winzig kleinen digitalen Sender an unsere Kleidung angebracht bekommen, sodass wir zu jeder Zeit von den Detectives geortet und somit bewacht werden können. Soviel ich weiß, bekommen wir auch einen winzigen Kopfhörer ins Ohr, damit wir Anweisungen annehmen können.«

»Okay, jetzt wird mir doch mulmig«, gesteht sie leise. »Trotzdem, ich bin dabei. Weißt du, inzwischen denke ich, die Zimmermädchen, die sich krankgemeldet haben, haben selbst Angst bekommen. Und dann ist da noch das Mädel, das zusammengebrochen ist und dem man Drogen im Krankenhaus nachwies. Das hängt sicherlich alles zusammen.«

»Mr. Fosters Ansage, dass du mit deiner Schönheit einige Aufmerksamkeit auf dich ziehen wirst, vor allem die der männlichen VIPs, macht mir große Sorgen.«

»Soll ich ehrlich sein? Als er mir riet, denen entgegenzukommen, zog sich mein Magen zusammen.«

»Was auch immer passiert, Summer, du bist nicht allein und ich werde über dich wachen wie ein Schießhund«, prophezeie ich ihr. Mir bereitet Fosters Aussage ebenfalls Magengrummeln.

»Ich bin froh, wenn wir den Abend geschafft haben und sehr gespannt, was wir erleben werden. Vielleicht machen wir uns mehr Gedanken als nötig«, überlegt sie und schmiegt sich an mich.

»Das wäre wünschenswert, aber ich befürchte leider das Gegenteil«, antworte ich und drücke sie fest an mich. »Geh du am besten in die Villa und ruh dich für heute Abend aus.«

Sie rückt von mir ab. »Aber ich habe noch Dienst, das geht nicht. Lass uns wieder an die Arbeit, das fällt am wenigsten auf«, schlägt sie vor.

»Natürlich, ich muss jetzt auch langsam zu Richard zurück. Der wird sich schon wundern, wo ich so lange bleibe.«

Mit Schwung stehe ich auf, greife ihre Hände und ziehe sie zu mir hoch.

Vor dem Hotel verabschiede ich sie mit einem Kuss.

»Bis nach Dienstschluss, Sunshine, ich hole dich aus deinem Büro ab«, beschließe ich spontan, um sie so wenig wie möglich aus den Augen zu lassen.

»Gern«, freut sie sich und winkt mir noch einmal zu, bevor sie sich wieder an ihre Arbeit macht.

Lustlos schlendere ich zu Richard, der bereits ungeduldig auf mich wartet.

»Mann, Tyler, wo warst du so lange?«, begrüßt er mich mit spürbarer Unfreundlichkeit.

»Beim Boss«, antworte ich knapp und binde mir die schwarze Schürze um.

»Das Gespräch liegt schon eine halbe Stunde zurück«, informiert er mich streng.

»Jetzt bin ich hier«, entgegne ich kühl.

»Du warst wahrscheinlich wieder bei unserer Hausdame«, mutmaßt er verächtlich.

»Das geht dich überhaupt nichts an. Außerdem gibt es keinen Grund, in einem solchen Ton über sie zu sprechen«, weise ich ihn verärgert zurecht.

Es kostet mich Mühe, nicht den CEO herauszukehren. Im Grunde bin ich froh, dieses Resort aus der Perspektive des Barkeepers kennenzulernen. Hier gibt es so vieles zu ändern, dass ich gar nicht darüber nachdenken will, wie blind ich gewesen bin, all das nicht längst schon gesehen zu haben.

»Du sollst mir für heute Abend alles zeigen«, gehe ich nicht weiter auf ihn ein, sondern werde dienstlich.

In den folgenden Minuten erklärt er mir, worauf es am Abend ankommt, und zeigt mir, wo alles stattfinden wird. Das ist äußerst interessant!

Ich wusste von den Räumen im Keller natürlich, aber nicht, dass sie für geheime Partys genommen werden.

Hier ist es exquisit und wirklich jeder VIP-Gast wird sich hier wohlfühlen. Ich wusste nichts von den Separees in den Nebenräumen, in die ich hineinspähe. Überrascht stelle ich fest, dass es Schlafzimmer sind. Ich nehme an, diese werden während der kommenden Nacht rege frequentiert.

Mir fällt Tessa ein, die dringend dahingehend recherchieren muss, wie diese komplette Kelleretage in den Bauplänen deklariert wurde und welche Pläne hierfür tatsächlich vorlagen.

Richard führt mich mit strahlenden Augen und enthusiastischen Gesten durch die Räumlichkeiten, seine Begeisterung ist in jedem seiner Worte spürbar.

»Wie oft finden denn diese VIP-Partys statt?« Fast dreht sich mein Magen um, als ich erfahre, dass alle zwei Monate, manchmal auch monatlich, hier solche Gelage abgehalten werden.

Plötzlich fragt Richard mich: »Hast du eigentlich schon deinen Spind im Aufenthaltsraum in Beschlag genommen?«

Sofort bin ich hellhörig. »Nein, es gab noch keinen Grund dazu«, antworte ich lässig und öffne den Kühlschrank hinterm Tresen, um den Inhalt zu begutachten. »Warum willst du das wissen?«

Mit beiden Händen fährt er sich durch seine Frisur. »Och, einfach nur so.«

Hoffentlich gibt es dort keine versteckte Kamera, denke ich plötzlich, *denn dann bin ich am Arsch.*

»Hätte ich das machen müssen, liegt da irgendetwas für mich Wichtiges drin?«

»Nein, warum sollte es?«, fragt er beiläufig zurück.

»Keine Ahnung, irgendwelche Interna, die jeder in seinem Fach liegen hat, wenn er neu anfängt. Regeln, wie der Aufenthaltsraum zurückgelassen werden soll und so weiter.«

»Nein, also dann habe ich hier noch die Liste mit den Sonderwünschen einiger VIPs«, erklärt er mir und übergeht das vorhergegangene Gespräch geschickt, was mich erleichtert.

Die Liste nehme ich an mich und lege sie in eine Schublade für später. »Wie ich sehe, ist alles schon perfekt vorbereitet worden. Warum übernimmst du nicht für den gesamten Abend die Verantwortung über die Party?«

»Weil ich gern einmal nicht dabei sein will. Die letzten fünf wilden Partys reichen mir. Du bist gut, hast schnell den Überblick und die anderen nehmen dich ernst. Besser kann's nicht sein, oder?«

Ich grinse. »Wahrscheinlich nicht. Nun gut, ich mache jetzt Feierabend, damit ich heute Abend fit bin. Wahrscheinlich wird es eine sehr lange Nacht werden«, mutmaße ich, woraufhin er nickt.

»Aber ja doch. Gegen sechs Uhr in der Früh werden die letzten Gäste sich verabschieden.«

»Na super!«, entgegne ich sarkastisch. »Kein Wunder, wenn du mal 'ne Partyrunde aussetzen willst.«

Wir geben uns ein Highfive, bevor ich hinaus gehe.

Zunächst verlasse ich das Gelände und nehme ein Taxi, um Abstand vom Resort zu bekommen. Ich fühle mich ständig beobachtet. In einem beliebigen Stadtteil von Florida steige ich aus. Erst dort zücke ich mein Smartphone und telefoniere mit Tessa. Zunächst hört sie still zu. Als ich am Ende angekommen bin, entfährt ihr ein überraschtes »Wow!«.

»Ja, ich denke eher *fuck*, wenn ich ehrlich sein soll, Tessa. Mir schwirrt der Kopf gerade und ich muss jetzt den Detective anrufen, um ihm weitere Details mitzuteilen.«

»Und ich werde mir eine VIP-Karte für heute Abend besorgen.«

»Du spinnst wohl, es reicht, dass Summer sich unter die Gäste mischen wird.«

»Summer?«, kommt es alarmiert fragend von ihr.

»Ja, sie ist die Hausdame, die heute ebenfalls für diesen unseligen Abend rekrutiert wurde. Summer ist sehr attraktiv und ihr wurde nahegelegt, sich das zunutze zu machen, um den Herren zu gefallen«, knurre ich und merke, wie wütend ich darüber bin.

»Super und diese Summer hat dir also den Kopf verdreht?«, fragt sie leise und lacht.

»Fuck, ja!«, gestehe ich genervt.

»Ah! Endlich! Ich dachte schon, du wirst unter die Priester gehen, mit deinem abstinenten Leben. Ich werde mir sogleich ihre Personalakte heraussuchen …«

»Tu, was du nicht lassen kannst«, murmle ich. »Im Ernst, das wird 'ne *Sex, Drogen und Alkohol-im-Überfluss-Party*. Das ist nicht lustig und ich bringe jeden um, der seine Dreckspfoten nicht von ihr lässt«, antworte ich, meine Wut unterdrückend.

»Hey, Adam, jetzt entspann dich mal. Noch ist es nicht so weit und du rufst jetzt den Detective an, damit du das heute Abend nicht allein durchstehen musst. Okay?«, holt Tessa mich mit ruhigem Tonfall wieder runter.

»Ja, natürlich. Ich muss mich jetzt auch beeilen. Wenn du irgendetwas herausfindest, gib mir Bescheid. Geh noch einmal die Personaldaten der Zimmermädchen durch, von Mr. Foster natürlich und diesem Restaurantleiter Richard. Ach ja, und sieh mal nach, wie lange die vorigen Angestellten jeweils dort gearbeitet haben, ob sie gekündigt haben oder gekündigt wurden. Es kann nämlich sein, dass unter Mr. Foster einiges mehr los war, als wir ahnen.«

»Okay, Boss, ich mache mich sofort an die Arbeit. Pass auf dich und auf deine Summer auf«, verabschiedet sie sich und legt auf.

Meine Summer ... Zu gern würde ich sie *mein* nennen können. Aber dafür ist es viel zu früh und außerdem muss sie zuvor die Wahrheit über mich erfahren. Kurz genehmige ich es mir zu träumen, sie und ich auf einem Empfang, auf Geschäftsreisen und in meinem Appartement. Vor allem Summer in meinen Armen ...

O Mann, mich hat es heftig erwischt. Jetzt allerdings muss ich einen kühlen Kopf bewahren und endlich Detective Frank Hunter anrufen.

15. Summer

Ich sitze am PC und arbeite ein paar Mails durch, da klingelt mein Handy.

»Hey, Tyler«, nehme ich das Telefonat an, nachdem ich seinen Namen auf dem Display gelesen habe.

»Sunshine, schön dich zu hören«, antwortet er und ich höre sein Lächeln. »Ich bin gerade noch unterwegs, ein paar Dinge für heute Abend zu klären. Ich schaffe es nicht, dich gleich abzuholen. Treffen wir uns in der WG-Villa?«

»Ja, gern, ich warte dort auf dich. Tyler?«

»Was ist, Summer?«

»Ich habe Angst vor heute Abend«, gebe ich zu. Mir ist regelrecht übel, wenn ich daran denke.

»Du kannst immer noch aussteigen, das weißt du. Süße, wir reden gleich darüber, okay? Ich sehe zu, so schnell wie möglich bei dir zu sein. Bye …«

»Bye«, verabschiede ich mich ebenfalls, bevor ich auflege und weiter an der Antwortmail schreibe.

Es klopft und augenblicklich betritt Mr. Foster das Büro. Mein Herz setzt vor Schreck einen Schlag aus.

»Mr. Foster, was kann ich für Sie tun?«, frage ich betont ruhig.

Er setzt sich mir gegenüber. »Mir gefällt es nicht, dass Sie sich auf Mr. Smith eingelassen haben. Er hat keinen guten Einfluss auf Sie, Mr. Fields.«

Empört setze ich mich aufrecht. »Mr. Foster, Sie sind nicht mein Erziehungsberechtigter und es geht Sie überhaupt nichts an, mit wem ich zusammen bin oder nicht.«

»Nun, so ganz stimmt es nicht, denn es gibt im Vertrag eine Klausel, die da heißt …«

»Stimmt, die gibt es. Wenn Sie mir daraufhin kündigen wollen, nur zu.«

»So weit würde ich nicht gehen, Ms. Fields. Was den heutigen Abend betrifft, lassen Sie sich nicht zu sehr von Mr. Smith beeinflussen, er nimmt sich zu wichtig, das sollten Sie nicht vergessen.«

Jetzt erhebe ich mich. »Danke für Ihre Fürsorge«, entgegne ich, um ein Lächeln bemüht, »aber ich bin schon erwachsen und beurteile allein, wer für mich gut ist und wer nicht.«

Endlich steht Mr. Foster ebenfalls auf und nimmt die wenigen Schritte zur Tür. Bevor er jedoch hinausgeht, dreht er sich noch einmal zu mir um.

»Sie haben heute Abend die Chance Ihres Lebens, mit den wichtigsten Leuten unseres Landes zusammenzutreffen. Nutzen Sie diese für sich. Ihr

Leben könnte sich schlagartig zum Besseren verändern, wenn Sie sich darauf einlassen.« Mit diesen Worten betritt er den Flur und lässt mich endlich allein.

Mir schwant natürlich, worauf ich mich einlassen soll, was ich definitiv nicht vorhabe. Tyler schlägt mir nicht umsonst vor, mich noch aus dieser Nummer zurückzuziehen. Aber ich bin kein Feigling und werde das durchziehen.

Am Nachmittag sitze ich in meinem Zimmer am Schreibtisch und antworte der Mail einer Freundin, die sich gerade in Thailand als Empfangsdame in einem exklusiven Hotel am Strand befindet. Sie schwärmt total und möchte mich am liebsten bei sich haben, zumal die Stelle als Hausdame vakant ist. Ein wenig träumerisch denke ich darüber nach, mich dort zu bewerben. Warum eigentlich nicht? Das *Golden Beach Resort* stellt sich als Fehlgriff für mich dar und Tyler? Ich seufze, Tyler … ihn nehme ich einfach mit. Als Barkeeper wird er auch dort eine extrem gute Figur machen. Unsere gemeinsame Zeit wird ohnehin begrenzt sein, und ich sollte entscheiden, wann sie endet. Ja, so ist es besser. Also suche ich auf der Internetseite nach der Jobbeschreibung und stelle meine Unterlagen dafür zusammen. Während ich das Bewerbungsschreiben überarbeite, klopft es an der Tür.

»Ich bin's, Summer«, höre ich Tyler verhalten rufen.

Sogleich öffne ich ihm und lasse ihn eintreten. Kaum ist er im Zimmer, werde ich in seine Arme gezogen und geküsst, bis ich ihn atemlos von mir schiebe.

»Das nenne ich mal eine Begrüßung«, bringe ich hervor und atme tief durch.

Amüsiert grinst er. »Sorry, ich konnte einfach nicht anders.«

»Eine Warnung wäre nett gewesen«, necke ich ihn, während ich versuche, mein rasendes Herz zu beruhigen.

»Und die Überraschung ruinieren? Niemals«, erwidert er, sein Grinsen weitet sich zu einem strahlenden Lächeln. »Außerdem, ist es nicht das Beste an uns? Die Spontanität?«

»Spontanität, hm?«, gebe ich zurück, spiele mit dem Gedanken. »Gut, ich kann damit leben. Aber nur, weil es du bist.«

Er schaut mir tief in die Augen und für einen Moment scheint die Welt stillzustehen.

»Nur weil es ich bin, hm?«, sagt er sanft und zieht mich wieder zu sich.

Dieses Mal ist der Kuss zärtlicher, bedachter, als wolle er jedes Vorurteil, das ich über Spontanität habe, widerlegen.

Als wir uns voneinander lösen, lächeln wir beide.

»Siehst du, ich wusste, du würdest es mögen«, sagt er schmunzelnd.

»Vielleicht«, gebe ich zu, »aber lass es uns nicht zur Gewohnheit werden. Ich brauche mein Herz noch.«

»Keine Sorge«, verspricht er, »ich passe auf dein Herz auf, als wäre es mein eigenes.«

Und in diesem Moment weiß ich, dass, egal wie begrenzt unsere Zeit auch sein mag, sie mit Tyler jeden Augenblick wert ist.

»Wow, das klingt fast wie ein Versprechen«, flüstere ich tief berührt.

»Ein ernstgemeintes Versprechen, Summer«, entgegnet er ruhig und ernst.

Darauf habe ich keine Antwort, weil mich seine Ehrlichkeit berührt.

»Möchtest du einen Kaffee?«, frage ich ihn, um die Stimmung aufzulockern.

»Gern, dabei können wir die kommende Party besprechen.«

Während ich meinen Kaffeeautomaten mit Wasser befülle und Becher bereitstelle, nimmt er Platz.

In dem Augenblick, als der Automat die Bohnen lautstark mahlt, höre ich seine Stimme, kann aber seine Worte nicht verstehen. Doch er kommt auf mich zu.

»Entschuldige, dass ich eben auf deinen Bildschirm geschaut habe, ich wollte eigentlich nicht neugierig sein. Du bewirbst dich also auf eine neue Stelle?«

»Oh, ja, das habe ich vor. Hier kann ich einfach nicht bleiben, nicht mit Mr. Foster als Boss.«

Ich bemerke, wie seine Wangenmuskeln sich anspannen. »Und wenn jemand anderes der Chef wäre?«

»Dann ... dann würde ich es mir wirklich noch einmal überlegen. Aber das Hotel in Thailand, wo meine Freundin arbeitet, ist einfach ein Träumchen. Komm doch mit, falls es klappt. Einen attraktiven, erfahrenen Barkeeper können sie sicher ebenfalls gebrauchen.« Aufmunternd lächle ich ihn an.

Inzwischen erfüllen die Aromen des frisch gebrühten Kaffees die Luft – himmlisch!

Ich nehme die Becher, reiche ihm einen. Er nimmt ihn entgegen und zieht mich dann mit der anderen Hand aufs Sofa.

»Ja, vielleicht«, erwidert er unverbindlich, und ich sehe, wie es in ihm arbeitet. »Du meinst, unsere Begegnung bedeutet dir nichts?«, fragt er mit rauer Stimme und räuspert sich.

Zunächst stelle ich meinen Becher auf den kleinen Tisch vor uns, bevor ich antworte.

»Doch, sie bedeutet mir sehr viel. Aber ich bin mir bewusst, dass ich nur eine kurze, schöne Episode in deinem Leben sein werde, verstehst du?«

Seine Augen verdunkeln sich. »Wieso denkst du das?«

»Nun, ich bin viel jünger ... Eine Frau in deinem Alter wäre sicherlich viel besser für eine feste Beziehung geeignet, und ich ... ich kann dir einfach nicht das bieten, was du brauchst«, versuche ich zu erklären.

»Woher nimmst du diesen Unsinn?«, hakt er nach und hält meinen Blick gefangen.

»Ich ... ähm ...«, stammle ich, suche nach den richtigen Worten, doch er unterbricht mich.

»Summer, Gefühle machen keinen Halt vor einem Altersunterschied, und glaub mir, was du mir bietest, ist mehr, als du denkst.« Nun lächelt er liebevoll. »Natürlich kannst du ins *Siam Serenity Resort* nach Thailand gehen, wenn das dein sehnlichster Wunsch ist, aber denk nicht, dass ich dich deswegen einfach so loslassen und vergessen werde.«

Seine Worte wärmen mein Herz und für einen Moment schweifen meine Gedanken ab. Wie kann es sein, dass jemand wie Tyler so fest an uns glaubt, dass er ausgerechnet mich will?

»Du ... du würdest wirklich mitkommen? Nach Thailand?«, frage ich vorsichtig, wage es kaum, seinen Worten zu trauen.

»Summer, ich würde ans Ende der Welt mit dir gehen, wenn es sein muss«, sagt er mit einer Entschiedenheit, die keinen Raum für Zweifel lässt. »Das hier zwischen uns ... das ist nicht nur ein flüchtiger Moment. Es fühlt sich richtig an, weißt du?«

Ich schaue in seine Augen und sehe darin eine Zärtlichkeit, die mich tief berührt. »Tyler, ich ... ich habe Angst, eine Entscheidung zu treffen, die ich bereuen könnte. Mit dir zusammen zu sein, das wäre ...«

»Eine Entscheidung, die wir gemeinsam treffen«, unterbricht er mich sanft. »Ich bin nicht auf der Flucht vor meinem Leben hier. Aber mit dir ... es fühlt sich an, als würde ich mein Leben erst richtig beginnen. Ich will einfach nur mit dir zusammen sein.«

Seine Worte durchdringen mich und lösen eine Flut von Gefühlen aus – Freude, Hoffnung, aber auch Angst vor dem Unbekannten. Doch in diesem Moment, eng umschlungen auf dem Sofa, mit dem Duft des Kaffees um uns herum, weiß ich, dass jede Entscheidung, die uns näher zusammenbringt, die richtige ist.

»Okay«, sage ich schließlich, und ein Lächeln breitet sich auf meinem Gesicht aus. »Aber wir müssen vorsichtig sein, unsere Entscheidungen wohlüberlegt treffen.«

»Natürlich«, stimmt er zu und küsst mich erneut, diesmal mit einer Sanftheit, die mich all meine Sorgen für einen Moment vergessen lässt. »Wir haben Zeit. Und wir haben einander.«

Ich kuschle mich erneut fest an ihn. »Aber zunächst müssen wir den heutigen Abend hinter uns bringen – und Tyler?«

»Was ist, Süße?«, brummelt er an meinem Hals, was ein kleines Vibrieren auf meiner Haut auslöst und mich kichern lässt.

»Bevor wir irgendwelche weitreichenden, gemeinsamen Entscheidungen treffen, brauche ich die Wahrheit – deine Wahrheit, hörst du?«

Er seufzt laut auf. »Ach, Summer, ich bin froh, wenn es endlich so weit ist, glaube mir.«

Ich glaube ihm und lasse mich von ihm verführen … von seinen himmlischen Küssen, seinen Seufzern, seinen zärtlichen Händen und seinem aufregenden Körper. Als er endlich bis zum Anschlag in mir versunken ist, fühlt es sich an, als würde ich mich langsam auflösen, in ihn hineinfließen, dahinschmelzen … Seine Bewegungen verstärken diese Gefühle. Während er in mich stößt, kribbelt es nicht nur tief in mir, sondern auch auf meinen Lippen und in meinem Kopf. Ich bin kurz davor, den Verstand zu verlieren, doch sein überaus sinnlicher Kuss hält mich zurück. So schwebe ich zwischen den Welten, bis mein Höhepunkt die Regie übernimmt und ich wie im freien Fall über die Klippen in die Tiefen stürze … Unten in der umfassenden Stille begegnet mir Tyler. Er ergreift meine Hände und legt seine Lippen zärtlich auf meine. Um uns herum erstrecken sich die Tiefen des Meeres, begleitet von den Luftblasen unseres eins gewordenen Atems, unserem synchronen Herzschlag.

Als wir schwer atmend wieder zu uns kommen, sehen wir uns still an. Sein zärtlicher Blick berührt mich, während wir noch miteinander vereint sind. Schnell umschlinge ich ihn mit meinen Beinen, weil ich nicht bereit bin, ihn schon loszulassen. Zu gern würde ich für immer mit ihm verbunden sein.

Vorsichtig löst er sich dann doch von mir. »Summer, deine Angst, dass du mir nicht bieten könntest, was ich brauche, ist vollkommen unbegründet. Du gibst mir viel mehr ...«

Daraufhin ziehe ich ihn zu mir herunter und küsse ihn mit all der Heftigkeit, die meine Gefühle für ihn in diesem Moment in mir auslösen. Er umfasst mein Gesicht und antwortet unglaublich liebevoll. Danach sehen wir uns erneut an, tauchen ineinander ab, auf ähnliche Weise wie zuvor. Verdammt: Ich liebe ihn!

Später als ich in Dessous vor meinem Kleiderschrank stehe, kommt er mit einem Handtuch um seine sexy Hüften gewickelt aus dem Badezimmer zurück. »Wir sollten uns langsam für den Abend vorbereiten, Sunshine.« Er betrachtet mich lange. »Du bist wunderschön, so wunderschön«, murmelt er dann und streichelt über meinen Hals bis hin zum Dekolleté. »Du musst vorher etwas essen, wir haben eine sehr lange Schicht vor uns.«

»Ja«, wispere ich und lehne mich an seinen muskulösen Körper. »Ja, das sollte ich.« Dabei schließe ich die Augen. »Du wirst bei mir sein, nicht wahr?«

»Ich werde dich nicht aus meinem Blick lassen.« Er umarmt mich. »In einer halben Stunde sind wir mit Detective Hunter verabredet. Er wird hier als mein Kumpel erscheinen und uns einweihen. Außerdem werden wir mit Sendern ausgestattet.«

»Jetzt bekomme ich echt Angst«, stelle ich fest.

»Du kannst hierbleiben und mir das überlassen, obwohl der Detective der Ansicht ist, dass es hilfreich sein wird, wenn du dabei bist.«

»Okay, dann bin ich dabei. Lass uns schnell anziehen.« Ich schiebe ihn zur Tür.

»Du willst mich loswerden?«, stellt er belustigt fest.

»Ja, wenn du so verführerisch vor mir stehst, werde ich nicht fertig. Also: husch husch!«, scheuche ich ihn spielerisch hinaus.

»Bis gleich, Sunshine.«

Er drückt mir einen festen Kuss auf und geht.

Für diesen Abend entscheide ich mich für das kleine Schwarze. Es ist schlicht geschnitten, mit Spaghettiträgern und geht knapp übers Knie. Zu kurz möchte ich mich auf dieser Party nicht kleiden. Betrunkenen Kerlen, die teilweise Drogen genommen haben, will ich nicht zu viel von mir zeigen. Aus diesem Grund ziehe ich noch eine schwarze Seidenbluse über, die ich in der Taille vor meinen Bauch verknote und in Form zupfe. Die Haare stecke ich auf, mein Ohrschmuck sind schlichte große

Kreolen. Auch das Make-up halte ich eher einfach, um nicht zu sehr die Blicke auf mich zu lenken – hoffe ich.

Tyler, der kurz darauf mein Zimmer betritt, macht vor Bewunderung große Augen. »Du meine Güte, Summer, du siehst umwerfend aus!«

»Ich habe mich bemüht, mich eher zurückhaltend zurechtzumachen«, erkläre ich ihm und drehe mich um meine eigene Achse, damit er mich von allen Seiten betrachten kann.

»Eine gute Idee, aber du wirst trotzdem oder gerade deswegen alle Blicke auf dich ziehen«, prophezeit er mir.

Sofort sinke ich in mir zusammen. »Genau das wollte ich vermeiden.«

»Du wärest selbst in einem Jutesack noch unwiderstehlich.« Sein Grinsen gibt ihm etwas Jungenhaftes, was ich ziemlich anziehend finde. Jetzt hält er mir seine Hand hin. »Komm, wir gehen zunächst ein wenig spazieren.«

Kurz darauf verlassen wir das Resort-Gelände.

»Wir treffen uns bei meinem Kumpel«, erklärt er mir.

Ich nicke. »Okay, der Kumpel, der zunächst zu uns kommen sollte?«

»Genau der. Aus Sicherheitsgründen findet das Treffen außerhalb des Hotels statt.«

»Ich bin aufgeregt, habe Angst und bin froh, dich an meiner Seite zu haben. Mir ist bewusst, dass der

Abend eine heikle Sache ist und illegal«, entgegne ich und halte seine Hand fester als zuvor.

»Ich bin bei dir, Summer«, beruhigt er mich.

»Ja, das weiß und fühle ich«, bestätige ich, bevor ich tief durchatme.

Verdammt, in was sind wir da nur hineingeschlittert?

16. Adam

Die Partygäste strömen herein, was mich überrascht. Ich dachte, dass die VIPs es nicht so eilig haben. Aber diese Partys hier sind schon legendär, wie ich mir von einem der anderen Barkeeper habe sagen lassen. *Okay, wie gut, dass ich das jetzt auch schon weiß*, denke ich düster.

Summer wurde von Mr. Foster beauftragt, die Servicekräfte einzuteilen und zu beobachten. Alle sind in knappen Partyoutfits gekleidet und tragen aufwendige Make-ups. Ich erkenne, dass sie das hier nicht zum ersten Mal machen. Sie sind guter Laune und es erwartet sie nicht nur eine üppige Vergütung für diese Nacht, sondern auch äußerst großzügige Trinkgelder.

Im Augenwinkel sah ich vor wenigen Minuten, wie zwei der Frauen eine Packung Kondome unter sich aufteilten. Obwohl ich es bereits ahnte, trifft es mich, das zu sehen. Dies alles geschieht hier in meinem Hotel, ohne mein Wissen. Um ehrlich zu sein, bin ich nicht ganz bei der Sache, denn ich sorge mich um

Summer. Wenn ich mir nur vorstelle, dass einer der ach so illustren Gäste seine Dreckspfoten an sie legt, kommen echte Mordgelüste in mir auf. Mein Blutdruck und eine ungeahnte Aggressivität steigen in mir an.

»Tyler, Sie sehen nervös aus, bleiben Sie ruhig«, spricht der Detective mich über den Knopf in meinem Ohr an. »Wir haben alles im Blick. Meine Leute haben sich unter die Partygäste gemischt und fallen nicht auf, keine Sorge«, beruhigt er mich.

Mit meinem Blick suche ich Summer und sehe sie, wie sie einen Herrn in eine Loungeecke führt, wo schon weitere Gäste auf ihn warten. Von hier aus erkenne ich ein Reality-Soap-Sternchen, den Senator Caldwell und andere, auf deren Namen ich gerade nicht komme. Die Gesichter sind alle aus Politik, Film, Musik und TV bekannt. Mir wird fast übel bei dem Gedanken, dass ich so ahnungslos war.

Da ich nicht ausschließlich hinter dem Tresen stehen muss, bewege ich mich durch die Menschenmenge. Musik dröhnt laut, die Bässe vibrieren spürbar in meinem Magen, während Gelächter den Lärm immer wieder durchbricht. Neben Champagner verlangen die Gäste Cocktails und Shots, die sie mit einem schnellen Schluck hinunterkippen und sie sofort die Wirkung des Alkohols spüren lassen. Ihre Wangen röten sich, ihre Bewegungen werden ausgelassener und die Stimmen lauter.

Die Popsängerin Chelsea betritt die Bühne und ein kleines Konzert beginnt. Die Mädels, gekleidet in knappen, schillernden Outfits, tanzen ausgelassen. Einige twerken übermütig, um die Aufmerksamkeit auf sich zu ziehen, ihre Bewegungen rhythmisch und provokativ.

Ich drängle mich zu Summer durch, die von einem Politiker in Beschlag genommen wird. Ihrem Blick, den sie mir zuwirft, sehe ich an, dass er ihr unangenehm ist. Kurz bevor ich bei ihr bin, zieht er sie an sich und begrapscht ihren Hintern. Um Beherrschung bemüht, packe ich ihn an der Schulter.

»Sir!«, brülle ich ihm ins Ohr, um die Musik zu übertönen. »Die Lady gehört zu mir!«

Er sieht mich an und grinst, lässt Summer aber augenblicklich los und zieht weiter. Wenige Minuten später knutscht er mit einem der Zimmermädchen in einer Ecke. Sie scheint sich gern befummeln zu lassen, umschlingt sogar mit einem Bein seine Hüfte. Angewidert wende ich meinen Blick ab und sehe Summer an. Ohne Worte frage ich sie, ob alles okay mit ihr ist, und sie nickt mir mit einem Lächeln zu. Dann legt sie zwei Finger über ihre Lippen und drückt diese imaginär auf meine. Diese zärtliche Geste beruhigt mich ungemein.

Ich lächle ihr ebenfalls zu und drängle mich unter die Leute, um auf die Nebenzimmer zuzugehen. Der Detective ist gleichfalls hier.

Hier in dem Gang, in dem die Zimmer liegen, dröhnt die Musik nicht mehr so laut. Aus einem Raum höre ich ekstatisches Stöhnen und Schreie. Neben mir öffnet sich eine Tür und ein Pärchen kommt heraus, wobei er sich noch einmal mit dem Finger unter seiner Nase entlangreibt. Kaum sind sie aus meinem Blickfeld, schlüpfe ich in das Zimmer hinein und die Reste des Schnees sind noch auf der Anrichte unter dem Spiegel zu finden. Fuck!

»Tyler, Sie überlassen uns den Rest«, tönt die Stimme des Detectives in mein Ohr.

»Klar«, antworte ich und bin froh, das an ihn abzugeben.

Ich gehe weiter und am Ende des Ganges fickt ein älterer Typ gerade eine der Servicekräfte. Sie stöhnt unangenehm laut und ich schätze, sie übertreibt, um ihn damit anzuheizen, sodass die Sache für sie schneller überstanden ist.

Verdammt noch mal, wie konnte das alles hinter meinem Rücken passieren?

Die Party geht mittlerweile hoch her und es wird mehr und mehr zu einem Sexgelage. Einige Paare ziehen sich für ihre Nummer nicht einmal mehr in eine Ecke zurück. Sie sind zumeist alkoholisiert, haben irgendwelche Pillen oder sonstige Drogen genommen. Wenn die Presse davon Wind bekommt, wird mein Unternehmen für Jahre in Verruf geraten und alles, was ich mir aufgebaut habe, zerplatzt wie

Seifenblasen. Ich werde hart daran arbeiten müssen, meinen Ruf wieder herzustellen. O fuck!

Da hier in allen Ecken wild herumgevögelt wird, mache ich mir Sorgen um Summer, zumal ich sie nicht finden kann, obwohl ich sie überall suche.

»Detective«, spreche ich in mein Mikrophon, »wo ist meine Freundin?«

»Moment, wir suchen sie«, antwortet er.

Zwei Frauen, der Detective und noch ein Typ schwärmen aus, um nach Summer Ausschau zu halten. Ein flaues Gefühl macht sich in meinem Magen breit – ich spüre genau, dass sie in Gefahr ist.

Unruhig scanne ich mit meinem Blick das Publikum, suche in den Ecken, drängle mich durch Menschtrauben, vorbei an Tanzenden in die hinteren Räume. Nirgends ist sie zu sehen. Darum gehe ich hinaus, um sie dort zu finden. Mein Herz hämmert stark und nimmt mir fast den Atem. Irgendwo muss sie doch sein!

Auf dem Weg zum Strand glitzert etwas im Mondlicht und ich bücke mich danach. Es ist sehr schmal und rund. Bei näherem Betrachten erkenne ich einen Ohrschmuck. Es durchzuckt mich wie ein Schlag – Summers Ohrring! Die Angst um sie umklammert mein Herz wie eine Faust, während ich weitersuche. Rechts und links des Weges wachsen gepflegte Büsche und Stauden, die vom Mond angeleuchtet werden.

»Summer!«, rufe ich jetzt, »Summer, wo bist du?!«

Meine Schritte werden immer schneller, bis ich den Strand erreiche. Niemand ist hier unterwegs, alles ist ruhig. Angestrengt suche ich nach ihr, bis ich im Mondlicht etwas Dunkles direkt am Wasser liegen sehe. Ohne zu zögern, laufe ich darauf zu und stelle entsetzt fest, dass Summer dort zusammengerollt liegt.

»Summer«, spreche ich sie an, während ich auf die Knie falle und sie berühre. Doch sie bewegt sich nicht. »Ich habe sie«, gebe ich dem Detective über meinen Sender Bescheid. »Direkt am Wasser am Strand«, füge ich hinzu. »Wir brauchen einen Rettungswagen, sie atmet schwach und rührt sich nicht.«

Vorsichtig drehe ich sie auf den Rücken und taste nach ihrem Puls am Hals. Er ist sehr schwach, was mich daran zweifeln lässt, ob ich ihn tatsächlich spüre. Besorgt beuge ich mich über sie und streichle ihre Wangen.

»Summer, bitte, wach auf«, fordere ich sie auf, obwohl ich ahne, dass sie mich nicht hört.

Ihre Haut ist kühl, die Haare sind von den auslaufenden Wellen nass geworden. Sie ist barfuß, aber ungefähr zwei Meter von uns entfernt liegen ihre High Heels.

Detective Hunter steht plötzlich neben mir und lässt sich ebenfalls auf seine Knie nieder. »Der Rettungswagen müsste gleich hier sein.«

»Hoffentlich«, murmle ich und streichle wieder über ihr Gesicht.

Hunter tastet ebenfalls am Hals und am Handgelenk ihren Puls ab. »Ich tippe auf KO-Tropfen«, erklärt er mir, »und zwar ziemlich hochdosierte.«

Besorgt betrachte ich sie. »Es wirkt aber nicht, als hätte jemand Hand an sie gelegt.«

»Nein, das glaube ich auch nicht. Sie hat sich wahrscheinlich noch hier hinausgeschleppt.«

»Hoffentlich«, stoße ich aus und presse meine Lippen zusammen. »Hoffentlich.«

Hektik kommt auf, als zwei Rettungssanitäter mit einer Trage auf uns zueilen. Beherzt schieben sie Hunter und mich zur Seite, um Summer zu untersuchen.

»Sie wird Drogen genommen haben«, mutmaßt der eine von ihnen.

»Nein, das hat sie sicherlich nicht, der Detective und ich vermuten KO-Tropfen.«

Die zwei Sanitäter setzen einen Zugang auf ihrem rechten Handrücken und verabreichen ihr darüber ein Medikament, um sofort danach eine Infusion zu setzen. Dann legen sie Summer auf die Trage und bringen sie zum Rettungswagen.

Besorgt laufe ich nebenher. »Moment, ich komme mit.«

»Sind Sie ein Familienangehöriger?«

»Nein, ich bin ihr Freund.«

»Dann dürfen wir Sie nicht mitnehmen. Wir bringen Ihre Freundin ins St. Maria-Hospital.«

Hunter hält mich an meiner Schulter fest. »Sir, ein Kollege wird Sie fahren. Es ist gut, wenn Sie über Nacht wegbleiben, wir werden hier jetzt ein wenig aufräumen, wenn Sie wissen, was ich meine.«

»Klar, kann ich morgen in die WG-Villa? Meine Klamotten holen?«, frage ich und fahre nervös durch meine Haare.

»Nein, es ist besser, wenn Sie hier verschwinden. Ihre privaten Sachen werden wir Ihnen bringen.«

»Muss das sein?«

»Es ist zu Ihrer Sicherheit, wir haben es bisher für uns behalten, aber hier geht es um mehr als um Drogenpartys, es geht hier um einen Drogenring, dessen Hintermänner wir noch nicht haben. Mit der Mafia ist nicht zu scherzen, das wissen Sie, Sir.«

»Aber jetzt muss ich zu meiner Freundin«, fordere ich ungeduldig.

Er nickt und gibt einem seiner Leute ein Handzeichen, mich mitzunehmen.

17. Summer

Diese Party ist grauenvoller, als ich es mir vorgestellt habe. Ich wusste, dass es heiß hergehen wird, mir war klar, dass die VIPs auf diesen Treffen nichts anbrennen lassen. Jedoch ist es zügelloser, als ich es mir gedacht habe.

Die Mädchen, die ansonsten für mich die Zimmer reinigen, sind hier wie ausgewechselt. Ich merke, dass sie schon öfter dabei waren, weil sie sich ungeniert und frei bewegen. Sie lassen sich begrabschen, küssen und in die hinteren Räume mitnehmen. Allerdings bemühen sich manche nicht einmal mehr um Diskretion. Eine der Frauen lehnt über der Sofalehne und wird von hinten gevögelt. Ein wenig weiter lässt sich der bekannte Sänger John Crush einen blasen.

In dem Moment, in dem ich mich abwende, hält mich Senator John Caldwell am Arm fest. »Komm, trink mit mir«, fordert er mich auf und legt seinen Arm um meine Schulter.

Seine Alkoholfahne schlägt mir ins Gesicht. Als ich mich aus seiner Umklammerung befreien will, werde ich derb geküsst. Wut und Übelkeit aufsteigen in mir auf.

»Sei nicht so zickig«, meint er danach nur, drängt mich zum Tresen und bestellt Champagner. »Für dich, Schönheit, mach dich mal locker, bevor ich dich ficke.«

Sein vulgäres Lachen ruft nur noch größeren Ekel in mir hervor. Panisch überlege ich, wie es mir möglich ist, zu entkommen, ohne dass er mich erneut angrabscht, da rempelt uns ein kräftiger Kerl an. Erst mich, sodass ich mich am Tresen festhalten muss, um nicht umzufallen, dann Senator Caldwell. Es entsteht ein Handgemenge unter den beiden. In diesem Augenblick schiebt mir einer der Barkeeper den Schampus zu, den ich, ohne zu überlegen, annehme und mich aus dem Staub mache. Schnell strebe ich auf die Terrasse zu, auf der nur wenige Gäste in einer Gruppe zusammenstehen und gerade laut lachen, als ich sie betrete. Um meine Angst nicht zu zeigen, trinke ich schnell etwas von dem Champagner, während ich an ihnen vorbeigehe. Nur weg hier, zum Strand runter ans Wasser.

Von dem Alkohol wird mir ziemlich schwindelig. Es fällt mir sogar immer schwerer, mich auf den Beinen zu halten, darum schnippe ich die High Heels von den Füßen. Nach wenigen Schritten sinke ich in mich zusammen und bin nicht mehr fähig, mich zu rühren. Der Mond scheint auf mich herunter und neben mir rauschen die Wellen, die langsam am Ufer auslaufen. Manche Ausläufer erreichen mich, sodass mein Kleid nass wird. Trotzdem schaffe ich es nicht, mich zu rühren. Noch nie haben ein paar Schluck Schampus solch eine verheerende Wirkung auf mich gehabt. Ich muss sturzbetrunken sein. Mir wird erneut schwindelig, ich friere und um mich herum wird es ruhig …, bis jemand meinen Namen ruft. Angestrengt horche ich auf und erkenne Tylers Stimme.

O Tyler! Hier bin ich!, rufe ich ihm nur in Gedanken zu, weil ich nicht in der Lage bin, mich zu artikulieren. Mein Denken setzt erneut aus und ich gleite in einen Schlaf über.

»Ms Fields?«, spricht mich eine fremde Frauenstimme an, »hören Sie mich?«

Mühsam versuche ich, meine Augen zu öffnen, was mir nicht gelingt.

»Sie kommt langsam zu sich, Dr. Davis«, höre ich. Dieser Doktor gibt Anweisungen, was mir jetzt für Medikamente verabreicht werden sollen. In diesem Moment öffne ich meine Augen und sehe den Arzt, wie er sich von mir abwendet und aus meinem Sichtfeld verschwindet.

»Na endlich, da sind Sie ja wieder, Ms. Fields. Wir haben uns schon Sorgen um Sie gemacht«, begrüßt mich eine Ärztin. »Ich bin Dr. Miller, Sie sind im St. Maria-Hospital.«

»Oh, was ist passiert?« Die Worte kommen mir nur mühsam über die Lippen.

»Sie hatten KO-Tropfen in Ihrem Getränk, Miss, darum bekommen Sie intravenös Flüssigkeit zugeführt, und ich bitte Sie jetzt, dies hier zu trinken. Das ist in Wasser aufgelöste Aktivkohle, die ermöglicht eine schnelle Absorption und ist effektiv bei der Bindung von Giftstoffen im Magen und Darm, um deren weitere Aufnahme in den Blutkreislauf zu verhindern. Die flüssige Form erlaubt es auch, relativ große Mengen der Aktivkohle schnell zu verabreichen, was in Ihrem Fall erforderlich ist. Schließlich wissen wir nicht, wie hoch die KO-Tropfen in Ihrem Getränk dosiert waren.«

Dr. Miller hilft mir, halb liegend, halb sitzend, diese Flüssigkeit zu trinken. Als ich fertig bin, nickt sie zufrieden. »So ist es gut. Wir beobachten Ihre Vitalwerte, darum sind Sie an den Überwachungsgeräten angeschlossen. Ich gehe davon aus, dass Sie bald wieder stabil sind. Draußen wartet ein Mann auf Sie. Tyler Smith, er behauptet, Ihr Freund zu sein. Stimmt das und darf er zu Ihnen?«

Erleichterung macht sich in mir breit. »Ja, bitte, ich würde mich freuen, ihn zu sehen.«

Wieder lächelt sie und nickt. »Gut, dann lasse ich Sie jetzt erst einmal allein und bitte Ihren Besuch herein.«

»Danke, Frau Doktor.« Ich schenke ihr ein Lächeln.

»Sehr gern, Ms. Fields.«

Mit raschelndem Kittel eilt sie hinaus. Im selben Moment betritt Tyler das Krankenzimmer. Sein von Sorge erfüllter Blick trifft mich.

Blass tritt er an mein Bett. »Summer, wie fühlst du dich?«

»Schön, dass du da bist, Tyler. Ich bin froh, dich zu sehen«, antworte ich zunächst. Seine Hände umfassen mit warmem, festem Griff die meinen. »Ich glaube, ich bin okay, aber so richtig weiß ich das noch nicht.«

»Warum, Sunshine?«, fragt er und setzt sich in Hüfthöhe auf mein Bett.

»Weil ich verwirrt bin über das, was passiert ist.«

»Hat dich einer der Typen angefasst?«, will er in düsterem Tonfall von mir wissen.

»Nicht so, wie du meinst«, erwidere ich mit dem Kopf schüttelnd.

»Wie denn?«, hakt er nach und ich sehe ihm an, wie angespannt er auf meine Antwort wartet.

»Dieser Senator hat mich grob angepackt und geküsst, mehr nicht«, erzähle ich ihm.

Erleichtert atmet er aus. »So ein Schwein«, urteilt er.

»Aber du hast mir doch von Anfang an gesagt, dass Drogen und Sex zu diesen Partys gehören.«

»Ja, damit du weißt, worauf du dich einlässt oder doch noch abspringst. Letzteres wäre mir lieber gewesen«, erklärt er und streichelt zart über mein Gesicht. »Ich bin so froh, dass nicht mehr passiert ist, sonst würde ich den Kerl umbringen.«

»Du bist irgendwie süß«, murmle ich und lächle.

»Ich weiß nicht, ob es das richtige Adjektiv für mich ist«, meint er und lacht.

»Doch, ich finde schon«, gebe ich amüsiert zurück. Mein Gesicht umfassend, beugt Tyler sich vor und küsst mich zärtlich. »Summer, ich habe dir so viel zu sagen …«

Es klopft und jemand betritt den Raum.

Detective Hunter stellt sich ans Fußende des Bettes. »Wie ich sehe, geht es Ihnen besser, Ms. Fields.« Er blickt von Tyler zu mir und wieder zurück. »Ich habe schlechte Nachrichten für Sie beide.« Er fährt sich mit den Händen durch seine Haare. »Zu Ihrer Sicherheit müssen Sie sich für die nächste Zeit leider trennen.« Es ist ihm anzusehen, wie unangenehm ihm das ist.

»Warum?«, will Tyler knapp wissen.

»Mr. Foster ist ein Handlanger der Drogenmafia, der wir schon länger auf der Spur sind, ohne sehr erfolgreich zu sein. Das, was wir jetzt in den letzten Tagen allerdings herausgefunden haben, bringt uns mehr als nur einen Schritt weiter. Den Drogenring werden wir knacken.« Jetzt setzt er einen bedauernden Gesichtsausdruck auf. »Leider sind Sie, Mr. Smith und Sie, Ms. Fields in den Fokus der Mafia und somit auch in Gefahr geraten. Man hat Sie die ganze Zeit beobachtet – jede Bewegung, jedes Gespräch und auch, dass Sie, Mr. Smith den Briefumschlag aus dem

Spind an uns weitergegeben und später wieder zurückgelegt haben.«

Tyler und ich sehen uns an. Das ist nicht gut!

»Wir wissen, dass die Mafia plant, gegen Sie beide vorzugehen, weil sie vermuten, dass Sie beide mehr wissen, als gut für Sie wäre. Es gibt konkrete Hinweise, dass Sie bereits im Visier der Mafia stehen. Wir haben Grund zu der Annahme, dass sie nicht zögern wird, Gewalt einzusetzen, um sicherzustellen, dass Sie beide nichts preisgeben können. Von daher müssen wir Sicherheitsvorkehrungen treffen. Diese Maßnahme dient nur Ihrem Schutz, bis wir mehr über die Hintermänner herausgefunden haben. Es geht um Ihr Leben.«

Ich höre ihm zu, während Tyler meine Hand hält und dicht an meine Seite rückt.

Mr. Hunter erklärt, dass wir uns in den nächsten Tagen bis Wochen nicht mehr sehen sowie keinen Kontakt zueinander herstellen dürfen. Er redet und redet, bis er uns zunickt und im Flur auf Tyler wartet.

Mit Tränen in den Augen sehe ich ihn an. »Das ist nicht fair, Tyler, wir dürfen uns nicht einmal mehr schreiben oder miteinander telefonieren?«

»Nein, nicht einmal das.« Er sieht mich traurig an. »Und das für eine ungewisse Zeit, Sunshine. Du fehlst mir schon jetzt ganz furchtbar.«

»Ich will das nicht«, weine ich leise. »Es ist ja fast wie in einem Zeugenschutzprogramm …«

Still umarmen wir uns. Seinen Duft nehme ich tief in mir auf, um ihn abzuspeichern, seine Wärme und sein raues Kinn, das ich so sehr an meiner Haut liebe.

»Ich will das genauso wenig wie du. Trotzdem sehe ich natürlich, dass wir zusammen eine hervorragende Zielscheibe abgeben. Sei dir sicher, dass ich dich nicht aufgeben werde, Sunshine. Wenn ich es nicht mehr ohne dich aushalte, werde ich dich finden – egal, wo du bist.«

»Okay, vielleicht dauert das ja auch gar nicht so lange, wie wir befürchten«, versuche ich positiv zu sein.

»Vielleicht …«, antwortet er unbestimmt und küsst mich zärtlich. »Vergiss mich nicht, du erfüllst mein Herz mit Sonne und Liebe.«

Jetzt schluchze ich laut auf. »Vergiss du mich nicht.«

»Niemals«, antwortet er voller Inbrunst.

Detective Hunter betritt den Raum erneut. »Mr. Smith, wir müssen jetzt los.«

Noch einmal küssen wir uns und sehen uns danach tief in die Augen.

»Bye, Tyler …«, verabschiede ich ihn wehmütig.

»Bye, Summer, im Herzen bin ich bei dir«, sagt er auf seine Weise Adieu.

An der Tür dreht er sich noch einmal zu mir um und winkt zum Abschied. Als er aus meinem Sichtfeld verschwindet, weine ich leise vor mich hin. Mein Herz schmerzt … Tyler fehlt mir schon jetzt. Unsere gemeinsame Zeit war viel zu kurz, ich bin nicht bereit, ohne ihn zu sein.

18. Adam

Im Flur atme ich zunächst tief durch, um den aufkeimenden stechenden Schmerz in meiner Brust zu bewältigen. Summer …

»Sir?«, spricht mich Detective Hunter leise an, während er eine Hand auf meine Schulter legt. »Wir trennen nur ungern ein Paar und tun dies ausschließlich zu ihrer beider Sicherheit. Die vorliegenden Informationen lassen uns keine andere Wahl.«

»Ja, ich verstehe, was es bedeutet, auch wenn es für mich dadurch im Moment nicht leichter ist. Dort liegt nicht nur meine Freundin, sondern die Frau, die ich heiraten werde.« Erst als ich es ausspreche, wird mir bewusst, wie ernst es mir ist und wie sehr ich Summer in meinem Leben haben will – für immer.

»Mr. Walker, ist es in Ordnung, wenn ich Sie nun bei Ihrem richtigen Namen nenne?«, fragt Detective Hunter.

»Natürlich, meine Mission ist gründlich schiefgegangen«, antworte ich düster und lehne mich mit geschlossenen Augen an die Wand.

Hunter fasst mich am Oberarm. »Kommen Sie, Mr. Walker, wir bringen Sie durch einen Kellernebenausgang hinaus. Dort wartet ein Kollege, der Sie nach Jacksonville bringt. Ihre Undercover-Identität ist bisher nicht aufgeflogen, sodass wir Sie als Adam Walker nicht für gefährdet einstufen. Trotzdem stellen wir Ihnen jemanden zur Seite.«

Nachdenklich blicke ich Hunter an. »Ist das wirklich nötig? Würde nicht ein Bodyguard genügen?«

»Nur einer, den wir auswählen und der eingeweiht ist«, entgegnet Hunter bestimmt.

»Gut, dann vertraue ich auf Ihre Entscheidung«, gebe ich ernst zurück.

Nach sechs Stunden Fahrt in Jacksonville angekommen, werde ich direkt in mein Penthouse gebracht. Dort empfängt mich bereits mein neuer Bodyguard, der sich als Tyson Weller vorstellt. Gemeinsam betreten wir mein Zuhause. Mit einem tiefen Seufzer lasse ich mich auf die Sofalandschaft fallen. Während der Fahrt waren meine Gedanken ununterbrochen bei Summer. Unsere gemeinsame Zeit war viel zu kurz, und ich bin nicht bereit, mich damit abzufinden.

»Sir, wo werde ich schlafen?«, fragt mein Bodyguard, der sich diskret im Hintergrund hält.

»Oh, ja, entschuldigen Sie, ich war gedanklich ganz woanders. Sehen Sie sich ruhig um, um einen Überblick zu bekommen. Eines der Gästezimmer steht Ihnen zur Verfügung. Es ist mir gleich, welches Sie wählen, Mr. Weller.« Ich stehe auf und zeige ihm die Räumlichkeiten. »Mein Schlafzimmer ist dort«, deute ich in die Richtung. »Das Gästebadezimmer hat eine direkte Verbindung zu diesem Schlafraum hier links.«

Mr. Weller nickt. »Okay, dann nehme ich das.«

Wir nicken uns zu.

»Sir, auch wenn wir die kommenden Wochen viel Zeit miteinander verbringen, wird dies keine Wohngemeinschaft sein. Ich werde mich so unauffällig wie möglich verhalten.«

Ich lache sarkastisch. »Mr. Weller, glauben Sie mir, Ihre Anwesenheit wird mir stets bewusst sein. Aber wir werden das Beste daraus machen.« Dann fällt mir noch etwas ein. »Was machen wir mit meiner Haushälterin? Sie wird sich regelmäßig hier aufhalten.«

»Wir finden eine Lösung. Für einen der bekanntesten Männer Jacksonvilles und darüber hinaus ist ein Bodyguard nichts Ungewöhnliches«, erwidert er und streicht sich über den Bart.

Er ist etwa so groß wie ich und muskulös. Neben ihm sehe ich trotz regelmäßigen Trainings fast schmächtig aus.

»Wir sollten zusammen trainieren, Mr. Weller«, überlege ich laut, woraufhin er grinst.

»Mit Verlaub, Sir, da müssen Sie sich wohl etwas mehr anstrengen.«

Wir lachen und das fremde Unbehagen zwischen uns schwindet merklich.

Zunächst richtet Tyson Weller sich im Gästezimmer ein, während ich mich dusche und umziehe, überlege ich, ob es ratsam wäre, einen Lieferservice zu beauftragen.

Später lehne ich mich an die Arbeitsplatte in meiner offen gestalteten Küche, die komplett in Schwarz gehalten ist und lese noch einmal den Nachrichtenverlauf zwischen Summer und mir durch. Ich würde sie zu gern anschreiben, um zu erfahren, wie es ihr geht. Wie unter Zwang tippe ich einige Liebeszeilen, nur um sie dann wieder zu löschen. Mein Herz beginnt zu rasen, denn das System zeigt an, dass Summer gerade ebenfalls schreibt ... Wie gebannt starre ich auf den Bildschirm. Doch sie tippt und tippt, wahrscheinlich nur, um es letztlich ebenso zu löschen wie ich meine Nachricht zuvor, denn es kommen keine Zeilen von Summer bei mir an. Ich schließe die Augen und atme tief durch. Meine Sehnsucht wächst mit jedem Atemzug. Verdammt! In was sind wir nur hineingeraten? Mafia ... das gibt's doch nur in Büchern, in Filmen und allenfalls in den Nachrichten. Und ausgerechnet ich habe jetzt die Mafia am Hals – ich, der bisher mit niemandem ernsthaft Probleme hatte. Okay, dem einen oder anderen habe ich ein gutes Geschäft vor der Nase weggeschnappt. Das passiert im Big Business. Aber krumme Dinger habe ich immer gemieden, wollte keine Schwierigkeiten. *Na, das ist mir ja hervorragend gelungen.*

»Mr. Walker, ist alles in Ordnung mit Ihnen?«, werde ich von Mr. Weller angesprochen.

Unbemerkt von mir hat er am Küchentresen Platz genommen.

Ich öffne die Augen und blicke ihn an. »Ja, soweit ist alles gut, so gut es eben in meiner momentanen Lage sein kann. Meine Freundin liegt im Krankenhaus, wir mussten uns trennen und dürfen nicht einmal Kontakt aufnehmen. Und jetzt lebe ich auch noch mit einem Bodyguard zusammen, der mich Tag und Nacht überwachen wird. Nichts gegen Sie persönlich, Mr. Weller, aber ich fühle mich gerade etwas verloren und überfordert. Ich weiß nicht einmal, ob ich mir vom Lieferservice eine Pizza bestellen darf.«

Tyson Weller sieht mich verständnisvoll an. »Glauben Sie mir, Sir, niemandem würde es in Ihrer Lage jetzt besser gehen. Das ist normal und verständlich. Trotzdem werden Sie sich jeden Tag besser mit mir und der Situation arrangieren.« Er streicht sich über das Kinn. »Was die Pizza betrifft: Ich sterbe fast vor Hunger und könnte locker zwei davon vertragen. Ich gebe meinen Kollegen Bescheid, die regeln das für uns.«

Ich bestelle eine Pizza Thuna mit extra Zwiebeln und Käse. Während er telefoniert, lege ich mich aufs Sofa und starre an die Decke. Um ehrlich zu sein: Es geht mir beschissen. Der Bodyguard ist ein netter Kerl und ich werde mich wohl irgendwie an seine Anwesenheit gewöhnen. Im Unternehmen wird er mich plötzlich überallhin begleiten, was mir Sorgen bereitet. Könnte Unruhe unter meinen Mitarbeitern aufkommen? Tessa wird sicher viele Fragen haben, und ich weiß jetzt schon, wie schwierig es sein wird, ihr auszuweichen oder sie anzulügen. Geschäftspartnern gegenüber lässt sich die Situation leicht erklären; ich bin ja nicht der Einzige unter ihnen, der Personenschutz in Anspruch nimmt.

Die Sehnsucht nach Summer wird immer stärker, also hole ich das Smartphone aus der Hosentasche und lese wiederholt ihre letzten Nachrichten. Sie war vor fünf Minuten online. Wie es ihr wohl geht? Was macht sie gerade? Ob sie auf dem Weg nach Hause ist?

Nicht zu wissen, was mit Summer ist und wo sie sein wird, sobald sie aus der Klinik entlassen wird, treibt mich fast in den Wahnsinn. Obwohl mein Magen vor Hunger knurrt, habe ich keinen Appetit. Das ist neu für mich. Keine Frau hat mir bisher so zugesetzt wie sie.

Es ist still in meinem Apartment geworden, was mir erst auffällt, als ich etwas neben mir rascheln höre. Augenblicklich bin ich hellwach und setze mich auf.

»Sir, entschuldigen Sie, ich wollte Sie nicht erschrecken«, sagt Mr. Weller.

»Nein, alles gut, Sie können ja nicht stundenlang im Hintergrund stehen und warten. Setzen Sie sich und fühlen Sie sich bitte wie ein willkommener Gast«, entgegne ich, schließlich macht er nur seinen Job.

Irgendwann klingelt Mr. Wellers Smartphone. Unsere Pizzen werden an die Tür geliefert. Diese ganze Situation kommt mir merkwürdig vor. Ich werde meine Haushälterin bitten müssen, Vorräte anzulegen, darunter diverse Pizzen für die Tiefkühltruhe. Es scheint ja schon ein Lebensrisiko zu sein, einen Lieferservice zu beauftragen.

Trotz dieser Hindernisse verputzen wir hungrig unser Essen. Erst als kein einziger Krümel mehr in den Pappschachteln zu finden ist, klappen wir sie zufrieden zusammen.

»So, Mr. Weller, wie gehen wir ab morgen vor? Werden Sie mich also auf Schritt und Tritt begleiten, sobald wir mein Apartment verlassen? Werde ich Detective Hunter noch einmal sehen oder überlässt er jetzt alles Ihnen?«

Mr. Weller trinkt erst einen Schluck Coke, bevor er antwortet. »Und nicht zu vergessen, dass wir zusammen trainieren werden«, spaßt er und zwinkert mir amüsiert zu, worauf hin ich lache. Dann geht er auf meine Fragen ein. »Ich werde tatsächlich keinen Schritt mehr von Ihrer Seite weichen. Wenn ich es für nötig halte, werde ich sogar in Ihrem Unternehmen zuerst im Büro nachsehen, ob sich dort niemand versteckt hält, ob keine Kameras oder Mikros angebracht sind. Ich werde alles genau ins Visier nehmen.«

Ich seufze bei dem Gedanken. Aus diesem Grund wollte ich niemals einen Personenschutz. Es schränkt meine Freiheit ein. Es ist ja nur vorübergehend, tröste ich mich – hoffentlich! Und hoffentlich wird diese ganze Sache schnell und unspektakulär abgewickelt, damit ich Summer wieder in meine Arme schließen kann.

Es ist mittlerweile kurz nach Mitternacht, und wir beschließen, ins Bett zu gehen. Eines steht für mich fest: Wenn mir das alles zu lange dauert, werde ich Summer suchen und finden. Ich liebe sie.

19. Summer

Sechs Wochen später ...

Seit Tyler und ich getrennt wurden, haben wir nichts mehr voneinander gehört. Meine Sehnsucht nach ihm ist überwältigend. Ich leide unter Liebeskummer, möchte am liebsten nur noch weinen, mich im Bett verkriechen und niemanden sehen oder hören – so lange, bis wir uns endlich wiedersehen dürfen. Ja, mein Leid ist größer, als es gut für mich ist. Mein Kreislauf spielt verrückt, ich friere ständig, auch sonst steckt nur noch halb so viel Kraft in mir.

Trotzdem muss ich natürlich arbeiten. Detective Hunter hat es so arrangiert, dass ich in einem Luxushotel in Santa Barbara als Hausdame arbeite, weit weg von Florida. Das Arbeitsklima ist wirklich gut, die Zimmermädchen sind zuverlässig, und ich fühle mich dort recht wohl. Besonders der Concierge, ein älterer Herr, der wohl schon das Rentenalter erreicht hat, fällt mir ins Auge. Wie viele Menschen in den USA arbeitet er trotz seines Alters weiter, vermutlich, weil die Renten nicht ausreichen. Aber bei ihm scheint es mehr zu sein – er liebt den Kontakt zu den Menschen und braucht das soziale Umfeld, das ihm seine Arbeit bietet. Mit seinem silbergrauen Haar und einem weisen Gesichtsausdruck ist er nicht nur charmant, sondern hat auch stets ein offenes Ohr für seine Kollegen. Ich habe ihn sofort ins Herz geschlossen. Im Hotel wohne ich in einem der Personalzimmer mit einem winzigen Badezimmer, was mir vollkommen ausreicht. Es ist mein eigener kleiner Rückzugsort. Meine Schicht ist seit einer halben Stunde vorbei, doch ich sitze noch immer am PC, um wichtige Bestellungen aufzugeben. Mir ist wieder einmal schwindelig und ich friere. Es klopft, und die Geschäftsführerin, Mrs. McGregor tritt ein.

»Oh, Mrs. McGregor, was kann ich für Sie tun?«, frage ich sie überrascht.

»Gar nichts, Ms. Fields. Ich wollte nur wissen, wie es Ihnen bei uns gefällt«, antwortet sie freundlich und setzt sich mir gegenüber an den Schreibtisch.

»Danke, dass Sie nachfragen, Mrs. McGregor. Ich fühle mich sehr wohl hier und das Betriebsklima ist ausgezeichnet.«

»Das freut mich zu hören, Ms. Fields. Aber Sie sehen wirklich blass aus. Sind Sie krank?«, fragt sie und beugt sich vor, um mich genauer zu betrachten. »Sogar Ihre Lippen sind farblos.«

»Ich denke, es ist die Umstellung. Um ehrlich zu sein, habe ich mich schon mal fitter gefühlt, aber das wird schon wieder«, versuche ich munterer zu klingen, als ich mich fühle.

»Wir haben für unsere Gäste einen Arzt, der täglich für zwei Stunden hier im Hotel Sprechstunde hält. Er ist auch für das Personal zuständig. Bitte lassen Sie sich von ihm untersuchen.« Sie betrachtet mich erneut sorgfältig. »Als ich damals mit meiner Tochter schwanger war, fühlte ich mich auch ständig müde, war blass und mir war kalt.« Sie deutet auf meine Strickjacke, die ich trotz der Wärme draußen trage, während sie in einem luftigen Sommerkleid vor mir sitzt.

Ein Schreck durchfährt mich. An eine Schwangerschaft habe ich noch gar nicht gedacht! O nein, das wäre jetzt wirklich unpassend, ich weiß nicht einmal, wo Tyler ist.

Mrs. McGregor steht auf. »Machen Sie sich keine Sorgen um Ihren Job, aber vereinbaren Sie bitte einen Termin mit Dr. Simon.«

»Ja, danke, Mrs. McGregor. Ich werde es im Auge behalten«, erwidere ich brav, während mein Herz nervös schneller schlägt und in mir leichte Übelkeit aufsteigt.

Kaum ist sie draußen, beende ich meine Arbeit, da es mir nicht mehr möglich ist, klar zu denken.

Aus der untersten Schublade hole ich meinen kleinen Rucksack und mache mich auf den Weg zur nächsten Apotheke, um einen Schwangerschaftstest zu kaufen. Tyler und ich haben jedes Mal mit Präservativen verhütet und er war immer sehr sorgfältig bei der Anwendung. Eigentlich kann nichts passiert sein. Natürlich weiß ich, dass es trotzdem eine Versagerquote gibt. Herr im Himmel, bitte lass den Test negativ ausfallen, bete ich im Stillen, obwohl ich sonst nicht an Gott denke. Aber jetzt erscheint mir das Gebet doch sehr wichtig.

Kurz darauf schließe ich die Tür meines Personalzimmers hinter mir ab und gehe ins Bad. Vor dem Waschbecken stehend, lese ich die Anleitung für den Schwangerschaftstest sorgfältig durch. Ich führe alle Schritte genau durch, lege den Teststick auf den Waschtisch und gehe zurück ins Schlafzimmer. Dort stelle ich mich ans Fenster und blicke in den Innenhof, wo nichts Besonderes zu sehen ist. Total angespannt knete ich meine Finger und wippe nervös von den Zehenspitzen zur Ferse. Mir ist übel und mein Herz klopft wie wild. In fünf Minuten wird das Ergebnis abzulesen sein.

Das Smartphone klingelt und eine neue Kollegin, mit der ich mich angefreundet habe, ist am anderen Ende. Wir plaudern locker über ein paar Gäste, verabreden uns zum Shoppen am Wochenende, und ich höre mir ihre verliebte Schwärmerei zu einem Ryan an. Ihre Stimme wird weich und verträumt, als sie von ihm spricht, und ich kann das Lächeln in ihren Worten hören. Sie ist total verknallt und vernarrt in den Kerl. Natürlich denke ich dabei sehnsüchtig an Tyler. Nach zehn Minuten verabschieden wir uns, und ich eile ins Badezimmer, um das Ergebnis des Tests abzulesen. Vorsichtig ziehe ich die Schutzkappe ab und sehe zwei rosarote Striche. Positiv! Ich bin tatsächlich schwanger.

Ein Schwall von Übelkeit überkommt mich und ich übergebe mich. Danach putze ich mir die Zähne und wasche mein Gesicht mit kaltem Wasser, um wieder klar denken zu können. Das kalte Wasser prickelt auf meiner Haut und lässt mich für einen Moment die Realität vergessen. Während ich langsam mein Gesicht abtrockne, betrachte ich mein Spiegelbild.

Schwanger, denke ich nur. Ich bekomme ein Kind von einem Mann, in den ich total verliebt bin, über den ich aber nur wenig weiß. Er lebt jetzt irgendwo in den USA und darf nicht bei mir sein, weil wir ins Visier der Mafia geraten sind. Tolle Voraussetzungen, um ein Kind in die Welt zu setzen. Will ich das?

Ich lasse das Handtuch ins Waschbecken fallen und lege die Hände über meinen Bauch. Es ist noch winzig klein, aber mein Körper signalisiert mir bereits, dass er gefordert wird. Deshalb bin ich so müde und schlapp. Plötzlich überkommt mich eine überwältigende Sehnsucht nach Tyler. Ich schließe die Augen und sehe ihn vor mir – seinen liebevollen Blick, sein Lächeln ... Dann denke ich an seine Küsse und seine unvergleichliche Leidenschaft. Tränen rollen über meine Wangen, ich fühle mich unglaublich verloren und einsam. Langsam entkleide ich mich, schlüpfe in ein Nachthemd und lege mich ins Bett. Es ist erst sieben Uhr abends, viel zu früh, aber ich kann mich zu nichts mehr aufraffen.

Ich will nur noch schlafen, um nicht mehr nachdenken zu müssen, um den Liebeskummer, die Ängste und die neu aufkeimenden Sorgen, um das werdende Kind in mir nicht zu fühlen. Im Bett ziehe ich die Decke über den Kopf und weine mich in den Schlaf.

20. Adam

Schon seit zwei Monaten leben Summer und ich getrennt, was mich langsam daran zweifeln lässt, ob ich sie jemals wieder in meine Arme schließen werde. Meine Sehnsucht nach ihr ist ungebrochen groß.

An Tyson, den Bodyguard, habe ich mich irgendwie gewöhnt. Wir trainieren täglich zusammen im Fitnessstudio. Dabei stemmen wir nicht nur Gewichte, sondern er bringt mir auch Selbstverteidigung bei. Gerade hat er mich wieder einmal zu Boden gebracht.

»Mensch, Walker«, schimpft er, »wie oft habe ich dir gesagt, dass du auf meine Körperhaltung achten musst?«

»Verdammt, Tyson, ich vergesse es immer wieder«, antworte ich und denke, dass ich konzentrierter bei der Sache sein muss. »Lass uns kurz pausieren, einen Proteinshake trinken, und dann machen wir weiter.«

Er nickt, wir ziehen uns an den Tresen zurück und bestellen zwei Shakes.

»Tyson, ich muss deinen Boss in den nächsten Tagen dringend sprechen. Es geht nicht, dass meine Freundin und ich wochenlang ohne Aussicht auf ein Ende voneinander getrennt werden.«

»Aus sicherheitstechnischen Gründen«, fängt Tyson an zu erklären, doch ich unterbreche ihn.

»Das verstehe ich alles, aber das kann nicht so weitergehen. Mann, es sind jetzt schon acht Wochen! Wie lange noch?«

Ich merke, wie meine Laune immer schlechter wird und ich Tessa gegenüber zunehmend ungerecht werde. Mir fehlen die Ausreden, um mich bei ihr zu entschuldigen. Meine Sorgen und Ängste, ganz zu schweigen von meiner Sehnsucht nach Summer, sind außer Kontrolle geraten.

»Wir gehen jetzt zurück auf die Matte und trainieren weiter«, höre ich Tyson neben mir, als wäre es durch Watte.

Mit meinen Gedanken bin ich meilenweit weg – in Florida bei Summer, bei ihren berauschenden Küssen, ihren grünen Augen und ihrem anschmiegsamen Körper. Alles in mir verlangt nach ihr.

Mein Trainingspartner packt mich am Arm. »Mach dich nicht fertig, Walker. Behalte einen klaren Kopf; diese Zeit wird vorübergehen.«

»Das sagt sich so einfach«, seufze ich, während wir zu den Matten zurückgehen.

Er fordert mich auf, mich mit ihm in meditativer Haltung auf den Boden zu setzen.

»Konzentriere dich auf deinen Atem«, sagt er ruhig.

Ich schließe die Augen, höre das sanfte Ein- und Ausströmen der Luft und spüre, wie mein Geist langsam zur Ruhe kommt. Nach ein paar Minuten öffnen wir die Augen und sehen uns an. Tyson ist wirklich gut in dem, was er tut. Mit ihm an meiner Seite fühle ich mich sicher.

Doch die Fähigkeit, mich selbst verteidigen zu können, gibt mir noch mehr Sicherheit. Deshalb nehme ich diese Trainingseinheit ernst und fokussiere mich voll und ganz darauf. Jede Bewegung, jeder Griff – ich achte auf jedes Detail.

»Jetzt zeige mir, was du gelernt hast, Walker«, sagt er mit einem motivierenden Lächeln.

Wir positionieren uns auf den Matten, bereit für eine kleine Trainingskampfeinheit. Tyson nimmt eine defensive Haltung ein und signalisiert mir, den ersten Zug zu machen.

Ich zögere einen Moment, erinnere mich dann an Tysons Ratschläge über die Wichtigkeit der Körperhaltung und des Timings. Langsam umkreise ich ihn, suche nach einer Öffnung. Tyson beobachtet mich genau, seine Augen folgen jeder meiner Bewegungen. Plötzlich sehe ich meine Chance, als Tyson kurz sein Gewicht verlagert. Ich täusche einen Schlag zur linken Seite an, wechsle schnell die Richtung und setze eine Kombination aus Tritt und

Schlag ein, die ich aus unseren Trainingseinheiten gelernt habe.

Tyson ist überrascht von meiner Schnelligkeit und kann meinen Schlag nicht ganz abwehren. Er stolpert ein paar Schritte zurück, fängt sich aber schnell wieder.

Ein breites Grinsen erscheint auf seinem Gesicht. »Nicht schlecht, Walker. Du hast gut aufgepasst«, lobt er mich.

Ich atme schwer, das Adrenalin pulsiert durch meine Adern. »Hab ich dich erwischt?«, frage ich, halb besorgt, halb amüsiert.

»Ja, und das ist gut so«, antwortet er. »Das zeigt, dass du bereit bist, dich zu verteidigen. Und dass du in der Lage bist, das Gelernte anzuwenden, wenn es darauf ankommt.« Er tritt wieder näher, diesmal in einer lehrreichen Geste. »Lass uns das noch einmal durchgehen. Diesmal achte besonders auf deine Fußarbeit. Das gibt dir die Stabilität und Schnelligkeit, die du brauchst.«

Wir setzen das Training fort, wobei Tyson mich durch verschiedene Techniken führt und korrigiert, wenn nötig. Mit jedem Durchgang fühle ich mich sicherer und selbstbewusster. Tysons Zufriedenheit mit meinen Fortschritten motiviert mich zusätzlich, und ich merke, wie wichtig diese Fähigkeiten für mich geworden sind – nicht nur für meine physische Sicherheit, sondern auch für mein seelisches Gleichgewicht.

Als wir schließlich das Training beenden, klopft Tyson mir anerkennend auf die Schulter. «Gut gemacht, Walker. Ich bin beeindruckt.»

Sein Lob erfüllt mich mit Stolz und einem Gefühl der Zugehörigkeit. In diesem Moment ist mir klar, dass ich nicht nur einen Bodyguard an meiner Seite habe, sondern einen wahren Mentor und Freund.

Ich hebe meine rechte Hand zum High-Five, in die er einschlägt.

»Und jetzt, Walker, müssen wir essen gehen, ich sterbe fast vor Hunger«, meint er grinsend.

Später sitzen wir in einem italienischen Restaurant, essen Spaghetti und Fisch, dazu Salat, und trinken reichlich Wasser. Tyson ist immer im Dienst; er trinkt keinen Alkohol, und ich fühle mich sicherer, wenn ich meine Sinne nicht mit Alkohol benebele. Gesünder ist es ohnehin, denn durch das harte Training mit ihm habe ich deutlich an Muskulatur zugenommen, was mir erfreut in meinem Spiegelbild auffällt und an meinen Anzügen, die nun alle an den Schultern spannen. Morgen habe ich einen Termin bei meinem Schneider. Neue Hemden und Sakkos werden benötigt.

Während wir essen, denke ich wieder sehnsüchtig an Summer und fasse den Entschluss, sie ab morgen zu suchen. Mir ist es gleichgültig, was Detective Hunter oder Tyson dazu sagen. Leider behalten sie jede Information für sich, darum kenne ich nicht den

Stand der Ermittlungen – einfach nichts. Vielleicht bin ich unvernünftig, leichtsinnig oder es ist sogar dumm, sie zu suchen. Aber ich schaffe es nicht mehr, nur stillzuhalten und abzuwarten, bis mir jemand das Go gibt. Seit ich Mitte zwanzig war, bin ich mein eigener Chef und habe immer alle Entscheidungen allein getroffen – unabhängig davon, ob sie jedes Mal richtig oder gut waren. Jetzt hier mein Leben nicht mehr selbstbestimmt zu leben, macht mich fertig. Es wird nicht einfach sein, an Tyson vorbeizukommen, aber ich muss es versuchen.

»Walker«, sagt Tyson plötzlich, »ich sehe dir an, dass du wieder an dein Mädchen denkst.«

»Wie kommst du darauf?«, gebe ich mich ahnungslos.

»Ach komm, du hast sogar letztens im Schlaf nach ihr gerufen«, offenbart er.

»Das hast du gehört?«, frage ich ernst.

»Ja, natürlich. Als dein Personenschutz bin ich sofort wach, sobald von dir, auch im Schlaf, ungewöhnliche Laute kommen«, erklärt Tyson in seiner gewohnt ruhigen Art.

»Du warst in meinem Schlafzimmer?«, will ich wissen, etwas unbehaglich bei dem Gedanken.

»Naja, ich habe geklopft und vorsichtig reingeschaut. Du hast unruhig geschlafen und dich hin und her gewälzt, dabei ihren Namen gemurmelt.« Er streicht sich über seinen Bart. »Es gab keinen Grund, länger in deinem privaten Raum zu bleiben. Wirklich nicht.«

»Natürlich nicht, entschuldige. Ich wollte nicht misstrauisch wirken«, sage ich. Jede Nacht träume ich von Summer, oft sind es sehr leidenschaftliche Träume. »Ehrlich, es würde mir besser gehen, wenn ich mehr über die Ermittlungen wüsste. Aber ich weiß nichts! Ihr lasst mich völlig im Dunkeln tappen. Kein Lebenszeichen von ihr zu bekommen, ist unerträglich. Es macht mich verrückt und zehrt an meinen Kräften.«

»Soviel ich weiß, seid ihr noch nicht lange zusammen, oder?«, erkundigt sich Tyson.

»Das stimmt, was aber nichts über meine Gefühle für sie aussagt.«

»O nein, deine Gefühle für sie wollte ich keineswegs schmälern«, erwidert er sofort.

»Sie weiß nicht einmal, wer ich wirklich bin«, gestehe ich und spüre, wie das schlechte Gewissen an mir nagt.

Schlimmer hätte es kaum kommen können. Aber wie hätte ich ahnen sollen, dass hinter den negativen Rezensionen auf Bewertungsportalen für das *Golden Beach Resort* auf Dolphin Island und den Ungereimtheiten in der Buchführung so ein Chaos steckt?

»Das ist mir klar. Glaub mir, es war besser so. Falls sie beobachtet und ausgefragt wird, ist es sicherer, sie weiß von nichts.«

»Vielleicht«, entgegne ich unbestimmt.

»Mach keinen Scheiß, Walker«, zischt Tyson plötzlich. »Keine Alleingänge, nichts dergleichen.«

Ich schlucke. Kann er mir meine Gedanken so deutlich ansehen?

»Wieso denkst du das?«, frage ich möglichst gelassen.

»Vergiss nicht, ich bin nicht irgendein Bodyguard. Ich habe eine umfangreiche polizeiliche Ausbildung und Erfahrung. Meine Menschenkenntnis täuscht mich sehr selten.«

Jetzt grinse ich. »Muss ich also vorsichtiger mit meinen Gedanken sein?«

»Genau«, antwortet er ebenfalls mit einem Grinsen. »Ehrlich, halt die Füße still. Nichts währt ewig, auch diese Situation wird vorbeigehen.«

Ich nicke nur, weiß aber, dass ich ihm kein Versprechen geben kann.

21. Summer

Jeden Tag stehe ich pünktlich auf und erfülle meine Aufgaben im Job. Leider macht mir die Schwangerschaftsübelkeit zu schaffen, was den Alltag zusätzlich erschwert. Doch bisher habe ich das recht gut gemeistert. Ich bin nun in der zehnten Schwangerschaftswoche und schwanke zwischen der Hoffnung, Tyler bald wiedersehen zu können, und einem Gefühl der Überforderung angesichts der ungewissen Zukunft. Zudem weiß ich nicht, wie er auf die Nachricht meiner Schwangerschaft reagieren wird. Ich versuche, mich mit dem Gedanken anzufreunden, möglicherweise eine von vielen alleinerziehenden Müttern zu werden, die keinen Kontakt zum Vater ihres Kindes haben, weil sie nichts über ihn wissen. Abends, wenn ich im Bett liege, lege ich meine Hände auf meinen Bauch und versuche, eine Verbindung zu dem winzigen Wesen herzustellen, das derzeit kaum mehr als ein Zellhaufen ist. In vier Wochen, beim Ultraschall, wird es bereits ein sichtbares kleines Menschlein mit Armen und Beinen sein.

Gerade habe ich meine Kontrollrunde durch die Hotelzimmer hinter mir und wieder an meinem Schreibtisch Platz genommen, um die Dienstpläne für die kommende Woche zu ändern, weil zwei der Angestellten krank geworden sind und eine in den Mutterschutz gegangen ist.

Es klopft.

»Ja, bitte?«, rufe ich und herein tritt ein großer und muskulöser Mann.

»Ms. Fields?«, fragt er und mustert mich.

»Ja, die bin ich. Mit wem habe ich das Vergnügen und was kann ich für Sie tun?«

»Ich bin Jason Biden von *Walker Elite Escapes*, Miss«, stellt er sich vor.

Augenblicklich hämmert mein Herz. Bei *WEE* stand ich unter Vertrag, als ich im *Golden Beach Resort* tätig war.

»Was ist der Grund für ihr Erscheinen?«, frage ich, bemüht mir meine Aufregung nicht anmerken zu lassen.

»Mr. Walker hat noch einige Fragen zu den Ihnen bekannten Vorfällen auf Dolphin Island und bittet Sie, am Freitagnachmittag um vier Uhr in seinem Büro in Jacksonville mit ihm darüber zu sprechen.«

»Das ist ja schon übermorgen«, stelle ich fest. »Ist das so eilig?«

»Nun, Miss, die Polizei kümmert sich natürlich um den Fall, aber es ist ein Hotel aus Mr. Walkers *Elite*

Escapes und er hat natürlich berechtigtes Interesse, selbst einiges in Erfahrung zu bringen.«

»Natürlich, Mr. Biden, das verstehe ich. Wie haben Sie mich gefunden?«, will ich jetzt wissen, denn die Polizei hat mich hierhergeschickt, damit ich ihrer Meinung nach in Sicherheit bin und niemand von mir weiß.

»Da es um Mr. Walkers Geschäfte geht, bekam er Ihre derzeitigen Arbeitgeber zu wissen«, erklärt er und setzt sich mir gegenüber.

Argwöhnisch sehe ich ihn an. Ist er wirklich ein Mitarbeiter von Mr. Walker oder ist er einer der Mafiosi, der mich entdeckt hat?

»Ich bin mir nicht sicher, ob ich Mr. Walker helfen kann«, weiche ich aus. »Außerdem bin ich froh, mit der Sache nichts weiter zu tun zu haben. Bitte gehen Sie, Sir«, fordere ich ihn auf.

Sofort erhebt er sich. »Wie Sie wünschen, Ms. Fields. Der Termin jedenfalls steht und Sie können es sich ja noch überlegen. Die Reisekosten werden Ihnen auf jeden Fall erstattet.« Er deutet eine Verneigung an. »Bye«, verabschiedet er sich.

»Bye«, antworte ich und sehe ihm zu, wie er die Tür hinter sich schließt.

Dann schaue ich im Internet nach, wie weit Jacksonville von hier aus entfernt liegt. 2.500 Meilen, wow, das ist definitiv kein Katzensprung.

Während ich mir das auf Google Maps ansehe, trudelt eine Mail ein.

Dear Ms. Field,

kürzlich hat Mr. Jason Biden in meinem Auftrag den Kontakt zu Ihnen aufgenommen, um Sie zu einem wichtigen Gespräch in mein Büro einzuladen. Es geht um die Aufklärung einiger Vorfälle im *Golden Beach Resort*, die den Ruf meines Unternehmens betreffen.

Ich bitte Sie daher, am Freitag um vier pm bei mir zu erscheinen, um diese Angelegenheit detailliert mit Ihnen zu besprechen. Im Anhang finden Sie Ihre Flugtickets für die Anreise, während Ihres Aufenthalts in Jacksonville wird Ihnen selbstverständlich ein Zimmer in einem unserer Hotels zur Verfügung stehen.

Ich hoffe auf eine positive Rückmeldung und sende Ihnen meine besten Grüße,

Adam Walker
  CEO – Walker Elite Escapes
  Bennett's Luxe Travel Group

Wieder klopft mein Herz schneller. Mr. Walker schreibt mir persönlich, also ist es dringend. Ich bin hin- und hergerissen, ob ich diese Einladung annehmen soll. Plötzlich fällt mir ein, dass er in diesem Gespräch sicherlich nicht nur mich dabeihaben wird, sondern auch Tyler und noch andere ehemalige Kollegen aus dem Golden Beach Resort.

Sofort weiß ich die Antwort und schreibe:

Dear Mr. Walker,

ich werde pünktlich um vier pm erscheinen.

Beste Grüße,
Summer Fields

Dann drucke ich die Tickets aus, studiere die Zeiten der Abflüge und der Zwischenlandung. Heute Abend um acht Uhr geht es los. Mir fällt mein werdendes Kind ein. Ob ich fliegen darf? Schnell rufe ich Doktor Simon an, der mir neben einer Gynäkologin zur Seite steht. Ich habe sogar Glück, dass er direkt das Telefonat annimmt. Kurz erkläre ich ihm die Lage und bekomme von ihm das Go. Im ersten Trimester ist es für mich ohne Risiko, aber ich soll mir etwas gegen die Übelkeit bei ihm abholen.

Kurz darauf nehme ich das Präparat entgegen. Freundlich sieht er mich dabei an und wünscht mir einen guten Flug.

Es ist nicht nötig, den Dienstplan zu ändern, da ich nach meiner heutigen Schicht ein paar Tage frei habe.

Mr. Walker ... ich weiß, dass dieses Hotel hier in Santa Barbara so gut wie zu *Walker Elite Escapes* dazugehören wird. Die Verträge werden bereits von den Anwälten geprüft. Merkwürdig, dass ich gerade jetzt in sein Büro gebeten werde. Ob er mir misstraut und vermutet, dass ich doch nicht so unschuldig bin, wie ich ausgesagt habe? Ein merkwürdiges Gefühl macht sich in mir breit. Okay, ich werde es am Freitag erfahren.

Ich verabschiede mich vom Concierge in mein langes Wochenende und packe meinen Koffer. Nervös überlege ich, was ich anziehen werde, wie ich meine Haare frisieren soll und – ach, eigentlich sollte ich den Termin nicht allzu wichtig nehmen. Es wird schon nicht so schlimm werden – hoffe ich.

Am Freitag um drei Uhr am Nachmittag stehe ich aufgeregt vor dem Spiegel des Hotelzimmers in Jacksonville, welches *Walker Elite Escapes* angehört. Es ist auf höchstem Luxury Level und wirklich wunderschön. Wenn ich nicht schon seit Jahren in der Hoteloberklasse als Hausdame tätig wäre, würde mich das alles hier einschüchtern.

Mein Hoteltelefon klingelt, der Concierge ist dran. »Ms. Fields, Ihr Taxi wartet bereits auf Sie.«

»Vielen Dank, ich komme sofort«, antworte ich und lege auf.

Schnell überprüfe ich mein Spiegelbild. Zu dem sandfarbenen Sommerkleid trage ich offene Haare und naturfarbene Pumps, dazu eine passende Handtasche. Dann greife ich die Keycard und gehe zum Fahrstuhl, der mich mit nach unten nimmt.

Ein Page begleitet mich zum Taxi, das sich als dunkle Limousine mit getönten Scheiben entpuppt. Meine Hände werden feucht, und ein unangenehmes Kribbeln breitet sich in meinem Magen aus.

Der Chauffeur steigt aus und hält mir die Tür auf. »Ms. Field, ich bin Mr. Walkers Chauffeur und werde Sie sicher zu Ihrem bevorstehenden Termin mit ihm bringen.«

»Das wäre aber nicht nötig gewesen«, murmle ich, überfordert und unsicher.

Steht dahinter wirklich der Boss von *Walker Elite Escapes* oder doch die Mafia?

»Bitte, Miss, Mr. Walker wartet nicht gerne«, drängt er, also steige ich ein.

Anspannt sitze ich auf dem Rücksitz und lasse die Fahrt durch die Stadt an mir vorüberziehen, ohne wirklich etwas wahrzunehmen. Nach einer gefühlten Ewigkeit hält der Wagen vor einem dunklen Tower. Über dem Eingang prangt ein schwarz glänzendes Unternehmensschild, auf dem in goldenen Lettern *Walker Elite Escapes* steht, wobei der I-Punkt bei *Elite* mit einer goldenen Krone stilisiert ist. Der Mann weiß, was er will, und sein bisheriger Erfolg spricht für sich.

Im Foyer melde ich mich am Empfang an. Die großzügige Architektur fällt sofort ins Auge – minimalistische Einrichtung, hochwertige Materialien und viel Licht dominieren den Raum. Schwarzer Granit bedeckt die Fußböden und bildet den

Empfangstresen, während große Fensterfronten für ein luftiges und leichtes Ambiente sorgen.

»Ms. Fields, Sie werden bereits erwartet. Ich begleite Sie«, empfängt mich eine der Damen, die mit Telefonaten und Arbeiten am PC beschäftigt sind. Sie sehen aus wie Stewardessen in ihren dunkelblauen Kostümen, weißen Blusen und den passenden Seidentüchern um den Hals.

Ehrlicherweise empfinde ich diese Perfektion um mich herum sehr steril und bei aller Erfahrung auch einschüchternd.

Die Empfangsdame führt mich zum gläsernen Fahrstuhl, und gemeinsam fahren wir einige Etagen nach oben, bis wir aussteigen. Vor der Tür zu Mr. Adam Walkers Büro bleiben wir stehen.

Die Empfangslady lächelt mich freundlich an. »Ab hier lasse ich Sie allein. Viel Glück«, wünscht sie mir und entschwebt förmlich auf ihren High Heels.

Tief durchatmend klopfe ich an.

»Herein«, ruft eine Frauenstimme.

Ich betrete das Vorzimmer von Mr. Walkers Büro und werde von einer attraktiven Assistentin empfangen.

»Ah, Ms. Fields, richtig?«, lächelt sie mir entgegen.

»Ja, genau. Ich habe um vier Uhr einen Termin bei Mr. Walker…«, antworte ich höflich und lese das Namensschild auf ihrem Schreibtisch. »Ms. Williams.«

»Einen Moment bitte, ich melde Sie an.« Elegant erhebt sie sich und klopft bei ihrem Chef an, bevor sie eintritt.

Ich höre leises Stimmengemurmel und spüre, wie ich vor Aufregung innerlich zittere.

Ms. Williams kehrt zurück, gefolgt von einem großen, sehr kräftigen Mann, der mich mit finsterem Blick mustert. »Sie sind also Ms. Fields«, bemerkt er und fügt hinzu: »Der Boss erwartet Sie.«

»Vielen Dank«, antworte ich und trete einen Schritt auf ihn zu. Erst dann macht er mir den Weg frei.

Noch einmal tief durchatmend betrete ich das Büro. Mein Blick fällt zuerst auf einen Schreibtisch vor einem großen Fenster. Das helle Licht blendet mich, sodass ich Mr. Walker nicht sofort erkenne.

»Ms. Fields, treten Sie bitte näher«, fordert mich eine Stimme auf, die mir merkwürdig vertraut vorkommt. Doch das ist unmöglich. Verwirrt bleibe ich stehen. Mr. Walker erhebt sich und geht auf mich zu. »Summer, endlich bist du hier«, begrüßt er mich und schockiert halte ich den Atem an, denn vor mir steht Tyler.

Mir wird schwindelig und kalter Schweiß bricht mir aus. Kurz davor, das Bewusstsein zu verlieren, taste ich nach Halt, finde aber keinen. Meine Sinne schwinden und ich sacke zusammen, doch Tyler fängt mich auf und legt mich behutsam auf ein Ledersofa. Als ich die Augen wieder öffne, blicke ich direkt in seine, die mich zärtlich ansehen.

»Ich hatte keine Ahnung, dass ich so umwerfend bin, Sunshine«, sagt er mit einem Lächeln.

»Du bist also Adam Walker«, bekomme ich heraus. »Und kein Barkeeper, sondern mein Boss«, füge ich hinzu und schließe wieder die Augen.

Das darf doch alles nicht wahr sein. Ich ahnte ja, dass er nicht nur ein Barkeeper ist. Aber auf Adam Walker, den CEO von *Walker Elite Escapes*, wäre ich nie gekommen. Mit Schrecken wird mir bewusst, dass er der Vater meines ungeborenen Kindes ist.

Er sitzt in Hüfthöhe bei mir, unfassbar attraktiv in seinem maßgeschneiderten Anzug, seine Haare perfekt gestylt. Sein Duft, eine Mischung aus teurem Aftershave und etwas Einzigartigem, das nur ihm gehört, steigt mir in die Nase. Ein Prickeln breitet sich in meinem Körper aus, weil seine Nähe mich elektrisiert.

22. Adam

Mit allem habe ich gerechnet, aber nicht damit, dass sie ohnmächtig vor mir zusammensinkt. Auch wenn ich es zunächst mit einem Scherz zu überspielen versuche, stelle ich besorgt fest, wie blass sie aussieht.

»Sorry, Summer, dass ich dich so erschreckt habe. Ich wollte dich zwar überraschen, aber nicht so aus der Fassung bringen«, entschuldige ich mich bei ihr. Eigentlich möchte ich sie zu gern in meine Arme nehmen und küssen, aber sie liegt da und wirkt so zerbrechlich, dass ich zurückhaltend bleibe.

Langsam setzt Summer sich auf. »Tyler – nein, Adam, daran muss ich mich erst gewöhnen.« Ihre schönen grünen Augen treffen meine. »Warum hast du mir nicht gesagt, wer du bist?«

Sanft greife ich ihre Hände und streichle sie mit meinen Daumen. »Anfangs dachte ich, das zwischen uns wäre nur ein heftiger Flirt«, erzähle ich, »doch schnell war mir klar, dass meine Gefühle für dich tiefer gehen. Aber da hatte Detective Hunter mir bereits geraten, dich vorerst im Unklaren zu lassen.

Davon erzähle ich dir später, wenn das für dich in Ordnung ist, Summer.«

»Das ist es«, sagt sie. »Aber warum hast du mich hierhergebeten? Ich dachte, wir dürfen uns noch nicht sehen?«, fragt sie leise, während sie nun ihrerseits meine Handrücken mit ihren Daumen sanft streichelt, was mich wohlig aufseufzen lässt.

»Ach, Sunshine, wir dürfen uns eigentlich immer noch nicht sehen, aber ich halte es ohne dich nicht mehr aus. Es ist unerträglich, nichts von dir zu wissen, nicht einmal, wo du jetzt lebst und arbeitest, wie es dir geht.« Ich rücke näher an sie heran, sodass unsere Gesichter nur wenige Zentimeter voneinander entfernt sind. »Die Polizei hat mir einen Bodyguard zur Seite gestellt, um mich vor der Mafia zu schützen. Sogar ihn habe ich ausgetrickst, um dich ausfindig zu machen und herzulotsen.«

»Wirklich?«, haucht sie und lässt ihren Blick nicht von meinem.

»Wirklich«, antworte ich ebenso leise. »Ich weiß, es birgt Risiken, aber Summer, ich will dieses Risiko lieber mit dir zusammen eingehen, als ohne dich zu sein.«

Tränen rollen über ihre Wangen. »Tyl ..., nein Adam, es ist wahrscheinlich dumm, aber ich habe genau dasselbe gefühlt.« Plötzlich weint sie heftig, sodass ich sie tröstend in meine Arme ziehe. Nur langsam beruhigt sie sich wieder und sieht mich mit verweinten Augen an. »Von Anfang an war mir klar, dass du nicht der bist, für den du dich ausgabst. Aber dass du der CEO von *Walkers Elite Escapes* bist, darauf wäre ich nie gekommen. Trotzdem hatte ich immer das Gefühl, dass du ehrlich zu mir bist.« Sie hebt eine Hand und streichelt mein Gesicht so zärtlich, dass es mich schauert.

»Meine Gefühle für dich waren und sind ehrlich, Summer, darum habe ich dich mit einem privaten Detektiv gesucht und gefunden.« Ich bin aufgewühlt von ihrer Gegenwart, der Puls rauscht in meinen Ohren. »Darf ich ehrlich sein?«, frage ich, und sie nickt. »Ohne dich bin ich nicht mehr derselbe. Ich habe meinen Angestellten gegenüber die Geduld verloren, war launisch und unfair. Ich habe ständig das Gefühl, die Kontrolle zu verlieren. Du hast mir so sehr gefehlt, Summer. Nicht nur wegen deines Lächelns oder deiner Küsse, sondern wegen deiner Ruhe, deiner Klarheit und Wärme. Du mit deinem sanften Wesen und deinem Optimismus, der mich immer wieder daran erinnert, worauf es im Leben wirklich ankommt.«

»Ach, Adam«, flüstert sie und endlich lege ich meine Lippen auf ihre.

Sie schmecken leicht salzig von ihren Tränen zuvor, sind himmlisch weich und so anschmiegsam, als wären sie nur für mich gemacht. Alles in mir vibriert, all meine aufgestaute Sehnsucht nach ihr verlangt nach Erlösung. Deshalb vertiefe ich den

Kuss, bis sie sich seufzend an mich lehnt. Kurz darauf schiebt sie sich jedoch von mir ab.

»Aber wie soll das mit uns weitergehen?«, fragt sie ernst. »Du bist hier der Boss eines wirklich großen Unternehmens, und ich bin nur eine einfache Hausdame in einer deiner vielen Hotelanlagen.«

Verwirrt sehe ich sie an. »Erstens bist du eine bemerkenswerte Frau«, antworte ich, nachdem ich mich gefangen habe und grinse, »was mir sofort sehr gefallen hat. Du bist also definitiv keine einfache Hausdame.«

»Adam, du weißt genau, wie ich das meine«, unterbricht sie mich ernst.

Ich seufze. »Natürlich weiß ich das, aber es ist mir völlig egal.«

»Weißt du, als wir uns kennenlernten, erschien es mir, dass wir auf Augenhöhe sind. Du als Barkeeper, ich als Hausdame ... obwohl mir schnell klar war, dass du vor unserem Kennenlernen eine völlig andere Position innehaben musstest.«

»Du hattest es mehrfach angedeutet. Was hat mich verraten?«, frage ich neugierig.

»Deine gesamte Ausstrahlung, diese Zielstrebigkeit und eine gewisse Dominanz, dein Benehmen insgesamt – eben wie ein Mann von Welt.« Sie streicht über den Stoff meines Sakkos. »Dieser Anzug, sicherlich ein Designeranzug, kostet wahrscheinlich mehr als meine gesamte Garderobe zu Hause.«

»Und trotzdem habe ich mich in dich verliebt und konnte vor Sehnsucht kaum noch klar denken«, sage ich nachdenklich und ziehe sie fest in meine Arme. »Ich sehe einfach die wundervolle Frau in dir.«

»Aber du bist deutlich älter, und die Anderen werden denken, dass ich dir den Kopf verdreht habe, weil du reich bist, weil ich mich hochgeschlafen habe«, gibt sie zu bedenken.

»Wer sind die Anderen? Mh?«, frage ich und küsse sie zärtlich.

»Dein Umfeld, das ich nicht kenne. Wahrscheinlich deine Mitarbeiter hier im Tower, deine Familie, deine Ex, eventuell auch deine Kinder«, überlegt sie weiter und ihr Blick wird unsicherer.

»Kinder habe ich keine, weil ich bis jetzt nicht die passende Frau dazu gefunden habe. Meine zwei Brüder werden dich verstehen, wenn sie dich erst kennenlernen, und meine Eltern sind aufgeschlossen. Meine Mitarbeiter, Geschäftsfreunde und Freunde sind mir in dieser Angelegenheit wirklich völlig gleichgültig. Einige werden eher ein wenig neidisch sein auf diese bezaubernde Frau, die mir den Kopf verdreht hat.«

Ich betrachte sie erneut genau und stelle fest, wie schmal und blass sie in den letzten Wochen geworden ist, wie auffällig die dunklen Schatten unter ihren Augen sind.

»Aber jetzt, Summer, erzähl mir, warum du so dünn und blass geworden bist«, dränge ich.

»Hast du ein Glas Wasser für mich?«, fragt sie leise, während sie mit ihren Händen durch ihre dunklen Haare fährt.

»Natürlich, einen Moment bitte«, antworte ich und greife nach den Gläsern, der Flasche Wasser und etwas Obst auf dem Tisch neben uns. Ich schenke ihr ein Glas Wasser ein und reiche es ihr. Nachdem sie getrunken hat, stelle ich das Glas zurück auf den Tisch.

»Was ist los, Summer?«, wiederhole ich meine Frage und blicke sie ruhig an.

Als könnte sie meinem Blick nicht standhalten, wendet sie sich ab und tritt an das große Fenster hinter dem Schreibtisch.

»Bist du ernsthaft krank?«, hake ich nach und gehe zu ihr.

»Nein, nein, ich bin völlig gesund«, versichert sie. »Ich hatte einfach nur Liebeskummer, weil mein Tyler plötzlich nicht mehr bei mir war und …« Sie hebt verzweifelt die Hände und lässt sie wieder sinken.

»Was noch, Summer?« Ich umfasse ihre Schultern und drehe sie sanft zu mir, damit sie mich ansehen muss.

»Wir hatten traumhaft schönen Sex, nicht wahr?«, fragt sie unvermittelt.

Unwillkürlich grinse ich. »Den besten, den ich je hatte«, bestätige ich, was sie zum Lächeln bringt. »Nun sag endlich, was los ist.«

»Adam ...«, haucht sie und atmet tief durch, während sie nervös ihre Finger knetet. »Ich denke, es wird dir nicht gefallen, es hat mich selbst sehr überrascht, weil ich es definitiv nicht geplant hatte ...«

Sie sieht jetzt regelrecht verzweifelt aus, daher umfasse ich zärtlich ihr Gesicht.

»Was ist los?«

»Ich ...«, flüstert sie und hält inne. »Ach, es ist nichts.«

»Summer, ich sehe doch, dass etwas ist. Außerdem sagst du mir nicht die Wahrheit. Deine Nasenspitze verrät dich«, sage ich und streiche über ihre Wange.

»Adam, es ist nicht so einfach ...«

»So, Süße, jetzt atmest du tief durch und sagst, was du auf dem Herzen hast«, fordere ich sie nachdrücklich, vielleicht ein wenig streng auf.

Überrascht sieht sie mich an.

»Sei mir nicht böse, Summer, aber es ist mehr als deutlich, dass es dir nicht gut geht und du etwas auf dem Herzen hast.« Obwohl mein Körper vor Anspannung vibriert und ich das Schlimmste für ihren Gesundheitszustand befürchte, zwinge ich mich zur Ruhe.

Mit zitternder Hand fährt sie sich über die Stirn. Ihre Lippen werden blass, und ihr Gesicht verliert jede Farbe.

»Ich muss dringend zur Toilette, Adam.«

»Komm, hier entlang«, bitte ich sie, ergreife ihre Hand und führe sie in meinen Umkleideraum, von dem aus es ins Badezimmer geht.

Kaum ist sie verschwunden, höre ich, wie sie sich übergibt. Im ersten Moment bin ich schockiert darüber, wie schlecht es ihr zu gehen scheint, im zweiten Moment jedoch schießt mir ein Gedanke durch den Kopf; Summer könnte schwanger sein!

Um ihr den Raum zu geben, den sie benötigt, gehe ich zurück ins Büro und sinke in meinen Chefsessel. Ihr Zögern, ihre Nervosität und jetzt die Übelkeit lassen für mich keinen anderen Schluss zu.

Es klopft und sofort betritt Tyson den Raum.

»Walker, wir müssen reden«, verkündet er, während er sich vor meinem Schreibtisch aufstellt. »Ich habe mit meinem Vorgesetzten gesprochen, um ihn über dein eigenmächtiges Handeln aufzuklären.«

Ich erhebe mich, um mit ihm auf Augenhöhe zu sprechen. »Es tut mir einerseits leid, Tyson, andererseits weiß ich jetzt, wie wichtig es war, Summer zu mir zu holen.«

»Das ändert nichts an der Sache«, unterbricht er mich. »Du hast die gesamte polizeiliche Operation durcheinandergebracht. Hast du eine Ahnung, was das bei uns auslöst?«

»Nein, das habe ich nicht, was auch daran liegt, dass ihr mich immer im Unklaren gelassen habt.«

»Störe ich?«, fragt Summer, die das Büro wieder betritt.

»Nein, Summer, du könntest mich niemals stören«, antworte ich und signalisiere ihr mit einer Geste, an meine Seite zu kommen. Kaum steht sie neben mir, lege ich einen Arm um ihre Schultern und ziehe sie an mich.

»Das ist Tyson Weller, mein polizeilicher Bodyguard. Er hat über mich gewacht, seit wir uns trennen mussten«, stelle ich ihr vor. Zu Tyson gewandt: »Und das ist Summer Fields, die Frau, ohne die ich nicht sein kann.«

»Die Frau«, wiederholt Tyson, »deren Namen du ständig in der Nacht gerufen hast.«

Summer sieht zu mir hoch. »Hast du das wirklich?«

»Tyson behauptet es jedenfalls.« Ich schiebe sie sanft vor mich und lasse sie in meinen Sessel sinken. »Aber nun bist du hier und ich werde dich nicht mehr aus den Augen lassen.«

Jetzt wende ich mich an meinen Bodyguard.

»Tyson, niemand bestimmt über mein Leben, außer ich selbst. Weder die Polizei noch die Mafia«, sage ich ernst.

»Nun, ich denke, Summer bestimmt über dein Leben«, entgegnet er mit einem breiten Grinsen. »Trotzdem müssen wir jetzt besonders vorsichtig sein. Du hast sie zu einem ungünstigen Zeitpunkt zu dir geholt, und wir befürchten, dass ihr dadurch aufgeflogen seid.«

»Was bedeutet das genau?«, will ich wissen. Meine Hände liegen auf Summers Schultern, um ihr meine Nähe und Sicherheit zu geben.

»Wir warten auf Detective Hunter. Er und das Team im Dezernat arbeiten gerade an einem neuen Plan.«

»Warum wurde ich nicht beschützt?«, will Summer zu Recht wissen.

»Wurdest du etwa nicht?«, entgegne ich verblüfft und atme tief durch. »Warum?«, wende ich mich mit zusammengezogenen Augenbrauen an Tyson.

»Summer, Sie wurden tatsächlich geschützt. Eine meiner Kolleginnen war als Gast im Hotel untergebracht. Außerdem wurden sowohl das Gebäude dort als auch dieses hier sowie Adams Penthouse ständig von der Polizei überwacht. Wir wollten Sie nicht unnötig beunruhigen, deshalb haben wir unsere Maßnahmen unauffällig gehalten«, erklärt Tyson.

Ich atme tief durch und eine Last fällt von meinen Schultern.

Plötzlich klingelt sein Smartphone und er nimmt das Gespräch an. Eine Weile hört er nur zu, reagiert kaum, bis er schließlich mit einem knappen »Alles klar« antwortet und das Telefonat beendet. Ernst sieht er uns an. »Es war klar, dass es so kommen musste, Walker, sie sind uns auf die Schliche gekommen und wissen, dass du der Barkeeper warst. Das ist ihnen erst durch Summers Auftreten hier bei dir klargeworden. Wir müssen euch jetzt von hier wegbringen. Nehmt das Wichtigste mit; Papiere, eure Smartphones. Da, wo wir euch hinbringen, werdet ihr neue Karten für die Telefone bekommen. Jetzt müsst ihr die Akkus aus euren Handys nehmen, damit ihr nicht zu orten seid.«

Mir wird flau im Magen, weil ich mir der Tragweite der kommenden Stunden durchaus bewusst bin. Ich weiß, dass ich sie herausgefordert habe.

Summer springt auf und rennt ins Badezimmer. Wir hören sie sich übergeben, das Geräusch hallt durch die Räume. O Mann, ihr geht es wirklich schlecht, und jetzt kommt noch dieser Stress hinzu.

»Was ist mit deiner Freundin?«, fragt Tyson besorgt.

»Ihr ist vor Aufregung übel«, antworte ich knapp. Alles andere geht ihn nichts an. Oder doch? Nein, in der jetzigen Situation haben wir keine Wahl und können keine Rücksicht nehmen.

Kurz darauf betritt Summer wieder das Büro, blass und angespannt. Sie greift nach ihrer Handtasche und schultert sie.

Ich öffne eine Schublade meines Schreibtisches und nehme meine wichtigen Utensilien heraus, die ich in die Innentaschen meines Sakkos stecke.

»Bist du bereit, Summer?«, will ich von ihr wissen und sie nickt.

»So bereit, wie man es für den Henker sein kann«, antwortet sie sarkastisch.

Tyson führt uns über den Treppenabgang in den Keller, wo ein Wagen bereitsteht. Wir setzen uns auf die Rückbank, Tyson nimmt den Fahrersitz ein, neben ihm sitzt eine adrette Blondine mit ernstem Gesicht.

»Ich bin Kylie«, stellt sie sich kurz vor, bevor sie wieder nach vorn blickt.

»Ich erinnere mich an Sie, Kylie, Sie waren der Gast aus der 245.«

»Genau, das war ich. Ich habe Sie nicht aus den Augen gelassen. Halten Sie sich bereit, wir befürchten, dass es keine einfache Fahrt wird.«

Tyson startet den Wagen und langsam verlassen wir das Parkdeck. Kylie gibt ihren Kollegen die Koordinaten unseres Autos durch und beobachtet genau die Umgebung.

Keiner von uns sagt mehr ein Wort, wir sind alle aufs Äußerste angespannt.

Das Dröhnen des Motors durchbricht plötzlich die Stille, als Tyson das Gaspedal durchtritt.

»Fuck!«, flucht er.

Sofort zieht Kylie ihre Waffe aus dem Halfter, entsichert sie und legt sie auf ihre Oberschenkel. Neben mir sitzt Summer, ihre Hand sucht meine, die mich fest umklammert, während die Lichter Jacksonvilles an uns vorbeiziehen. Angst mischt sich mit Adrenalin, pulsierend, fast greifbar im Innenraum unseres Wagens.

»Sie haben uns entdeckt«, sagt Tyson knapp, sein Blick konzentriert sich im Rückspiegel auf die schwarze Limousine, die uns unerbittlich folgt. Die Mafia, der Schatten unserer jüngsten Vergangenheit, ist uns auf den Fersen, und in diesem Moment wird mir die Ernsthaftigkeit der Lage bewusster denn je.

Tyson navigiert geschickt durch die Straßen Jacksonvilles, sein fester Griff am Lenkrad lässt keinen Zweifel an seiner Entschlossenheit. Er weicht abrupt einem herannahenden Fahrzeug aus, beschleunigt wieder und nimmt die nächste Abbiegung mit einer Präzision, die mich staunen lässt.

»Haltet durch«, murmelt er, mehr zu sich selbst als zu uns.

Jede Kurve, jeder abrupte Stopp und Start fordert seinen Tribut. Mein Herz schlägt bis zum Hals, während ich sehe, wie Tyson sein Möglichstes gibt, um unseren Verfolgern zu entkommen. Summer presst die Lippen zusammen, ihre Augen fest geschlossen, als ob sie die Realität unseres Nervenkitzels ausblenden könnte.

Plötzlich nimmt Tyson eine scharfe Kurve, die uns von den belebten Straßen weg auf eine weniger befahrene Route führt. Das Dröhnen des Verfolgerfahrzeugs scheint für einen Moment nachzulassen.

»Sie verlieren uns«, flüstert Summer, Hoffnung schwingt in ihrer Stimme mit.

Doch Tyson warnt: »Noch nicht.«

Er drückt das Gaspedal tiefer, das Fahrzeug schnellt vorwärts. Ich erkenne, dass wir uns außerhalb von Jacksonville befinden, die Lichter der Stadt verblassen hinter uns. Die Dunkelheit der Nacht hüllt uns ein, nur durchbrochen von dem gelegentlichen Aufblitzen der Straßenlaternen, die unsere Flucht begleiten.

Tyson nimmt eine Abzweigung, die uns auf einen kaum erkennbaren Pfad führt. Der Wagen schlängelt sich durch die Dunkelheit, bis schließlich die Verfolger aus unserem Blickfeld verschwinden.

»Wir haben es geschafft«, atmet Tyson aus, doch die Anspannung in seiner Stimme macht klar: Dies ist nur eine vorübergehende Erleichterung.

Nach ungefähr einer Stunde, die sich wie eine Ewigkeit anfühlt, erreichen wir ein abgelegenes Anwesen, verborgen vor den Augen Unbefugter. Tyson parkt den Wagen im Schutz der Bäume.

»Hier seid ihr sicher«, erklärt er, während er uns zu einem Eingang führt.

Als wir das Anwesen betreten, spüre ich eine Mischung aus Erleichterung und Besorgnis. Sicher, ja, aber um welchen Preis? Unsere Verfolger mag Tyson für den Moment abgehängt haben, doch die Bedrohung, die uns in die Flucht getrieben hat, liegt immer noch wie ein Schatten über uns.

Summer schaut mich an, ihre Augen suchen nach Antworten, die ich nicht geben kann. In diesem Moment wird mir klar, dass unser Kampf weit davon entfernt ist, vorbei zu sein. Doch die Entschlossenheit, die ich trotzdem in Summers Blick erkenne, erinnert mich daran, dass wir, solange wir zusammen sind, jeden Sturm überstehen werden.

23. Summer

Mich an Adams Hand festklammernd, betreten wir das Anwesen, welches meinem Eindruck nach aus den 70er Jahren stammt. Es ist luxuriös und trotzdem schlicht gestaltet. Eine interessante Mischung von hochwertigen Materialien und schnörkellosem Style dieser Zeit.

Tyson und Kylie bewegen sich mit der Gründlichkeit erfahrener Profis durch das Anwesen, ihre Waffen stets im Anschlag, bereit für jeden unerwarteten Vorfall. Ihre Blicke sind scharf, durchdringend, als könnten sie durch Wände sehen, jeder Schatten wird untersucht, jede Ecke sorgfältig inspiziert. Ihre Schritte sind leise, fast unhörbar, während sie von Raum zu Raum gleiten, ein unsichtbares Band der Kommunikation zwischen ihnen, das keine Worte benötigt. So wirkt es jedenfalls auf mich, wenn Tyson und Kylie in unserer Nähe auftauchen.

Die Spannung in der Luft ist fast greifbar, während Adam, der mich schützend umarmt, und ich warten, angespannt und doch vertrauensvoll in die professionellen Fähigkeiten unserer Bodyguards. Ich spüre, wie Adam sanft über meinen Rücken streichelt, weil jedes kleine Geräusch mich zusammenzucken lässt.

Plötzlich ein leises Knarren – ein Laut, der in der Stille des Hauses wie ein Donnerschlag wirkt. Adam und ich blicken uns alarmiert an, aber bevor wir reagieren können, erklingt ein beruhigendes »Alles sicher« von Tyson. Kylie, die ihm dicht auf den Fersen ist, nickt bestätigend, ihre Waffe bereits gesenkt, ihre Haltung sichtlich entspannt.

»Keine Eindringlinge, keine ungewöhnlichen Spuren. Das Haus ist komplett sicher«, erklärt Tyson, während sie zu uns zurückkehren.

Ihre Worte sind eine Welle der Erleichterung, doch die Wachsamkeit in ihren Augen verrät, dass sie trotz der momentanen Sicherheit auf alles gefasst bleiben.

»Wir haben das gesamte Anwesen durchkämmt, Überwachungskameras gecheckt und alle Sicherheitssysteme überprüft«, fügt Kylie hinzu, ihre Stimme professionell und beruhigend. »Ihr seid hier zunächst sicher. Wir haben außerdem Vorkehrungen getroffen, um auf jede mögliche Bedrohung schnell reagieren zu können.«

»Und ab jetzt«, sagt Tyson mit ernstem Blick auf Adam, »keine Alleingänge mehr!«

Daraufhin nickt Adam nur und sagt kein Wort. Ich vermute, dass er sich vorbehält, allein zu handeln, wenn er es für nötig befindet.

Die gründliche Untersuchung und die Sicherheit, die Tysons und Kylies Präsenz ausstrahlen, lassen etwas von der Anspannung abfallen. Doch das Wissen, dass die Gefahr noch nicht vorüber ist, hält mich wachsam. Adam und ich tauschen Blicke aus, in denen sich unsere Sorgen und das neue Verständnis für die Schwere unserer Lage widerspiegeln. Die Realität unserer Situation hat uns fest im Griff, doch die Gewissheit, dass Tyson und Kylie uns beschützen, gibt mir einen Funken Hoffnung inmitten der Ungewissheit.

Ich löse mich aus seiner Umarmung, fühle mich ausgelaugt und müde. Trotzdem möchte ich etwas tun, etwas, was uns alle ein wenig entspannt und ablenkt.

»Habt ihr vorgesehen, dass Adam und ich hier länger bleiben müssen?«, frage ich, um mir einen gewissen Überblick über die Situation zu verschaffen.

Tyson führt uns in die großzügige offene Küche, die mit einem schönen Essbereich verbunden ist. Dort setzt er sich an den Tresen. Kylie stellt sich an das Fenster und späht hinaus, um sicherzugehen, dass wir immer noch unentdeckt hier sind.

»Ja, ihr werdet hierbleiben, bis wir euch sagen, dass es vorbei ist«, bestätigt er.

»Aber Tyson, ich habe ein Unternehmen zu führen und darf nicht einmal mein Smartphone benutzen«, beschwert Adam sich empört.

»Nun, das hättest du dir vorher überlegen müssen, bevor du deine Freundin auf eigene Faust hierhergeholt hast«, kommt es düster von Tyson.

Ich seufze. Das alles ist doch eine große Scheiße, in die wir geraten sind. Mir wird wieder übel.

»Ich müsste dringend auf die Toilette.«

Kylie ist sofort bei mir, führt mich in das Badezimmer und wartet vor der Tür. Kaum bin ich allein, übergebe ich mich wieder. Es ist anstrengend mit dieser Schwangerschaftsübelkeit. Die meisten Frauen haben das nur am Morgen, bei mir zieht es sich leider über den ganzen Tag.

Kaum gehe ich wieder zu den anderen zurück, werde ich von Kylie, wie auch von Adam genauestens beobachtet.

»Habe ich was falsch gemacht, Adam?«, frage ich ihn ein wenig unsicher geworden.

»Nein, Summer, hast du nicht. Wir sollten langsam etwas essen, oder?«

Ich nicke. »Gibt es hier Vorräte?«

Tyson und Kylie bejahen dies, also mache ich mich auf die Suche nach den Lebensmitteln, verschaffe mir einen Überblick und fange an zu kochen. Was Einfaches; Pasta, ein fertiges Pesto, dazu bereite ich einen Tomatensalat.

»Wie kommt es, dass hier Frischeprodukte bereit liegen? Hat hier erst heute jemand alles vorbereitet?«, frage ich Kylie, die mir ein wenig zur Hand geht. Sie ist eine sehr ruhige und gelassene Person.

»Ja, sobald wir wussten, dass du im Flieger sitzt. Uns war klar, dass etwas passieren würde.«

Unausgesprochen haben wir uns auf einen unförmlichen Umgang miteinander verlegt. In Anbetracht der Lage finde ich das auch am besten.

»Sag mal, ist dir oft so schlecht, dass du dich übergeben musst?«, fragt Kylie mich, während sie weiterhin eine Zwiebel zerkleinert.

»Nein, das ist nur die Aufregung, mir schlägt das total auf den Magen«, schwindle ich sie an.

Wobei, so ganz gelogen ist das nicht, mir schlägt auch ohne die Schwangerschaft immer alles gleich auf den Appetit. Schon durch die Trennung von Adam litt ich unter Appetitlosigkeit. Okay, bei näherer Betrachtung war ich da ja schon schwanger. Ach Menno! Wie soll ich ihm das nur beibringen? Sofort wird mir wieder übel, doch ich schaffe es, das mit einer gleichmäßigen Atmung in den Griff zu bekommen. Manchmal klappt es, meistens leider nicht.

Später beim Essen, sind wir alle recht still, jeder scheint seinen eigenen Gedanken nachzuhängen. Trotzdem spüre ich immer wieder Adams nachdenklichen Blick auf mir, den ich mir nicht erklären kann. Irgendetwas beschäftigt ihn. Ich werde ihn darauf ansprechen, sobald wir allein sind.

Am Abend, als es schon längst dunkel ist, ziehen Adam und ich uns zurück in das uns zugewiesene Schlafzimmer. Es ist groß, mit einer riesigen Fensterfront, vor die schwere Vorhänge gezogen wurden. Natürlich zu unserer Sicherheit.

Kaum sind wir allein, werde ich von ihm in die Arme genommen. »Es tut mir leid, Summer, dass ich mit meiner Aktion so einen Wirbel veranstaltet habe. Wahrscheinlich war ich wirklich unvorsichtig.«

Ich kuschle mich an ihn und umarme seine schmalen Hüften. »Trotzdem bin ich froh, hier mit dir zu sein«, murmle ich in sein Hemd.

Adam schiebt mich ein wenig von sich, um mir tief in die Augen zu sehen. Es ist eine Mischung aus Besorgnis und Zärtlichkeit in seinem Blick.

»Ich weiß, dass die Situation alles andere als einfach ist, aber zusammen sind wir ein unschlagbares Team. Erinnerst du dich an unser erstes Date im Hotel? Ich mit meinem charmanten Barkeeper-Lächeln und du, wie du versucht hast, nicht zuzugeben, dass du von meinem Talent, Cocktails zu mischen, beeindruckt warst.«

Ich kann nicht anders, als zu lächeln. »Adam, du hast einen Martini gemixt, als wäre es ein Zaubertrank. Ich dachte, du würdest gleich einen Hasen aus dem Shaker zaubern.«

»Vielleicht hätte ich das tun sollen«, erwidert Adam schmunzelnd. »Ein kleiner Hase hätte vielleicht unsere momentane Situation ein wenig aufgelockert.«

»Oder es hätte uns völlig aus der Bahn geworfen, weil wir versucht hätten, herauszufinden, wo wir den Hasen unterbringen können.« Ich lache. »Stell dir vor, wir wären jetzt nicht nur auf der Flucht, sondern auch noch auf der Suche nach einem Hasenhotel.«

Adam lacht ebenfalls. »Das klingt nach einem völlig neuen Geschäftszweig für *Walker Elite Escapes*. ›Kommen Sie zu uns, bringen Sie Ihren Hasen mit!‹«

»Und wie würde die Werbung dafür aussehen?«, frage ich lachend, das Spiel mitspielend. »‘Luxusunterkünfte für Sie und Ihren flauschigen Gefährten. Erleben Sie die Magie der Erholung, während Ihr Haustier in unserem Hasen-Spa verwöhnt, wird‘?«

»Genau«, stimmt Adam zu und tut so, als würde er eine Anzeige skizzieren. »Wir würden sicher einen Markt dafür finden. Wer weiß, vielleicht wird das unser Weg aus der Krise.«

Wir lachen zusammen, und für einen Moment fühle ich mich leichter. In dieser Heiterkeit finde ich Trost bei Adam.

Erneut umarmt er mich und lässt sich mit mir zusammen auf das Bett fallen, vor dem wir gestanden haben.

»Ich habe dich so vermisst, Sunshine«, raunt er an meinem Ohr, sodass mich ein Schauer durchläuft.

In diesem Augenblick vergesse ich alles, denn seine Worte lösen in mir ein Kribbeln aus, schließlich habe ich ihn auch ganz schrecklich vermisst und die wildesten, heißesten Träume von ihm gehabt. Zur Antwort küsse ich ihn mit all meiner Leidenschaft, die ich für ihn empfinde. Ich fahre mit meiner Zungenspitze über die Innenseite seiner Oberlippe, koste ihn, atme seinen Atem ein ... Sein Stöhnen erregt mich ungemein, darum reibe ich sanft meinen Unterleib an seinem, wodurch ich seine Erektion an meinem Bauch sehr deutlich fühle. Leise seufze ich auf.

»Es war, ohne dich kaum auszuhalten«, flüstere ich und knöpfe sein Hemd auf, um mit meinen Händen über seine warme Haut zu streicheln ... o Mann, so sanfte Haut und darunter seine harten Muskeln. Ich schnurre regelrecht wie ein Kätzchen. Er ist tatsächlich der heißeste Mann, dem ich je begegnet bin.

Seine Küsse werden drängender, während er mich entkleidet und seinerseits auf meinem Körper mit seinen großen und doch so sanften Händen sinnliche Bahnen und ein Bitzeln auf meiner Haut hinterlässt. Alles in mir ruft nach ihm, ihn endlich tief in mir zu spüren, darum ziehe ich ihm seine Hosen von den Hüften und schiebe mich rittlings über seine prächtige Männlichkeit. Unter meinen aufreizend schaukelnden

Bewegungen schwillt sie weiter an und macht mich total verrückt nach ihm.

»Nicht so schnell, Summer, warte«, fordert er mich keuchend auf und hält meine Hüften fest, um mich mit einer beherzten Bewegung von sich zu schieben und unter sich zu bringen.

Sofort schlinge ich meine Beine um seine Hüften. »Bitte, Adam, nimm mich jetzt«, hauche ich flehentlich.

»Erst wenn du mir endlich sagst, dass du von mir schwanger bist«, stößt er atemlos aus und sieht mir so zwingend in die Augen, dass ich ihn wie hypnotisiert anstarre.

»Woher weißt du das?«, frage ich völlig perplex.

»Erzähle ich später. Also; ist es so?«, fragt er nachdrücklich und reibt seinen Schwanz an meiner Pussy.

Leise stöhne ich auf. »Ja, Adam, wir erwarten ein Kind.« Tränen laufen mir aus den Augenwinkeln. Zärtlich umfasst er mein Gesicht und wischt sie mit den Daumen weg. »Es tut mir so leid, ich wollte nicht …«, wispere ich, doch er bewegt sich erneut aufreizend an meiner Mitte.

»Es ist ein Geschenk, das perfekte Geschenk«, antwortet er rau und dringt in mich ein.

Er bewegt sich langsam und genussvoll, sieht mir dabei tief in die Augen, sodass ich mich nur noch auf ihn fixiere und auf seine Bewegungen in mir. Adam bleibt bei der Langsamkeit, die mich fast wahnsinnig macht. Ich will ihn hart und tief, wild und unkontrolliert – jetzt! Da drückt er seinen Mund auf meinen und küsst mich so leidenschaftlich, dass ich mich in ihm verliere … Der Höhepunkt schwillt langsam an, zieht sich wieder zurück, um erneut anzuschwellen. So, wie Wellen an den Strand rollen, um sich zurückzuziehen. Doch irgendwann kommt eine Riesenwelle, die alles umspült und mitreißt. Genau diese Orgasmuswelle zieht mich in die Tiefen des Ozeans, zusammen mit Adam, der mich mit seinen Küssen unter Wasser beatmet, der so heftig in mir kommt, dass ich vor Glück und den überschüssigen Östrogenen in mir weine, ohne das Schluchzen unterdrücken zu können. Es bricht einfach aus mir heraus.

»Hey, Kleines, nicht weinen«, flüstert Adam, »ich bin bei dir.«

Noch ein paar Mal brechen diese heftigen Schluchzer aus mir heraus. »Ich weiß auch nicht, was mit mir los ist«, nuschle ich danach an seinem Hals.

»Nun …« Er lächelt. »Du bist schwanger, wir werden von der Mafia verfolgt, und heute haben wir uns nach mehr als zwei Monaten zum ersten Mal wiedergesehen.« Er rollt von mir und legt sich neben mich. »Ich denke, da ist schon eine Menge los.«

Ich muss lachen. »So gesehen, hast du natürlich recht, Adam.« Ich ziehe eine Decke über uns beide. »Aber sag, woher wusstest du, dass ich schwanger bin?«

»Dein Zögern, deine Blässe und deine Übelkeit ... also, wenn das nicht darauf hindeuten würde, was dann?« Zärtlich streichelt er durch meine Haare. »Warum hast du dich nicht getraut, es mir zu sagen?«

»Wärst du Tyler geblieben, hätte ich wohl weniger Probleme damit gehabt. Aber Adam Walker, der CEO von *Walker Elite Escapes*, hat mich doch sehr eingeschüchtert und verunsichert. Außerdem sind wir noch nicht besonders lange zusammen, und ich wollte nicht, dass du denkst, ich wollte dich in irgendeiner Weise an mich binden, damit ich für mein Leben ausgesorgt habe.«

Er seufzt tief. »Verstehe einer die komplizierten Gedanken einer Frau.«

»Das ist wirklich ein Problem, weil sie sich selbst oft nicht versteht«, gebe ich zu, was ihn zum Lachen veranlasst. Ich schließe meine Augen und kuschle mich an ihn. »Du findest es nicht schlimm, Vater zu werden?«

»Nicht schlimm?«, fragt er mit dunkler Stimme. »Ich finde es großartig. Eigentlich hatte ich die Vorstellung, Vater zu werden, schon aufgegeben. Aber ich freue mich ehrlich, Süße.« Liebevoll küsst er meine Stirn. »Ich denke, ich habe großes Glück.«

»Ach ja?«, frage ich lächelnd.

»Ja, die Frau meines Herzens bekommt ein Kind von mir. Wirklich, Summer, mehr kann ein Mann sich nicht wünschen«, erklärt er, bevor er mich erneut um meinen Verstand küsst.

24. Adam

Die Vorstellung, dass sie unser Kind trägt, verleiht mir ein völlig neues Gefühl von Glück und Liebe, wie ich es noch nie zuvor erlebt habe. Sicher, ich hatte in all den Jahren guten Sex, aber Liebe machen – das war nie Teil der Gleichung, bis ich Summer begegnete. Ich fühle mich davon berauscht, fast, als würde ich auf Wolken schweben.

»Ist dir klar, dass ich dich jetzt nie wieder gehen lassen werde?«, frage ich sie spontan.

Sie stützt sich auf ihre Ellenbogen und sieht mich an, während sie mit einem Finger die Linien meines Gesichts nachzeichnet – über die Augenbrauen, entlang meines Nasenrückens, um die Nasenflügel herum und schließlich über meine Lippen.

»Bis gerade eben war mir das nicht klar, Adam«, antwortet sie leise und fährt fort, mein Gesicht zu umfahren. »Aber es ist beruhigend zu wissen, dass ich dir so wichtig bin«, sagt sie und küsst mich sanft auf den Mund. »Allerdings sollten wir erst endgültige Entscheidungen treffen, wenn wir diese ganze

Geschichte mit der Polizei und der Mafia hinter uns haben.«

»Warum? Was ändert es für dich?«, hake ich, ein wenig enttäuscht, nach.

»Wir befinden uns in einer Ausnahmesituation«, erklärt sie und kuschelt sich an mich.

»Das stimmt. Aber gerade, weil du für mich eine Ausnahme bist, habe ich Kopf und Kragen riskiert, um dich wieder bei mir zu haben. Summer, du kannst dich mir nicht entziehen.«

»Denk dran, ich bin erst im dritten Monat. Diese winzige Erbse könnte immer noch verloren gehen.«

»Das wäre traurig, aber es würde nichts an unserer Situation ändern. Du bleibst bei mir.«

»Darf ich dazu vielleicht noch ein kleines Wörtchen mitreden?«, fragt sie, halb amüsiert.

»Mh!«, erwidere ich bestimmt, »nein!«

»Adam!«, ruft sie empört aus und boxt mich auf die Schulter. Summer zieht eine Augenbraue hoch, ein schelmisches Lächeln umspielt ihre Lippen. »Adam Walker, versuchst du etwa, mich mit deinem CEO-Charme zu entmachten? Glaub mir, ich habe mehr als ein Wörtchen mitzureden, besonders bei Themen, die unser beider Zukunft betreffen.«

Ich grinse breit. »CEO-Charme? Ich dachte, das wäre mein unwiderstehlicher persönlicher Charme.« Ich ziehe sie näher zu mir, bis ihre Nase fast meine berührt. »Aber du hast Recht, natürlich hast du ein Wörtchen mitzureden. Ich will nur sicherstellen, dass dein Wörtchen lautet: *Ich bleibe bei Adam, weil ich ihn unfassbar attraktiv finde.*«

Sie lacht, ein herzerwärmendes Lachen, das in diesem Moment alles zu erhellen scheint. »Unfassbar attraktiv, hm? Und was, wenn mein Wörtchen eher *Adam ist ein hoffnungsloser Romantiker* lautet?« Sie zwinkert mir zu, ihre Augen funkeln vor Vergnügen.

»Das nehme ich als Kompliment«, entgegne ich, bevor ich ihr erneut einen sanften Kuss auf die Stirn gebe. »Und ja, vielleicht bin ich ein hoffnungsloser Romantiker. Aber nur für dich, Süße, nur für dich.«

»Das ist gut«, entgegnet sie leise, »weil du der einzige hoffnungslose Romantiker bist, den ich jemals in meinem Leben gebraucht habe.«

Ihre Hand findet wieder die meine, und in diesem Moment fühlt es sich an, als ob alles richtig wäre, trotz der Wirren um uns herum.

»Also«, fahre ich fort, meine Stimme sanft, aber bestimmt, »egal, was passiert, wir stehen das gemeinsam durch. Mafia, Polizei, Schwangerschaft – das ganze Chaos. Wir zusammen, okay?«

»Okay«, antwortet sie, ihre Stimme voller Vertrauen. »Zusammen.«

In diesem einfachen Wort liegt eine Welt voller Möglichkeiten. Zwischen Lachen und neckenden Wortwechseln, ernsten Geständnissen und zärtlichen Berührungen, finde ich eine tiefe Gewissheit: Egal, was das Leben bringt, solange wir zusammen sind, können wir alles meistern.

In der Nacht halte ich Summer eng umschlungen, weil ich sie wirklich nie wieder loslassen werde und das Gefühl habe, sie beschützen zu müssen, auch im Schlaf. Ich selbst komme kaum zur Ruhe, während sie gleichmäßig atmend in meinen Armen liegt. Mir geht so vieles durch den Kopf. Ich mache mir Vorwürfe, dass ich Summer einfach zu mir geholt habe. Von einer so großen Gefahr, wie sie sich heute herausstellte, bin ich nicht ausgegangen. Aber nun sitzen wir hier in diesem Anwesen irgendwie in der Falle. Über meine Gedanken nicke ich ein, bis mich Geräusche wecken, die ich nicht zu deuten weiß. Kommen sie von Tyson und Kylie? Angespannt horche ich in die Dunkelheit, höre aber nichts mehr. Wahrscheinlich habe ich mich getäuscht, denke ich und döse wieder ein.

Am nächsten Morgen wecke ich Summer sanft, damit wir rechtzeitig aufstehen und zu Tyson und Kylie hinuntergehen. Ich denke, es ist besser, wenn wir uns ständig in ihrer Nähe aufhalten.

»Summer, wach auf«, flüstere ich und küsse sie. »Lass uns fertig machen und zu unseren Bodyguards hinuntergehen.«

»Mh …«, macht sie müde und gähnt herzhaft. »Geh du schon ins Bad, ich muss erst mal richtig wach werden.«

»Aber nur ein paar Minuten, dann schwingst du deinen süßen Arsch aus dem Bett und …«

»Hallo?!«, ruft sie empört. »Ich stehe auf, wenn ich mich dazu in der Lage fühle. Egal, ob das ein paar Minuten oder ein bisschen länger dauert.« Sie stützt sich auf ihrem Ellenbogen ab und sieht mich an. »Versuch hier nicht den Boss zu spielen, okay?«

Amüsiert betrachte ich sie. Ihre Haare sind zerzaust, und ihr empörter Blick ist einfach zu süß. »Noch bin ich dein Boss«, erwidere ich trocken, »das solltest du nicht vergessen.«

»Pff!«, macht sie und lässt sich zurück in ihre Kissen fallen. »Du bist blöd«, sagt sie wie ein beleidigtes Schulmädchen.

Ich kann nicht anders, als über sie zu lachen.

»Siehst du, du bist wirklich blöd«, murmelt sie und dreht mir den Rücken zu.

»Und du bist wirklich süß, Summer, wenn du so beleidigt bist. Okay, okay, es sollte kein Befehl sein, auch wenn es sich so angehört hat. Ich werde mich bessern.«

»Versprich es mir«, brummelt sie noch immer eingeschnappt.

Grinsend beuge ich mich über sie. »Ich verspreche es.«

»Wirklich?«, fragt sie nach und blinzelt mich an.

»Wirklich«, bestätige ich und grinse.

»Okay«, antwortet Summer leise, »aber auch wenn du für mich ein alter Mann bist, erwarte ich, dass du mich wie eine Erwachsene behandelst«, stellt sie klar.

»Alter Mann?«, gebe ich gespielt gekränkt von mir und hauche ihr einen Kuss auf das Ohr.

»Ja, genau so.« Sie dreht sich zu mir um. »Ein sehr attraktiver älterer Herr.« Sie grinst und ich lache leise.

»Das hört sich an, als wäre ich kurz davor, mit einem Rollator, durch die Gegend laufen.«

Jetzt lacht sie laut auf. »Oh, nein, Adam, ich finde dich heiß, sehr sexy und ich weiß, dass es viele Frauen gibt, die dich ebenso sehen. Dazu bist du noch einer der einflussreichsten Männer des Landes …«

»Du stehst also nicht auf Barkeeper«, ziehe ich sie ein wenig auf.

»Ich stehe nur auf einen Barkeeper, und das ist Tyler Smith, von dem ich in den letzten Wochen die wildesten Träume hatte, an den ich ständig denken musste.«

Seufzend streichle ich ihr übers Gesicht. »Ich verfluche mich dafür, dass ich als Tyler versagt habe.«

»Nein, das hast du nicht. Es waren nicht vorhersehbare Umstände, die Einfluss auf uns genommen haben.«

»Vielleicht … Eigentlich wollte ich nur wissen, warum die schlechten Bewertungen auf den Portalen zu lesen waren. An so eine übergroße Tragweite habe ich einfach nicht gedacht.«

Ihre Hand umfasst meinen Nacken und zieht mich zu sich herunter. Zärtlich küsst sie mich. »Wer denkt denn gleich an sowas? Mh?«

»Ich augenscheinlich nicht. Vielleicht hätte ich argwöhnischer sein sollen, denn schließlich habe ich in der Buchführung ebenfalls Unregelmäßigkeiten gefunden. Sie waren geschickt verbucht worden, was bedeutet, dass sich jemand große Mühe gegeben hat, mich zu täuschen.«

»Und jetzt sitzen wir hier in diesem riesigen Anwesen fest und müssen uns vor der Mafia verstecken. Echt, selbst in einem Albtraum wäre ich auf solch kuriose Ideen nicht gekommen.« Sie streichelt mit dem Daumen über meine Lippen und mein Kinn. »Ich hoffe, dass wir heil hier herauskommen werden, Adam.«

»Das werden wir, Summer, schließlich will ich in ein paar Monaten mit dir stolz einen Kinderwagen durch die Straßen von Jacksonville schieben.«

»Das ist süß ...«, flüstert sie und lächelt. »Jetzt sollten wir aber endlich aufstehen, Adam, was meinst du?«

»Ich denke, das sollten wir.« Noch einmal küssen wir uns voller Liebe. »Für dich würde ich immer wieder jedes Risiko eingehen. Dieses hier hätte ich uns aber erspart, wenn mich Detective Hunter besser informiert hätte.«

»Tja, nun ist es, wie es ist. Komm, schwing deinen sexy Arsch aus den Federn«, fordert sie mich auf und grinst.

»Wie du meinst«, antworte ich und erhebe mich, ihr meine Kehrseite zugewendet. Ich höre sie laut seufzen. »Oh yes!«

Lachend verschwinde ich im Bad, um zu duschen.

Eine Stunde später nehmen wir gemeinsam die großzügigen Stufen hinab in den unteren Wohnbereich. Ehrlich gesagt, gefällt es mir hier so sehr, dass ich ernsthaft in Erwägung ziehe, es später zu kaufen. Diese Immobilie wäre perfekt für eine Familie. Wir könnten hier sogar fünf Kinder herumtoben lassen, einen Hund und Katzen halten – ein richtig idyllisches Zuhause, ganz nach meinen Wünschen. Ich hoffe, es entspricht annähernd auch Summers Träumen.

In der Küche bereitet Summer sofort Frühstück für uns alle zu. Sie brät Eier und Speck, toastet Sandwichbrot und kocht Kaffee. Niemand von uns ist zum Reden aufgelegt, deshalb essen wir schweigend. Zwischendurch springt Summer auf und eilt zur Toilette. Ich ahne, dass sie sich wieder übergeben muss.

»Deine Freundin, sie ist schwanger?«, fragt mich Kylie direkt.

»Ja, ich habe es selbst erst gestern Abend erfahren«, bestätige ich.

»Verdammt, warum sagt ihr uns so etwas nicht? Wir müssen jetzt noch vorsichtiger sein. Nicht auszudenken, wenn ihr etwas zustoßen würde in ihrem Zustand!«, empört sich Kylie.

»Entschuldige, wir beide waren noch nie in einer solchen prekären Lage und handeln nicht immer richtig. Es ist zudem hart, wenn plötzlich alle intimen Details unseres Lebens nicht mehr privat sind, sondern Polizeisache werden.«

»Trotzdem«, beharrt Kylie und sieht mich streng an.

In diesem Moment setzt sich Summer wieder neben mich an den Tresen. Sie ist blass und schiebt ihr angefangenes Essen von sich, nippt stattdessen nur an ihrem Tee, den sie sich zuvor zubereitet hatte.

Kylie beobachtet sie genau. »Summer, ich hatte schon gestern den Verdacht, dass du schwanger bist. Du brauchst es nicht zu leugnen oder mir auszuweichen.«

Summer hält Kylies strengem Blick stand. »Schön für dich, aber was soll mir das jetzt sagen?«

»Es soll dir sagen, dass du es uns hättest mitteilen müssen.«

»Warum? Ich habe es zunächst für mich behalten, und das ist mein gutes Recht. Es ist meine persönliche Angelegenheit, zu entscheiden, wann und wem ich es erzähle, zumal ich gerade erst am Anfang des dritten Monats bin.« Verärgert steht Summer auf und geht zum Fenster.

Sofort springt Kylie auf und zieht sie zurück. »Willst du dich jetzt auch noch als Zielscheibe für unsere Verfolger anbieten? Sei doch bitte vernünftig!«, tadelt sie Summer, die nun sichtlich verärgert aussieht.

»Kannst du nicht einmal normal mit mir reden, anstatt wie mit einem kleinen Kind?«

»Dann verhalte dich auch nicht so«, kontert Kylie.

»Ladys, bitte, kein Streit jetzt«, greife ich ein. »Lasst uns alle einmal tief durchatmen und einen klaren Kopf bewahren.«

»Nein«, entgegnet Summer, »ich beruhige mich nicht so schnell. Kylie hat kein Recht, so mit mir zu sprechen, und ... ach, lasst mich doch einfach in Ruhe!«, ruft sie aus und stürmt aus dem Raum.

Kurz darauf hören wir merkwürdige Geräusche auf dem Flur. Alarmiert springen Hunter und ich auf.

Als ich sehe, wie Summer mit einer Pistole an der Stirn von einem dunkelhaarigen, bärtigen Mann festgehalten wird, stockt mir der Atem. Tyson erstarrt, als er den Mann erkennt. Die Erkenntnis blitzt in seinen Augen auf – ein Schock, der sich in einen Funken purer Wut verwandelt.

»Gómez?«, stößt er ungläubig aus, seine Stimme ein gefährliches Flüstern.

Der Mann vor uns, den ich bis zu diesem Moment für einen Mafioso hielt, und Tyson kennen sich.

»Kollegenschwein«, zischt er und macht einen Schritt auf ihn zu.

»Langsam, Tyson«, warnt Gómez und hält die Waffe unverändert an Summers Schläfe. »Du willst doch nicht, dass hier ein Unfall passiert, oder?«

Die Situation ist aufgeladen, als würden wir auf einem Pulverfass sitzen. Kylie tritt neben Tyson, ihre Haltung straff, ihr Blick tödlich. Ich fühle mich hilflos, meine Hände zu Fäusten geballt, während ich Summer so nahe und doch unerreichbar sehe, bedroht von einem Mann, den wir für einen Verbündeten hielten.

Tyson beugt sich leicht vor und versucht, mit Gómez zu verhandeln. »Was willst du? Geld? Sicherheit? Wir können reden.«

Gómez lacht kalt. »Zu spät für Verhandlungen, Tyson. Ihr habt mich unterschätzt. Aber keine Sorge, ich werde mich um unsere kleine Freundin hier kümmern.« Sein Blick gleitet abschätzig über Summer.

In diesem Moment spüre ich eine Wut in mir aufsteigen, wie ich sie noch nie zuvor gefühlt habe. Ich denke an die Trainingsstunden mit Tyson, an die Bewegungen und Griffe, die er mir beigebracht hat.

»Lass sie gehen, Gómez«, fordere ich mit fester Stimme. »Du hast ein Problem mit uns, nicht mit ihr.«

Gómez schüttelt den Kopf, sein Grinsen breiter werdend. »Oh, jeder hier ist jetzt Teil des Spiels, Walker. Du hast keine Ahnung, wo du hineingeraten bist.«

Plötzlich, in einem Bruchteil einer Sekunde, handelt Tyson. Wie aus dem Nichts zieht er eine versteckte Waffe und richtet sie auf Gómez. Gleichzeitig stürmt Kylie vor, bereit, Summer zu befreien. Es ist ein perfekt koordinierter Move, der zeigt, dass die beiden mehr als nur einfache Polizisten sind – sie sind trainierte Profis, bereit, ihr Leben für uns zu riskieren.

In einem Chaos aus Bewegung, dem Klicken von Sicherungen und befehlenden Rufen, finde ich mich selbst in Aktion. Ich nutze die Ablenkung, springe vor und packe Gómez' Arm, der die Waffe hält, jetzt nicht mehr auf Summer, sondern in die Luft gerichtet, und nutze die Hebelwirkung, die Tyson mir beigebracht hat. Es ist ein Kampf um Kontrolle, Stärke gegen Stärke. Ich nehme vor allem den Schweißgeruch von Gómez wahr ... wittere seine Angst. Summer schafft es, sich aus seiner Umklammerung zu befreien und fällt vor uns auf den Boden. Das Nächste, was ich mitbekomme, ist ein dumpfer Knall, gefolgt von Gómez, der ebenfalls zu Boden geht, die Waffe aus seiner Hand geschleudert.

Sofort springe ich zu Summer und falle vor ihr auf die Knie. Ihre Augen sind weit aufgerissen vor Schock.

»O mein Gott, Summer«, stoße ich aus und ziehe sie in meine Arme. In diesem Augenblick weint sie leise an meinen Hals.

Tyson und Kylie sichern Gómez, der blutend vor uns liegt.

Ich umarme Summer fest, spüre ihr Zittern, ihre Anspannung. »Es ist vorbei«, flüstere ich ihr zu, obwohl ich weiß, dass es nur der Anfang eines uns unbekannten Weges ist.

Tyson blickt uns an, die Wut immer noch in seinen Augen. Anerkennend nickt er. »Gut gemacht, Adam. Wir müssen reden – über Gómez und über das, was jetzt auf uns zukommt.«

In diesem Moment, mit Summer sicher in meinen Armen und der Gefahr vorerst abgewendet, fühle ich Entschlossenheit. Egal was kommt, ich werde Summer und unser werdendes Kind beschützen.

25. Summer

Adam wiegt mich in seinen Armen wie ein kleines Kind hin und her. »Alles wird gut, wir schaffen das«, murmelt er sanft in mein Ohr. »Ab jetzt werde ich dich nie wieder aus den Augen lassen, glaube mir«, verspricht er mir.

Langsam beruhige ich mich, meine Tränen hören auf zu fließen, ich schniefe nur noch ab und an.

Um uns herum ist plötzlich viel los. Andere Polizisten stürmen mit Waffen im Anschlag ins Anwesen und prüfen Raum für Raum, ob sich niemand mehr hier drin aufhält, der nicht hier sein soll.

Rettungssanitäter legen Gómez auf eine Rettungsliege und versorgen ihn. Von Polizisten begleitet, wird er in den Rettungswagen gebracht.

Einer der Sanitäter untersucht jetzt auch mich.

»Meine Freundin ist schwanger«, erzählt Adam ihm, woraufhin er mir noch einige Fragen stellt.

»Wir können Sie gern zur Beobachtung heute und über Nacht in die Klinik bringen«, sagt er, doch ich schüttle den Kopf.

»Nein, auf keinen Fall, ich bleibe hier.«

»Summer, vielleicht ist es besser, wenn ...«, überlegt Adam.

Ich schüttle den Kopf und weine erneut, verdammt.

»Nein, lass mich hier bei dir sein, Adam.«

»Natürlich, ich will dich doch nicht zwingen«, beruhigt er mich und zieht mich wieder in seine Arme. »Alles ist gut.«

Als es endlich wieder ruhig im Anwesen geworden ist, nur noch Tyson, Kylie und drei weitere Polizisten in Zivil am Tisch im Esszimmer miteinander beraten, koche ich Tee für alle. Adam hätte mich gern in Watte und ins Bett gepackt, aber ich brauche diese kleine Alltäglichkeit wie Tee zubereiten. Das gibt mir ein wenig Normalität in diesem Chaos.

Ich stelle die Kanne Tee auf den Tisch und die Tassen dazu. Detective Hunter fordert Adam und mich auf, ebenfalls Platz zu nehmen.

Während Adam sich setzt, schenke ich zunächst jedem in der Runde den Tee ein. Erst dann nehme ich neben Adam Platz. Mir ist übel, doch ich schaffe es, gleichmäßig zu atmen und den Drang, mich zu übergeben, damit zurückzuhalten.

Angespannt lausche ich dem Detective, der uns die aktuelle Lage erläutert und die neuen Wege aufzeigt, die wir beschreiten müssen.

»Glauben Sie mir, wir setzen alle Hebel in Bewegung, um die Köpfe der Drogenmafia festzunehmen. Doch allein das reicht nicht aus, denn ihre Gefolgsleute könnten leicht ohne sie weitermachen. Es handelt sich um eine große Operation. Da Sie beide darin verwickelt sind, gelten Sie immer noch als Gefahr für diese Bande. Leider. Wir müssen also ein neues Versteck für Sie ausfindig machen.«

»Sir, ich kann mein Unternehmen unmöglich auf unbestimmte Zeit nicht führen. Niemand weiß, was mit mir los ist, sie werden spekulieren, und es könnte an die Presse gelangen«, entgegnet Adam. Seine Gesichtszüge spiegeln die Anspannung und Sorgen wider, die ihn belasten.

»Ihr Unternehmen wird vorübergehend vom CEO der *Bennett's Luxe Travel Group* geleitet. Wir konnten ihn überzeugen, ohne auf Details einzugehen. Er wusste bereits von Ihrer Undercover-Aktion. Mr. Bennett wird Sie über uns kontaktieren, wenn nötig. Sie können beruhigt sein.«

Ich bemerke, dass Adam alles andere als beruhigt ist. Aber im Moment hat er definitiv keine andere Wahl.

»Wie können Sie nach Gómez so sicher sein, keine weiteren Maulwürfe in Ihren Reihen zu haben, die uns verraten könnten?«, frage ich Detective Hunter.

»Das ist eine berechtigte Frage«, entgegnet er bedächtig. »Eine eindeutige Antwort zur Beruhigung kann ich Ihnen leider nicht geben, so sehr ich es auch möchte.« Er wirkt sichtlich unruhig. »Im Hintergrund laufen umfangreiche Ermittlungen, und natürlich haben wir auch Detectives, die sich eingeschleust haben. Mehr kann ich Ihnen nicht verraten. Alles, was Sie nicht wissen, dient Ihrer Sicherheit.«

»Zu meiner Sicherheit, falls mich erneut einer von ihnen als Geisel nimmt, nur diesmal geschickter vorgeht«, stelle ich trocken fest.

»Das wollte ich eigentlich nicht so direkt sagen. Aber ja, so ist es.«

»Wann geht es weiter?«, will Adam wissen und umfasst unter dem Tisch meine Hand.

»Einen Zeitplan haben wir noch nicht, und selbst wenn, würden wir ihn aus den genannten Gründen für uns behalten«, informiert er uns weiter.

Ich seufze tief. »Hier sind wir definitiv nicht mehr sicher, was sich nicht wirklich gut anfühlt.« Unbewusst halte ich meine freie Hand über meinen Bauch, was mir erst bewusst wird, als ich Kylies Blick bemerke, die mich beobachtet.

»Du hast dir wirklich einen ungünstigen Zeitpunkt für eine Schwangerschaft ausgesucht«, meint sie leise, greift ihren Becher Tee und steht auf. »Wenn die

Mafia Wind davon bekommt, bist du erst recht eine Zielscheibe für sie.«

»Kylie, ich habe es mir nicht ausgesucht, mitten in eine Mafiaoperation zu geraten, und schon gar nicht, schwanger zu werden – zumindest nicht zu diesem Zeitpunkt. Aber manche Dinge passieren einfach. Mir scheint, du machst mir das zum Vorwurf, weil du mich nicht magst. Sorry, aber das ist dein Problem, nicht meines.« Verärgert erhebe ich mich ebenfalls, aber nur, um in der Küche herumzuhantieren. Dieses Herumsitzen und Warten macht mich nervös.

Ich spüre dabei die Blicke aller auf mir, was die Situation nicht gerade erleichtert.

Plötzlich steht Kylie vor mir. »Es tut mir leid, es war falsch von mir, dir Vorwürfe zu machen. Weder du noch Adam seid schuld an dieser Situation, ihr seid nur zufällig hineingeraten.«

»Ist schon gut. Ich bin selbst überfordert und fühle mich so verloren wie noch nie in meinem Leben.« Ich greife in das Regal neben mir, ziehe eine Packung Chocolat-Cookies hervor und schiebe sie zwischen uns. »Frieden?«, frage ich mit einem Lächeln.

»Frieden«, erwidert sie mit einem leisen Schmunzeln.

Während wir das Gebäck knabbern, lauschen wir den Männern am Tisch, die unsere Situation noch einmal aus allen Perspektiven erörtern.

Ich will nach Hause, denke ich und stelle fest, dass ich eigentlich gar kein Zuhause habe. Ja, in den letzten Jahren habe ich nur in temporären Unterkünften gelebt, die mit meinem Job verbunden waren: Angestelltenzimmer in einem Hotel, möblierte Zimmer oder Wohnungen in der Nähe des Resorts, in dem ich gearbeitet habe. Das bedeutet, ich bekomme ein Baby und muss erst einmal für unser Zuhause sorgen. Das Heim für mein Kind und mich.

Dann fällt mir Adams nachdenklicher Blick auf. Als werdender Vater wird er eigene Vorstellungen vom Leben haben, wie es weitergehen soll. Ich kann und will ihn nicht ausschließen. Tatsächlich liebe ich ihn; er ist ein unglaublich fürsorglicher Mann, von dem ich mir sicher bin, dass er unser Kind und mich auf Händen tragen würde. Trotzdem glaube ich, dass es besser ist, mein Leben ohne ihn zu planen. Schließlich bewegt er sich in einer ganz anderen Welt, in die ich nicht hineinpasse. Bevor ich Adam traf, glaubte ich, Liebe könne alles überwinden. Jetzt bin ich mir da nicht mehr so sicher. Obwohl uns so viel verbindet, trennen uns im Grunde genommen Welten. Es geht dabei nicht mal um unseren Altersunterschied, sondern um seine gesellschaftliche Stellung und seinen Reichtum ... Als Hausdame in Hotels der Luxus-Klasse zu arbeiten, hat mir immer Freude bereitet; es ist mein Job. Den Hollywood-Traum, einen Milliardär zu heiraten, hatte ich nie, denn das schien mir immer nur in Filmen möglich. Und jetzt finde ich mich mitten in einem Krimi und einer hollywoodreifen Liebesgeschichte wieder. Nice. Very nice, denke ich ironisch.

In Gedanken vertieft bemerke ich nicht, dass Kylie längst gegangen ist und Adam vor dem Tresen steht. Deshalb zucke ich zusammen, als er mich anspricht.

»Hey, Summer, wo waren deine Gedanken gerade?«

»Oh! Adam!«, rufe ich überrascht aus und zwinge mir ein Lächeln auf. »Mit dir habe ich gerade gar nicht gerechnet.«

Daraufhin lächelt er. »Mit mir hast du nicht gerechnet?«, wiederholt Adam mit einem leichten Schmunzeln. »Dabei dachte ich, ich sei unvergesslich.«

»Das bist du auch«, erwidere ich schnell, »aber meine Gedanken waren gerade … weit weg.«

Er umrundet den Tresen und stellt sich mir direkt gegenüber. »Weit weg, hm? Willst du mir erzählen, wohin sie dich getragen haben?« Mit einer zärtlichen Geste streicht er eine meiner Haarsträhnen zurück.

Ich zögere einen Moment, dann entscheide ich mich für die Wahrheit. »Ich dachte darüber nach, wie unterschiedlich unsere Welten sind. Und darüber, ob ich … ob wir wirklich zusammenpassen.«

Adam beugt sich vor, sein Blick sucht meinen. »Summer, ich weiß, dass zwischen uns Welten liegen könnten. Aber weißt du was? Ich liebe diese Unterschiede. Sie machen alles zwischen uns so echt.«

Ich lächle schwach. »Echt genug, um den Hollywood-Traum zu leben?«

»Wer sagt denn, dass unser Leben einem Drehbuch folgen muss?«, entgegnet er und greift nach meiner Hand. »Wir schreiben unsere eigene Geschichte. Mit all den Herausforderungen und Unterschieden.«

»Aber dein Leben, dein Reichtum …«, setze ich an, doch er unterbricht mich.

»Mein Leben, mein Reichtum«, wiederholt er nachdenklich, »all das bedeutet nichts, wenn ich es nicht mit dir teilen kann. Summer, ich will nicht, dass du dich als Teil einer Geschichte fühlst, in die du nicht hineinpasst. Ich will, dass du sie mit mir gemeinsam schreibst.«

Seine Worte berühren mein Herz, und ich fühle, wie ein wenig meiner Unsicherheit weicht.

»Und wie sieht das nächste Kapitel unserer Geschichte aus?«, frage ich leise.

Adam lächelt breit. »Zuerst einmal sorgen wir dafür, dass du sicher bist und wir dieses ganze Chaos hinter uns lassen. Und dann? Dann erkunden wir jeden Tag, wie wir unsere Unterschiede zu unseren Stärken machen können. Gemeinsam.«

»Gemeinsam«, wiederhole ich und spüre, wie etwas in mir aufblüht. Die Vorstellung, einhellig mit Adam ein neues Kapitel aufzuschlagen, lässt die Zweifel in den Hintergrund treten.

Adam drückt meine Hand sanft. »Gleichgültig, was da kommen mag.«

In diesem Moment fühle ich mich mutiger und sicherer als je zuvor. Mit Adam an meiner Seite scheint selbst das Unmögliche möglich zu sein.

Wir sehen uns schweigend an. Ich versinke förmlich in seinen Augen, in der Zärtlichkeit seines Blicks.

»Du bist das neue Kapitel in meinem Leben, Summer – du und unser werdendes Kind«, sagt er mit einer rauen, tief bewegten Stimme.

Daraufhin ergreife ich seine Hände und lege sie sanft auf meinen flachen Bauch. »Du und unser werdendes Kind«, wiederhole ich flüsternd, während ich gegen die Tränen ankämpfe, die in mir hochsteigen. Mühsam schlucke ich sie hinunter. Jetzt ist nicht die Zeit zum Weinen; ich muss stark sein.

Unsere innige Zweisamkeit wird gestört durch Tyson, der uns anspricht.

»Sorry, ihr zwei Turteltauben, aber ihr müsst eure Sachen packen, wir müssen von hier weg.« Nachdenklich betrachtet er uns. »Detective Hunter und ich sind der festen Überzeugung, dass es für euch sicherer wäre, wenn ihr getrennt unterkommen würdet.«

»Nein!«, entfährt es mir, während ich jetzt meine Tränen nicht mehr unter Kontrolle habe.

Adam umfasst meine Hände fest, auch von ihm kommt ein klares »Nein«.

»Wir wissen, dass ihr euch in jeder Beziehung in einer Ausnahmesituation befindet und wir haben darum beschlossen, euch schnellstmöglich nach Einbruch der Dunkelheit von hier wegzubringen. Einzelheiten bekommt ihr später.«

Adam atmet hörbar aus. »Okay, wir haben wohl keine Wahl. Wir warten oben im Schlafzimmer.«

Tyson nickt. »Aber erst, wenn Kylie und ich alles gesichert haben.« Mit den Worten nickt er seiner Kollegin zu und gemeinsam spähen sie jeden Winkel des Anwesens aus. Selbst Detective Hunter und die weiteren zwei Kollegen im Team gehen mit. Ein merkwürdiges Gefühl, was mir trotzdem keine Sicherheit gibt.

Als wir endlich im Schlafzimmer allein sein dürfen, sinke ich auf das Bett. Ich fühle mich kraftlos und vollkommen überfordert von allem.

Adam geht vor mir in die Knie und legt seine Hände auf meine Oberschenkel. »Summer, du siehst fix und fertig aus«, stellt er besorgt fest. »Ich kann gerade so wenig für dich tun«, meint er traurig.

»Du bist bei mir, das ist viel mehr, als du denkst«, antworte ich, beuge mich vor und umfasse sein Gesicht. »Ich habe einfach Angst, hierzubleiben und noch mehr Angst, dass wir hier heraus müssen. Wer weiß, was uns erwartet, wenn wir draußen sind?«

»Wohl ist mir bei dem Gedanken auch nicht, das gebe ich ehrlich zu. Aber hier sind wir schon fast eine Zielscheibe geworden.«

Er setzt sich zu mir aufs Bett und umarmt mich. Dabei umfasst er meinen Hinterkopf und zieht ihn an seine Brust. Sofort schließe ich die Augen und nehme nur noch seine Atmung wahr, seine Körperwärme, die auf mich abstrahlt, und seinen wunderbaren ureigenen Duft. Nach wenigen Atemzügen werde ich ruhiger und entspanne mich langsam. Jedenfalls so, wie es mir in dieser Situation möglich ist.

»Geht es dir ein wenig besser?«, fragt er leise in mein Haar hinein und küsst meine Schläfe.

»Ja, Adam«, bestätige ich und lege meine Arme um seinen Körper, um mich fester an ihn zu drücken.

»Ich bin bei dir«, beruhigt er mich weiter, »was auch immer passieren wird, bleib an meiner Seite, halte dich an mir fest, wie ich dich festhalten werde. Wenn ich könnte, würde ich dich vor meinen Bauch binden, glaube mir.«

Die Vorstellung ist süß und komisch zugleich, sodass ich kichere.

»Mh«, macht er an meinem Ohr, was mir eine Schauerwelle beschert, »lach mich nur aus.«

»Du bist einfach süß, Adam«, antworte ich, schiebe mich ein wenig von ihm ab, um ihm in die Augen zu sehen.

Belustigt fragt er: »Meinst du nicht, dass ich ein wenig zu alt bin, um süß zu sein?«

»Nein, das ist unabhängig von Alter, Geschlecht und Körpergröße.«

Sanft küsst er mich. »Wir sollten unsere paar Sachen zusammenpacken, damit wir fertig sind, wenn es losgehen soll«, schlägt Adam vor und ich nicke.

»Ja, machen wir. Ich habe Angst, weißt du?«

»Ja, ich weiß, und glaube mir, ich auch. Trotzdem bin ich der festen Überzeugung, dass wir hier heil herauskommen werden.«

Ich atme tief durch. »Gern würde ich deine Überzeugung teilen, aber es gelingt mir nicht so richtig.«

Daraufhin bekomme ich noch einmal einen zärtlichen Kuss.

Zusammen erheben wir uns und packen die wenigen Sachen ein, die wir hier nur haben. Dann legen wir uns zusammengekuschelt auf das Bett und warten.

»In Jacksonville habe ich ein unübertreffliches Penthouse, Sunshine. Es wird dir bestimmt ganz wunderbar dort gefallen. Wenn wir das alles hier überstanden haben, lade ich dich ein, bei mir zu bleiben.«

»Du willst, dass ich bei dir einziehe?«, hake ich nach.

»Mhm«, brummelt er und ich spüre das Vibrieren in seinem Brustkorb. »Das wäre doch wunderschön, oder nicht?«

»Ich gehe davon aus, dass es bei dir exklusiv eingerichtet ist, du sicherlich eine Haushälterin hast und vielleicht sogar einen Butler«, überlege ich laut.

Leise lacht er und nickt. »Fast, auf den Butler habe ich bisher verzichtet.«

»Warum? Es ist bestimmt sehr angenehm, von so einem förmlichen, korrekten Herrn umsorgt zu werden. Sehr persönlich, doch immer mit einem respektvollen Abstand.«

»So habe ich das noch gar nicht betrachtet. Ich sollte mir das tatsächlich noch einmal gründlich überlegen«, antwortet er schmunzelnd.

»Du erwartest aber nicht von mir, dass ich mich in deinem Penthouse den ganzen Tag langweile, bis du endlich nach Feierabend Zeit für mich hast?«, will ich ernst von ihm wissen.

»Nun, in wenigen Monaten bist du Mutter und ich schätze, du wirst die erste Zeit reichlich beschäftigt sein und dir manchmal ein wenig Langeweile wünschen«, gibt er amüsiert zu bedenken.

»Ja, das schätze ich auch. Aber die Zeit bis dahin?«

»Das werden wir herausfinden, meinst du nicht? Ich habe nicht für alles sofort eine passende Lösung parat. Kommt Zeit, kommt Rat, sagt man doch?«

»Ja, so sagt man«, stimme ich ihm zu und dränge mich fester an seinen warmen, herrlich muskulösen Körper heran.

»Kannst du dir also vorstellen, bei mir einzuziehen? Mit Personal bist du es ja gewöhnt umzugehen, da wirst du das mit meiner Haushälterin mit Leichtigkeit schaffen«, meint er leichthin.

»Ich überlege es mir, Adam«, weiche ich einer direkten Zusage aus.

Natürlich hätte ich dann sofort ein Zuhause, müsste nicht erst lange auf die Suche gehen, mir Sorgen darum machen. Ich denke aber, dass ich es zunächst allein schaffen will, weil ich es mir beweisen muss. Mir und meinem ungeborenen Kind.

26. Adam

Ich spüre deutlich, dass Summer einer ehrlichen Antwort ausweicht. Es wäre falsch, sie zu drängen, daher nehme ich es zunächst hin. Jetzt ist einfach nicht der richtige Zeitpunkt, darüber zu sprechen.

Es klopft und Tyson ruft gedämpft durch die Tür: »Wir haben weitreichende Entscheidungen getroffen, es wäre gut, wenn ihr zu uns in die Küche kommt.«

Augenblicklich hämmert mein Herz angstvoll in meiner Brust – hart und schnell. Ich ergreife Summers Hand, die sie sogleich fest umklammert.

»Ich habe Angst, Adam.«

»Wie ich, Sunshine«, flüstere ich mit heiserer Stimme.

Gemeinsam betreten wir wenig später die Küche, wo Hunter, Tyson und Kylie bereits auf uns warten. Ihre ernsten Gesichter verstärken mein ungutes Gefühl.

Detective Hunter erhebt sich und tritt auf uns zu. »Es tut mir leid, aber in Absprache mit den US-Marshals sind wir zu dem Entschluss gekommen, dass es besser ist, wenn wir Sie getrennt voneinander unterbringen. Die Gefahr ist zu groß geworden.« Seine Stimme verrät, wie schwer ihm diese Mitteilung fällt.

Es ist nicht so, dass ich nicht damit gerechnet hätte, aber es jetzt zu hören, lässt mich innerlich zusammenbrechen. Summer …

Sie blickt mit feuchten Augen zu mir auf. Ihre wunderschönen grünen Augen … Bevor ich selbst zu weinen anfange, schlucke ich krampfhaft die aufsteigenden Tränen hinunter, mehrfach. Doch ganz gelingt es mir nicht, sie zurückzuhalten. Darum wische ich sie verstohlen mit dem Finger weg.

»Adam«, flüstert sie, »ich liebe dich.«

Nun lassen sich auch meine Tränen nicht mehr zurückhalten und ich ziehe sie fest in meine Arme. »Ich liebe dich, Summer. Ich liebe dich.«

Die nächsten Minuten nehme ich nur noch wie durch Watte wahr. Zuerst begleiten Kylie und ein Kollege Summer, indem sie sie in ihre Mitte nehmen und durch den Kellerausgang führen.

Ihr verzweifelter Blick, ihr Schluchzen und ihr »Ich liebe dich, Adam«, sind das Letzte, was ich von ihr mitbekomme.

Dann führen Tyson und Hunter mich über denselben Ausgang nach draußen. Eine Limousine mit getönten Scheiben wartet auf uns, und ich steige ein. Schweigend fahren wir los. In meinem Kopf herrscht

Leere; keine Fragen, keine Worte, nur tiefer Herzschmerz.

Da wir zu wichtigen Zeugen geworden sind, haben Summer und ich getrennte Identitäten erhalten. Ich kenne ihren neuen Namen nicht, weiß nicht, wo sie jetzt leben wird, und vielleicht werde ich die Geburt unseres Kindes nicht miterleben. Sie wird nicht in meinen Armen liegen, nicht neben mir im Bett aufwachen und nicht mehr mit mir zusammenleben.

Vor meinen Augen sehe ich Summer und mich in Florida, spüre ihre unglaublichen Küsse, ihren sinnlichen Körper an meinem, höre ihr Seufzen und ihr Flüstern. *»Ich liebe dich, Adam.«*

Nach vielen Stunden Autofahrt erreichen wir unser Ziel. Arizona, irgendwo im Nirgendwo. Ab jetzt bin ich David Miller – ein freiberuflicher Grafikdesigner. Tatsächlich habe ich ein paar Semester Grafik und Design studiert, es aber niemals so ernst genommen wie mein Hauptstudium. Jeden Tag denke ich an Summer, vergesse nicht ihren traurigen Blick, nicht ihre Tränen. Auf einem Kalender habe ich das ungefähre Geburtsdatum unseres Kindes eingetragen, damit ich weiß, in welchem Stadium der Schwangerschaft Summer sich befindet.

Die Nachbarn kennen mich kaum, weil ich mich nur selten blicken lasse. Man hält mich für einen Nerd, der von seinem PC nicht wegzubekommen ist.

Die Brille, die ich mir zugelegt habe, und der Bart, den ich mir wachsen ließ, unterstreichen das nur.

In unregelmäßigen Abständen bekomme ich Anrufe von Detective Hunter, der wissen will, wie es mir geht und mir versichert, dass es Summer gutgeht. Manchmal frage ich mich, ob er wirklich weiß, wie es ihr geht, oder ob er einfach nur versucht, mich zu beruhigen. Zu gern würde ich wenigstens ein Foto von ihr sehen, ihren größer werdenden Bauch betrachten dürfen ... ich habe nicht einmal mehr mein altes Smartphone, auf dem ein paar Bilder von ihr gespeichert sind, als wir in Florida auf *Dolphin Island* waren.

Wenn jemand meint, dass die Zeit alle Wunden heilt, dann lügt er. Die Zeit heilt einen Scheiß und meine Sehnsucht nach ihr wird nur stärker, nicht schwächer.

Um nicht völlig wie eine Schnecke im Schneckenhaus zu leben, gehe ich täglich zehn bis fünfzehn Meilen joggen. Dabei laufe ich meine Anspannung, meinen Liebeskummer, meine Zukunftssorgen und Ängste ab. Zusätzlich sorge ich mich um mein großes Unternehmen, auch wenn ich glaube, dass es bei Chandler Bennett in guten Händen ist. Was mag die Polizei ihm erzählt haben, um zu erklären, warum ich so lange unauffindbar bin? Meine Eltern werden sich ebenfalls um mich sorgen.

Trotz intensiven Joggens schlafe ich schlecht, oft fast gar nicht. Wenn ich mich im Spiegel betrachte, sehe ich einen alten Mann vor mir, der die besten Jahre hinter sich hat. Mir kommt es vor, als wäre ich in den letzten sechs Monaten überproportional gealtert, was mich wieder an Summer denken lässt. Sie ist so bezaubernd jung!

Heute ist wieder so ein beschissener Tag in meinem Exil, der noch mieser wird, weil ich für heute die Geburt unseres Kindes eingetragen habe. Vielleicht ist es sogar schon geboren?
Ich sitze vor dem PC und starre auf den Bildschirm, ohne etwas zu lesen oder wahrzunehmen. Schließlich stehe ich auf, gehe ins Wohnzimmer und lege mich aufs Sofa. Heute bin ich zu nichts in der Lage – weder zu arbeiten noch zu laufen oder ein wenig Gartenarbeit zu verrichten, die ich manchmal mache, um meinen Kopf freizubekommen.

Der mich im Zeugenschutzprogramm betreuende US-Marshal meldet sich und bestellt mich an unseren geheimen Treffpunkt. Pünktlich zur verabredeten Zeit erreiche ich ihn. Er sitzt auf einer Parkbank und trinkt einen To-Go-Kaffee. Ich setze mich neben ihn. Ohne uns anzusehen, beginnen wir das Gespräch.

»David, herzlichen Glückwunsch zur Geburt deiner Tochter«, gratuliert der Marshal mir.

Es trifft mich wie ein Schlag, obwohl ich wusste, dass es passieren wird.

»Geht es beiden gut? Wann wurde die Kleine geboren?«, frage ich vorsichtig und wage nicht,

Summers Namen laut auszusprechen, falls wir belauscht werden.

»Mutter und Kind sind wohlauf, alles gut. In der Nacht von gestern auf heute kam sie zur Welt«, berichtet er und nimmt einen Schluck Kaffee.

Ich bin Vater, denke ich überwältigt. »Muss ich noch etwas wissen?«, frage ich um Fassung kämpfend.

»Nein, das ist alles.«

»Okay, danke und bis bald«, verabschiede ich mich, stehe auf und gehe nach Hause, tief in Gedanken versunken.

Eigentlich hasse ich es, diesen Ort *Zuhause* zu nennen. Es ist nicht schrecklich – es ist schön. Aber mein wirkliches Zuhause ist das wunderschöne Penthouse, das ich nach meinem Geschmack eingerichtet habe und in dem ich mich wohlfühle. Dieses Haus hier fühlt sich wie eine Strafe an, die ich absitze, für etwas, das ich nicht verbrochen habe. Fuck!

Kaum angekommen, schließe ich gründlich ab, wie immer, und lasse überall die Rollläden herunter. Ich verkrieche mich ins Bett, liege da und fühle mich taub, fernab von allen Gefühlen. Diese Taubheit schützt mich, denn sonst würde ich von meinen Emotionen überwältigt werden.

Jetzt ist Summer Mutter geworden, meine süße Summer, mein Sunshine. Ohne sie ist es, als wäre die Sonne für immer untergegangen. Wir haben eine

Tochter. In diesem Moment rollen mir Tränen aus den Augenwinkeln.

Bisher war ich immer Herr meines Lebens, meines Unternehmens, aber als David bin ich nur noch ein Bruchteil des Mannes, der ich mal war.

27. Summer

»Guten Morgen, Ms. Myles«, begrüßt mich eine Krankenschwester mit fröhlich blickenden blauen Augen.

»Guten Morgen, Schwester«, antworte ich und räkle mich müde.

Mein Blick fällt sofort auf das Bettchen neben mir, in dem meine süße kleine Tochter June liegt. Auch wenn ich im Exil als Sara Myles bekannt bin, habe ich sie passend zu meinem echten Namen Summer Fields genannt, in der Hoffnung, diesen bald wieder annehmen zu können. June liegt da und gibt kleine schmatzende Geräusche von sich. Sie ist so winzig und ihre zarten Finger erst! Ich setze mich auf, beuge mich zu ihr und denke sehnsüchtig daran, wie schön es mit Adam hier wäre. Er fehlt mir jetzt mehr denn je. Ob er schon von Junes Geburt weiß? Wie es ihm wohl geht und wo er lebt? Ach, ich möchte einfach mein altes Leben zurück und Adam unsere Tochter in die Arme legen. Sie hat seine Augen, seine Mundpartie, aber meine dunklen Haare. Ich denke an meine Brüder, die wie ich mit schwarzen Haaren zur Welt kamen, und wünsche mir, meine Mutter könnte wenigstens hier sein.

Vorsichtig hebe ich June hoch und lege sie in meine Arme. Nun bin ich Mutter und werde nie wieder allein sein. Meine Gedanken und Sorgen gelten jetzt zuerst ihr. Ein tiefes Gefühl von Liebe durchströmt mich und ich küsse sanft ihre Stirn. June öffnet die Augen.

»Hallo, mein kleines Mädchen, guten Morgen. Heute ist der erste richtige Tag deines Lebens.« Sie scheint davon nicht begeistert zu sein und weint.

Die Krankenschwester, die gerade mein Frühstück bringt, lächelt. »Das klingt nach einem gesunden Hunger, Ms. Myles.« Sie stellt das Tablett ab und beobachtet, wie ich June anlege. Glück durchflutet mich, während die Kleine gierig trinkt.

Zwei Tage später werde ich entlassen und gehe mit June nach Hause. Unser Zuhause ist in Denver, Colorado, am Fuß der Rocky Mountains. Dort arbeite ich als Verkäuferin in einer edlen Boutique. Derzeit bin ich im Mutterschutz, doch schon in drei Monaten muss ich zurück zur Arbeit und June in einer Kindertagesstätte unterbringen. Mit nur zwölf Wochen ist sie eigentlich viel zu klein dafür, aber ich habe keine andere Wahl.

Mit meinem Töchterchen im Arm betrete ich das kleine Haus. Ich bin froh, dass mir im

Zeugenschutzprogramm ein Haus bereitgestellt wurde. Hier lebe ich recht ruhig, habe aber durch meine neuen Kolleginnen in der Boutique und dem Kosmetikstudio nebenan einige Frauen kennengelernt, mit denen ich mich ab und an treffe. Samantha ist sogar eine Freundin geworden. Ihr gehört das luxuriöse Studio, in dem sich die Ladys verwöhnen und verschönern lassen. In der Boutique nebenan, in der ich arbeite, shoppen genau diese Damen. Es macht mir Freude, ihnen dabei behilflich zu sein. Über mein Gehalt kann ich nicht klagen, im Gegenteil, ich komme damit mehr als gut zurecht und kann sogar etwas sparen. Mein Haus ist ebenerdig, was es mir leicht machen wird, sobald June anfängt zu krabbeln und zu laufen. Aber das kann ich mir noch gar nicht vorstellen. Jetzt muss ich erst einmal sehen, wie das mit uns beiden in den kommenden Wochen wird.

Zunächst setze ich mich mit ihr auf das Sofa und lehne mich gemütlich zurück. Meine Kleine öffnet die Augen und sieht mich an.

»Hey, mein süßer Schatz«, begrüße ich sie zärtlich. »Willkommen daheim.« Sanft lege ich sie an meinen Oberkörper und küsse ihr Köpfchen. Es ist ganz warm, ihre Haare sind flaumig weich und ihr ureigener Babyduft erfüllt mich mit einem Glücksgefühl.

Jetzt bin ich Mutter und für immer mit meiner Tochter eng verbunden. Wenn doch Adam bei uns sein könnte. *Er weiß möglicherweise nicht einmal, dass er*

Daddy geworden ist, denke ich wehmütig. Nur beim Gedanken an ihn füllen sich meine Augen mit Tränen. Ach verdammt, ich will nicht weinen. Trotzdem rollen sie unaufhaltsam übers Gesicht. In diesem Moment fühle ich mich unendlich einsam. Schließlich habe ich nicht einmal meine Mutter hier, die sich mit mir freuen könnte.

June weint leise, daher beherrsche ich mich und küsse wiederholt ihr Köpfchen.

»Alles wird gut, das verspreche ich dir«, flüstere ich, bevor ich sie zum Stillen anlege.

Von anderen Müttern und aus vielen Zeitschriften für Schwangere habe ich erfahren, dass sie nach der Geburt ihres Kindes oft in ein emotionales Tief fallen und viel weinen. Leider geht es mir genauso.

Nach dem Stillen wickle ich June und lege sie in den Stubenwagen, den ich im Wohnraum stehen habe. Sofort schläft sie ein. Zärtlich betrachte ich sie und kann mich gar nicht sattsehen. Alles an ihr ist perfekt und wunderschön. Wenn sie Adam nicht so ähnlich sähe, wäre es vielleicht ein wenig leichter für mich. Ich glaube, er wäre sehr stolz auf seine kleine Tochter.

Da ich ebenfalls müde bin, kuschele ich mich mit einer Decke auf das Sofa und schlafe ein, bis ich vom Klingeln meines Smartphones geweckt werde.

Schlaftrunken nehme ich das Telefonat an. »Mh?«, bringe ich nur hervor und setze mich auf.

»Ms. Fields?«, werde ich von einer Männerstimme mit mexikanischem Akzent gefragt.

Ein Schreck durchzuckt mich wie ein Blitz! Trotzdem antworte ich geistesgegenwärtig: »Sie müssen sich verwählt haben«, und lege auf.

Mein Herz rast heftig. Sie haben mich gefunden! Augenblicklich wird mir übel.

June!, denke ich fast panisch. O mein Gott, was passiert hier nur?

Erneut klingelt mein Telefon. Innerlich bebend sehe ich auf dem Display dieselbe Nummer aufblinken wie zuvor und entscheide mich, nicht dranzugehen. Wenige Minuten später erscheint auf der Anzeige eine weitere Rufnummer, trotz all meiner Ängste und Zweifel nehme ich das Telefonat an.

»Ms. Myles?«, werde ich gefragt und erkenne sofort die Stimme von zuvor wieder.

»Ja?« Mein Gott, sie wissen sogar meinen neuen Namen! Heiß durchfährt mich diese Erkenntnis.

»Sie haben etwas, das uns gehört«, höre ich nun. »Es ist ein USB-Stick, den Sie noch aus Ihrer Zeit im Golden Beach Resort bei sich haben, Ms. Fields.«

»Mister ...«, flüstere ich, bemüht, mein Herzrasen unter Kontrolle zu bekommen, und räuspere mich. »Ich weiß nicht, was Sie meinen.«

»Natürlich nicht, aber Sie werden den Stick an uns übergeben«, spricht der Fremde im bestimmten Tonfall.

»Mit wem spreche ich eigentlich?«, frage ich, um Zeit zu gewinnen.

»Das tut nichts zur Sache«, antwortet der Mann am anderen Ende kalt.

»Ich habe keinen Stick. Und selbst wenn, warum sollte ich Ihnen etwas übergeben?«, erwidere ich, versuche, dabei ruhig zu klingen, auch wenn mir mein Puls bis zum Hals schlägt.

Es herrscht eine kurze Pause. Dann spricht der Mann wieder, diesmal mit einem bedrohlicheren Unterton in seiner Stimme. »Ms. Myles, es wäre in Ihrem besten Interesse, mit uns zu kooperieren. Denken Sie an Ihre Tochter und Ihre Sicherheit.«

Das Blut gefriert mir in den Adern.

»Was wissen Sie über meine Tochter?«, frage ich, die Angst um June in meiner Stimme lässt sich nicht unterdrücken.

»Genug, um zu wissen, wie wichtig sie Ihnen ist. Es wäre schade, wenn ihr etwas zustoßen würde. Sie haben 72 Stunden Zeit, den Stick zu finden und uns zu kontaktieren. Wir geben Ihnen alle nötigen Anweisungen.«

Bevor ich etwas erwidere, legt der Mann auf. Mein Puls rast, während ich auf das Smartphone starre, die Drohung hallt in meinen Ohren nach. Ich muss dringend handeln. June schläft friedlich, ahnt nichts von der Gefahr, die uns jetzt umgibt. Entschlossen greife ich wieder zum Telefon. Es ist Zeit, die Polizei einzuschalten. Meinen Kontaktmann habe ich unter Fred Meyer im Adressbuch stehen. Auf diesen Namen tippe ich nun. Nach zweimaligem Klingeln nimmt er ab.

»Hallo, wie geht es dir und dem Baby?«, fragt er statt einer Begrüßung.

»Gesundheitlich gut, aber wir müssen uns dringend, sehr dringend noch heute treffen, Fred.«

»Wie dringend?«

»Gefahrenstufe rot«, antworte ich ernst.

»Okay, gleicher Ort, gleiche Zeit?«

»Nein, ich bin nicht mehr allein. Wir nehmen das Cafè Hotspot, gleiche Zeit wie immer.«

»Alles klar«, antwortet er und legt auf.

Meine kleine June schläft noch, was mich erleichtert. Es gefällt mir nicht, dass wir schon unter Menschen gehen werden. Viel lieber wäre ich ein paar Tage mit ihr im Haus und Garten geblieben, damit wir uns aneinander gewöhnen können und ich mein Baby mit all seinen Bedürfnissen besser kennenlerne. Doch nun holt mich die jüngste Vergangenheit schon ein.

Den Stubenwagen schiebe ich vor mir her bis ins Badezimmer, wo ich mich erfrische, ein wenig Make-up auflege und meine Haare locker aufstecke.

Dann hebe ich June aus ihrem Körbchen und bringe sie in den Kinderwagen, den ich von einer Kollegin gebraucht gekauft habe. Er ist in warmen Rottönen gehalten. Die erste Spazierfahrt mit ihr habe ich mir entspannter erträumt. Aber nun, es ist, wie es ist. Sorgfältig decke ich June zu und spanne eine

Insektengaze über den Kinderwagen, um sie vor Ungeziefer zu schützen.

Zielstrebig schiebe ich June auf das Café Hotspot zu und sehe auch schon Marshall Meyer an einem Tisch sitzen. Er ist für mich im Zeugenschutzprogramm zuständig. Ich setze mich zu ihm. Wir begrüßen uns wie zwei Fremde, die nur zufällig aufeinandertreffen. Er hat eine Baseballcap auf und eine Sonnenbrille. Heute trägt er sogar einen Bart, weswegen ich zunächst nicht sicher war, ob er es tatsächlich ist. Aber im zweiten Moment habe ich ihn dann trotzdem erkannt.

Den Kinderwagen stelle ich neben mich, schiebe eine Hand unter die Gaze, um June zu berühren. Ich habe Angst um sie und davor, dass sie mir jemand entreißen könnte.

Meyer hält sein Smartphone ans Ohr und spricht – allerdings mit mir.

»Also, Sara, was ist los?«, fragt er.

Knapp berichte ich von dem Anrufer.

»Fuck!«, flucht er, leise. »Ich stelle dir sofort jemanden zur Seite. Mein Kollege, der auf mich im Auto wartet, wird dich ab jetzt nicht mehr aus den Augen lassen. Keine Sekunde lang. Sobald du zu Hause bist, fahre deinen PC hoch, dort erfährst du alles Weitere.«

»Muss ich den Kollegen kennen?«, frage ich mit klopfendem Herzen.

»Nein, er beobachtet uns schon die ganze Zeit, er wird dich zu Fuß in sicherem Abstand begleiten. Okay, ich bin dann weg«, verabschiedet er sich und steht auf.

Mir ist übel, meine Angst ist kaum zu kontrollieren. Ich sehne mich nach Adam, seine Hand, die meine hält, damit er June und mich beschützt.

Trotzdem trinke ich meinen Cappuccino, den ich bestellt habe, um möglichst unauffällig zu wirken. Danach schiebe ich den Kinderwagen nach Hause. June schläft noch immer, doch sie wird bald aufwachen und gestillt werden müssen.

Zu Hause ziehe ich den Laptop aus einer Schublade und schalte ihn ein. Kaum bin ich online, bekomme ich eine Nachricht von Meyer über ein speziell von der Polizei eingerichtetes Mailkonto. Die Mail enthält Informationen und ein Foto der Polizistin, die heute Abend ankommen wird. Sie wird sich offiziell als meine Cousine ausgeben und mir in den ersten Wochen als frischgebackene Mutter helfen. Irgendwo vor meinem Haus überwacht uns ein Polizist.

Ach Adam, ich brauche dich jetzt wirklich!

28. Adam

Irgendetwas in mir sagt, dass bald etwas Außergewöhnliches passieren wird, eine Wendung in meinem Leben. Keine Ahnung warum, aber ich habe das Gefühl, dass ich mich nicht mehr lange als David Miller verstecken und im Homeoffice am PC versauern muss. Eine nervöse Unruhe hat mich erfasst, die unter Kontrolle zu halten mir kaum möglich ist. Deshalb gehe ich nicht nur joggen, sondern schinde mich zusätzlich an den Hanteln, die ich mir schon vor Wochen besorgt habe. Ich trainiere bis zum Muskelversagen bei jedem Satz und jeder Übungseinheit. Es macht mich zwar nicht ruhiger, aber kräftiger und stärker.

Mittlerweile ist es einige Tage her, dass mir die Nachricht von der Geburt meiner Tochter überbracht wurde und ich weiß nicht einmal, wie sie aussieht, wie ihr Name lautet und wo sie mit Summer lebt. Wie es ihr wohl geht? Kommt sie allein zurecht? Hat sie in ihrem neuen Leben Freunde gefunden?

Eine Mail von Hunter trifft ein, in der steht, dass er mich dringend sprechen muss. Ein merkwürdiges Gefühl breitet sich in mir aus. Mein Instinkt sagt mir, dass es jetzt ernst wird, darum räume ich das Haus auf und packe meine wichtigsten Utensilien zusammen. Meine Papiere, das Laptop, eine Reisetasche und mein Smartphone. Alles andere in dieser Bleibe ist nur für die Zeit hier angeschafft worden – auf all das kann ich getrost verzichten.

Angespannt warte ich, bis es endlich an der Zeit ist, Hunter an unserem geheimen Ort zu treffen. Pünktlich fahre ich mit meinem unauffälligen Pkw, einem fünf Jahre alten Mittelklassewagen, zu einem Seitenweg, von dem aus ich in alle Himmelsrichtungen freie Sicht habe. Nach wenigen Minuten rollt ein weiteres Auto auf der schmalen Straße vor und hält auf meiner Höhe an. Wir fahren beide die Scheiben herunter.

»David, lass deinen Wagen hier stehen und steig bei mir ein. Du wirst bei deiner Familie gebraucht«, erklärt er mir.

Mit flauem Magen und bebenden Händen lasse ich die Scheiben wieder hochfahren, ziehe die Zündkarte, greife meine Tasche mit den wichtigen Sachen, schließe ab und steige zu Hunter auf den Rücksitz in seinem Wagen, wo Tyson bereits auf mich wartet. Augenblicklich fahren wir los.

»Wo geht es hin?«, will ich wissen.

»Das wirst du noch sehen, Adam«, antwortet Tyson. »Ich bin froh, dich wiederzusehen, aber wir haben keine leichte Aufgabe vor uns.«

»Es geht um meine Familie?«, frage ich ernst und er nickt.

»Es geht um Summer und das Baby, sie sind direkt ins Kreuzfeuer von Enrique Raminez geraten«, erfahre ich von Hunter, der uns konzentriert durch den Verkehr steuert.

»Das ist doch der Drogen-Boss, nicht wahr?«, hake ich erschrocken nach.

»Genau der, mit dem wir es seit Monaten zu tun haben. Raminez vermutet geheime Daten auf einem Stick bei Summer«, erklärt er weiter.

»Und, hat sie ihn?«, frage ich angespannt und rutsche auf die Kante des Sitzes, um Hunter besser zu verstehen.

»Ja, ihr war gar nicht bewusst, dass sie diesen USB-Stick besaß. Es handelt sich um einen versehentlichen Datentausch, der erst viel später aufgefallen ist, als Summer schon längst im Exil lebte. Raminez und seine Leute haben sie fieberhaft gesucht und leider auch gefunden.«

»Geht es ihr gut? Was ist mit unserem Baby?«

»Bis jetzt ist alles gut«, beruhigt er mich.

»Warum soll ich jetzt hinzukommen? Sind wir dann nicht besonders verdächtig?«, frage ich nervös.

»Ja und nein. Summer ist ja sowieso schon aufgeflogen.« Hunter blickt ernst, als er fortfährt.

»Adam, es ist entscheidend, dass du jetzt zu Summer und June kommst. Raminez hat seine Leute mobilisiert, und wir befürchten, dass sie versuchen werden, Summer zu zwingen, ihnen den Stick zu übergeben. Sie braucht deine Unterstützung, und du könntest auch helfen, sie zu beruhigen und zu schützen.«

»June ... meine Tochter?«, frage ich und er nickt. »Wie sicher ist ihr derzeitiger Aufenthaltsort?«, will ich wissen, während mein Puls in meinen Ohren dröhnt. *June heißt unsere Tochter*, denke ich überwältigt und aufgeregt zu gleich. Ein bezaubernder Name.

Tyson schaltet sich ein. »Wir haben sie in einer unserer sichersten sowie unauffälligsten Einrichtungen untergebracht, aber Raminez hat Ressourcen, die unsere üblichen Sicherheitsmaßnahmen durchbrechen könnten. Deine Anwesenheit dort ist strategisch. Du kennst Summer am besten und kannst ihre Reaktionen vorhersagen, was in einer Krisensituation lebenswichtig sein kann.«

»Außerdem«, fügt Hunter hinzu, »gibt es noch eine andere Ebene der Verschlüsselung auf dem Stick, die möglicherweise nur entschlüsselt werden kann, wenn wir mehr über die Hintergründe deiner und Summers Beziehung zu Raminez erfahren. Dein Wissen könnte entscheidend sein, um einige der Daten richtig einzuordnen.«

Ich nicke bedächtig, während ich versuche, das Ausmaß der Situation zu erfassen. »Und was ist, wenn Raminez zuschlägt, während ich dort bin?«, frage ich, meine Sorge um Summer und June wächst mit jedem Wort.

»Deshalb erhöhen wir die Sicherheit und bringen euch somit gemeinsam unter verstärkten Schutz. Wir planen, mit einem speziellen Einsatzteam vor Ort zu sein. Es ist riskant, Adam, aber es ist unsere beste Chance, Raminez ein für alle Mal zu stoppen und deine Familie zu sichern«, erklärt Hunter.

»Ich verstehe«, murmle ich und spüre, wie sich Entschlossenheit in mir aufbaut. »Nur die Sicherheit der beiden zählt, dafür setze ich alles ein.«

Der Wagen rast durch die nächtliche Landschaft, während ich hoffe, dass wir rechtzeitig bei Summer und June ankommen.

Plötzlich biegen wir ab und fahren auf einen Feldweg. Immer wieder drehe ich mich um, besorgt, dass wir verfolgt werden. Doch weit und breit sind keine fremden Autolichter zu sehen; wir sind allein auf weiter Flur.

Auf irgendeinem Feld wartet ein Hubschrauber auf uns, dessen Rotoren bereits kreisen, kaum dass wir eintreffen. In Windeseile greife ich meine Sporttasche samt Laptop und renne zum Helikopter. Kurz darauf heben wir ab. Obwohl ich es gewohnt bin, mit dem Heli zu fliegen, dreht sich mir heute der Magen. Die Angst um Summer und unsere Tochter droht, mich zu überwältigen. Bitte lass uns rechtzeitig bei den beiden ankommen, flehe ich im Stillen.

Eine Stunde später landen wir erneut auf einer Koppel, wo bereits ein weiterer Pkw auf uns wartet. Nach zwanzig Minuten halten wir vor einem mit einem schlichten Garten umgebenen Haus. Nervös betrete ich, flankiert von Hunter und Tyson, das Innere.

In einer hellerleuchteten großen Diele stelle ich meine Sachen ab. Hunter gibt mir ein Zeichen, einen Augenblick zu warten. Als er zurückkehrt, nickt er.

»Komm, Adam«, fordert er mich auf.

Dann betrete ich einen großzügigen, gemütlich eingerichteten Wohnraum. Auf dem Sofa sitzt Summer, und neben ihr liegt ein Baby – unsere Tochter. Meine Knie werden weich bei ihrem Anblick.

»Summer«, bringe ich mühsam heraus, denn meine Stimme versagt fast.

In ihren Augen sehe ich Erkennen und Erstaunen aufleuchten. »Adam!?« Ihre bebende Hand legt sich über ihren Mund.

Endlich löst sich die Starre in mir, und ich gehe auf sie zu, sinke vor ihr auf die Knie.

Mit einem Schluchzer beugt sie sich zu mir und umfasst mein Gesicht. »Adam«, flüstert sie, »du bist es wirklich.« Tränen rollen über ihre Wangen.

»Endlich«, entgegne ich, »endlich, ich habe es kaum ausgehalten ohne dich.« Ich ziehe sie in meine Arme, und sie schmiegt sich weinend an mich. Mein

Gesicht drücke ich in ihr Haar und atme ihren vertrauten Duft tief ein. »Ich bin so froh, endlich bei dir zu sein«, murmle ich und küsse ihre Stirn. Das Baby gibt zarte Töne von sich. Sofort sehen wir beide zu der Kleinen. Summer hebt sie vorsichtig an und legt sie in meine Arme. »Hier, Adam, das ist unsere Tochter. Ich habe ihr den Namen June gegeben. Der Name passt gut zu meinem, finde ich.«

Meine Tochter in den Armen zu halten, löst ein intensives Gefühl der Ehrfurcht in mir aus. Meine Hände zittern leicht, während ich sie ansehe.

»Es ist ein wunderschöner Name für ein wunderschönes Mädchen«, flüstere ich andächtig, unfähig, meinen Blick von ihr abzuwenden.

So zart, so winzig ... Für ein Baby hat sie ganz schön dichtes und dunkles Haar. June öffnet die Augen und sieht mich an, und mein Herz schwillt vor unbeschreiblicher Liebe und Stolz.

»Sie geht ganz nach dir«, findet Summer.

Ich lächle. »Wie kommst du denn darauf?«, will ich wissen.

»June hat deine Augenfarbe, deine Mundpartie und sie hat schon jetzt einen erstaunlich starken Willen.« Sie lacht leise und wischt sich mit ihrem Ärmel ihr Gesicht trocken.

Da hocken wir beide am Boden, zwischen uns unsere Tochter.

Mein Blick wandert von ihr zu Summer und zurück. »Ich weiß gar nicht, wie ich dir danken soll,

Sunshine. Du hast das großartig gemeistert und sie ist einfach bezaubernd – wie du.«

Bei dem Kompliment fängt June an zu weinen. Unsicher schiebe ich sie Summer in die Arme, doch sie schüttelt den Kopf.

»Steh mir ihr auf, gehe mit ihr im Raum herum – June wird sich wieder beruhigen. Sie muss sich erst an ihren Daddy gewöhnen.«

»Meinst du?« Vorsichtig erhebe ich mich, um mit meinem Töchterchen herumzugehen.

Mit großen Augen sieht sie mich dabei an und wird immer ruhiger. Daraufhin beuge ich mich zu ihr hinunter und küsse zart ihre Wangen. Mein Herz läuft über vor Gefühlen, die ich gar nicht fähig bin zu sortieren. Meine Tochter, ich bin ihr Daddy ... Die aufsteigenden Tränen unterdrücke ich mühsam. Wir sind umgeben von Hunter, Tyson und einer Polizistin, die mich alle beobachten.

Summer tritt neben mich und küsst Junes Köpfchen. »Siehst du?«, fragt sie und lächelt. »Ich glaube, sie findet ihren Daddy ziemlich toll.«

»Wenn du das sagst«, antworte ich schmunzelnd.

»Möchtest du sie noch halten oder in ihren Stubenwagen legen?« Summer schmiegt sich an meine Seite und sieht mich dabei an.

»In den Korb dort?«, hake ich nach und zeige mit dem Kinn in die Richtung.

»Ja, genau, da ist sie nahe bei uns und schläft vermutlich ein.«

»Vermutlich?«, will ich wissen und gebe mein Töchterchen sanft in das Bettchen.

Summer legt sie auf die Seite, stützt June mit einem zusammengerollten Tuch den Rücken und deckt sie zu.

»Du machst das alles, als hättest du nie etwas anderes gemacht«, staune ich, was sie zum Lächeln bringt.

»Na ja, ich muss jeden Tag lernen, wie es ist Mutter zu sein, glaube mir. Aber ich entwickle immer mehr Gespür für sie.«

Zu gern wäre ich jetzt mit meiner kleinen Familie allein. Es gäbe so viel zu reden, so viel nachzuholen …

Hunter gibt uns ein Zeichen, zu ihm zu kommen, und so setzen wir uns gemeinsam an einen Esstisch.

»Schön, dass die Familienzusammenführung geklappt hat. In den kommenden Tagen wird Raminez nichts unversucht lassen, an Summer heranzukommen, um an den Datenstick zu gelangen. Wir haben ihn schon lange genug hingehalten.« Hunter schiebt sein Smartphone vor sich hin und her. »Ich weiß, dass Sie beide jetzt Zeit bräuchten, um die vergangenen Monate aufzuarbeiten, doch dazu bleibt wenig Freiraum. Wir müssen den verschlüsselten USB-Stick entschlüsseln. Unsere Systemadministratoren sind schon dabei und kommen nicht voran.« Er schaut auf seine lederne Armbanduhr. »In einer Stunde wird einer der besten IT-Spezialisten, die wir haben, hier eintreffen. Dann werden Sie beide, Adam und Summer, ihm helfen müssen. Wie genau, das wird er Ihnen dann erzählen.«

Ich atme tief durch. »Okay, geht klar. Müssen wir sonst noch was wissen?«, frage ich und beuge mich vor.

»Nein, zu diesem Zeitpunkt nicht. Wir werden hier von einem großartigen Team bewacht. Sie sind für euch wirklich unsichtbar, aber Tag und Nacht für euch da. Tyson und Jess werden euch hier im Haus bewachen – rund um die Uhr.« Er nickt uns zu und erhebt sich vom Tisch. »Wir können uns hier in dem Haus kaum ausweichen. Aber ich würde euch empfehlen, euch die Stunde, in der wir auf unseren ITler warten, ins Schlafzimmer zurückzuziehen.« Er deutet mit seinem Blick auf den Stubenwagen. »Ich kann mir vorstellen, ihr drei könnt diese Zeit gut haben.«

Daraufhin stehen Summer und ich ebenfalls auf. Summer schiebt den Korbwagen vor sich her ins Schlafzimmer, in das ich ihr folge. Darin angekommen, sehen wir uns an.

»Adam, dich habe ich fast nicht wiedererkannt«, bekennt sie, »aber auf den zweiten Blick und aufgrund deiner Stimme wusste ich sofort, wer du bist.«

»Wird June noch ein wenig schlafen?«, frage ich sie leise und sie nickt.

»Ja, sie ist frisch gewickelt und gestillt.«

Daraufhin ziehe ich sie in meine Arme und sinke mit ihr auf das Bett.

»Summer, es gibt so viel zu reden, aber mir würde es gerade reichen, dich zu fühlen und festzuhalten«, gebe ich zu.

Sie schiebt ihr Gesicht an meinen Hals. »Mir auch, Adam, mir auch.«

Und so liegen wir engumschlungen auf dem Bett, fühlen unseren gegenseitigen Atem, unsere Herzen, die füreinander schlagen und werden uns von Minute zu Minute vertrauter; kommen uns wieder nahe, denn die monatelange Trennung gilt es aufzuholen.

Nahezu zeitlos fühle ich mich, bis ich ihr Gesicht meinem entgegenhebe und sie küsse – vorsichtig und sanft, worauf sie seufzend antwortet. Ebenso an mich herantastend, wie ich zuvor bei ihr.

»Adam«, wispert sie, »ich habe mich so sehr nach dir gesehnt, dass es mich regelrecht schmerzte.«

Wir sehen uns an und die Tränen, die in ihren Augen glitzern, rollen langsam aus ihren Augenwinkeln die Wangen hinab, wo ich sie mit meinen Daumen wegwische.

»Ich habe mich so sehr nach dir gesehnt, dass ich mich am liebsten aufgegeben hätte. Darum sehe ich jetzt aus wie ein alter Mann«, gestehe ich ihr ebenso flüsternd.

Mit leisem Schluchzer lacht sie. »Vergiss nicht, du *bist* ein alter Mann!«

Da muss ich ebenfalls lachen. »Ich gebe dir nur zum Teil recht. Aber mit dir und June an meiner Seite werde ich wieder fit und vital wie ein Dreißigjähriger.«

»Ach, Adam, versprich mir nichts, was du am Ende nicht halten kannst.« Mit einem Lächeln auf den Lippen küsst sie mich zärtlich. »Ich liebe dich, egal wie alt du bist, das solltest du wissen.«

»Jetzt weiß ich es genau. Wir waren so lange getrennt, dass ich zwischendurch schon fast die Hoffnung auf uns aufgegeben habe.« Ich küsse sie ebenfalls. »Aber nur fast, denn ich hatte so heftige Sehnsucht nach dir, dass ich kaum schlafen, kaum meinen Alltag bewältigen konnte. Ich liebe dich, Summer.«

Es klopft leise an der Zimmertür, was bedeutet, wir müssen diesen innigen Moment beenden. Bedauernd sehen wir uns an.

»Ich bin jetzt bei dir und June, ab jetzt schaffen wir das gemeinsam. Das habe ich dir schon einmal versprochen und ernst gemeint. Da wusste ich nicht, dass die Polizei uns wiederholt trennen wird. Ich schätze, wir sind jetzt auf der Zielgeraden, die uns jedoch noch einmal herausfordern wird.«

»Ja«, antwortet sie. »Wir schaffen es zusammen. Ohne dich fühlte ich mich so haltlos, weißt du?«

Noch einmal drücke ich sie fest an mich, so fest, dass sie seufzend Luft ausatmet. »Sorry, Sunshine, es ging gerade mit mir durch.«

Daraufhin schiebt sie mich lächelnd von sich und erhebt sich. Mir eine Hand reichend, antwortet sie: »Auch deine Leidenschaft hat mir gefehlt, Adam. Komm.« Ich greife ihre Hand und lasse mir hochhelfen. »Zusammen sind wir stark«, stellt Summer fest. »Magst du June hinüberschieben?«

29. Summer

»Natürlich schiebe ich meine Tochter rüber. Ich kann noch gar nicht fassen, dass ich Vater geworden bin, und es macht mich sehr stolz«, antwortet Adam und zieht den Stubenwagen vorsichtig hinter sich her.

Mein Herz wird sofort schwer, als ich Tyson, Hunter und Jess auf uns warten sehe. Am Esszimmertisch sitzt zudem noch jemand. Da er den PC vor sich hat und mit seiner Brille, blasser Haut und nachlässiger Kleidung ein wenig wie ein Nerd aussieht, vermute ich sofort, dass er der IT-Spezialist ist. Und richtig, er wird uns als Rob vorgestellt.

Rob sieht uns kurz an. »Hi«, grüßt er, »dann können wir ja anfangen.« Er greift nach dem USB-Stick und steckt ihn in einen dafür vorgesehenen Port am PC. Sofort eröffnen sich die darin enthaltenen Dateistränge. Ich sehe ihm über die Schulter. »Ich konnte Nick Foster von Anfang an nicht leiden. Er war immer unfreundlich, oft ungerecht und undurchschaubar«, denke ich an die Zeit im *Golden Beach Resort* zurück. »Niemals hätte ich gedacht, durch ihn und seine Machenschaften derart in Mitleidenschaft gezogen zu werden.«

Adam berührt meine Schulter. Ich drehe meinen Kopf zu ihm und unsere Blicke treffen sich. Mit keinem Wort kann ich beschreiben, wie glücklich ich bin, dass er jetzt bei mir und June ist. Mein Herz quillt fast über vor Liebe. Sanft küsst er meine Schläfe, und ich wende mich wieder dem Bildschirm zu, auf dem Rob versucht, eine verschlüsselte Datei zu knacken.

Eine KI ist bereits angeschlossen, aber auch sie braucht Zeit. Die unzähligen möglichen Kombinationen eines Passworts können nicht so schnell durchprobiert werden, wie wir es gerne hätten.

June fängt an zu quengeln, also nehme ich sie auf meine Arme, lege sie an meine Schulter und schmiege meine Wange an ihr warmes Köpfchen. Ich schließe die Augen und genieße den Moment – unsere kleine Intimität inmitten des Chaos. Als ich die Augen wieder öffne, treffe ich Adams Blick. Die Zärtlichkeit darin überwältigt mich fast. Es war nie mein Ziel, so jung Mutter zu werden, aber jetzt kann ich mir nichts Schöneres vorstellen. Diese Momente, in denen ich meine Tochter im Arm halte, sind die, die mir die Kraft geben, weiterzumachen.

Nachdem ich June in Adams Arme gelegt habe, und sie einschläft, setze ich mich wieder zu den anderen. Ich kann die Diskussionen über mögliche Passwörter nur am Rande verfolgen, während ich Adam und unsere kleine Tochter betrachte.

»Entschuldigt, wenn ich mich einmische. Foster war nie besonders kreativ, und die Drogen wurden doch ausschließlich bei den Partys vertickt, richtig?«, frage ich und versuche, mich wieder auf die Situation zu konzentrieren.

Hunter nickt. »Ja, die Partys waren der Hauptumschlagplatz.«

»Dann könnte sein Passwort etwas mit den Partys, den Drogen oder den Gästen zu tun haben. Nichts Kompliziertes, er war ja kein Genie. Irgendwas mit Event 2024 oder ähnliches.«

Der IT-Spezialist hebt den Kopf und tippt meinen Vorschlag ein – Fehlversuch. »Aber das ist eine gute Richtung«, stimmt er zu und überlegt laut weiter. »Wenn wir das mit einem Event oder einer Jahreszahl kombinieren, könnte es Sinn ergeben. Foster könnte so eine einfache Logik verwendet haben.«

»Vielleicht eine Zahl, die mit den VIPs oder den Jahren der Partys zu tun hat?«, schlage ich vor, während ich June sanft wiege.

»Möglich«, sagt Rob und fängt an, mögliche Kombinationen auszuprobieren. »Was ist, wenn er etwas wie HighRollers_Event_2021 verwendet hat?«

Sofort beginnt das System, das Passwort zu verifizieren – und plötzlich öffnet sich die verschlüsselte Datei. Die Erleichterung im Raum ist spürbar, als alle auf den Bildschirm starren. »Wahrscheinlich haben sie mit den Drogen-Events in 2021 angefangen«, mutmaßt Adam, der June mittlerweile in den Stubenwagen zum Schlafen gelegt hat. »Das muss direkt nach der Neueröffnung gewesen sein«, überlegt er weiter. »Mit dem Neustart wurde Nick Foster im *Golden Beach Resort* Geschäftsführer. Seine Referenzen waren 1A.«

»In welchen Hotels war er zuvor?«, frage ich ihn.

»Das habe ich ohne seine Personalakte echt nicht im Kopf«, antwortet Adam düster. »Und verdammt, ich komme nicht einmal mehr an meine Firmendaten ran.«

Hunter sieht ihn ernst an. »Nicht mehr lange und du hast alles wieder unter Kontrolle.«

»Hoffentlich.«

»Aber die Polizei muss doch an all seine Daten herankommen können, oder nicht?«, wende ich mich jetzt an Hunter.

»Ja, natürlich.«

»Detective Hunter, gab es in den vorigen Hotels oder Resorts während seiner Zeit auch Unregelmäßigkeiten?«, frage ich weiter.

»Einzelheiten behalte ich natürlich für mich, aber ja, die gab es.«

»Wirklich!«, fahre ich jetzt hoch. »Ich sitze hier in diesem beschissenen Haus, musste Schwangerschaft und Geburt ohne den Vater meines Kindes erleben, wusste die ganze Zeit nichts, außer dass ich in der Scheiße sitze!« Aufgebracht springe ich auf und laufe umher. »Und da behältst du dir Einzelheiten vor?« Jetzt baue ich mich regelrecht vor ihm auf. »Ich habe verdammt noch mal das Recht, alles zu erfahren. Wenn ihr schneller und besser eure Operation durchgeführt hättet, würden meine Familie und ich jetzt ganz bestimmt nicht hier mit euch an einem Tisch sitzen. Macht verdammt noch mal endlich euren Job!«

Aufgeschreckt von meiner lauten Wut, wimmert June leise.

»Seht ihr, was ihr gemacht habt?!«, schimpfe ich weiter und hebe June aus ihrem Bett. »Ich halte das alles nicht mehr aus!« Tränen der Verzweiflung laufen mir übers Gesicht. »Ich will das nicht mehr, ich will endlich meinen Frieden.«

Schluchzend stürme ich mit June ins Schlafzimmer und lege mich mit ihr aufs Bett. Natürlich beruhige ich sie nicht damit, dass ich ebenfalls weine. Aber ich schaffe es nicht mehr, meine aufgestauten Emotionen der letzten Monate für mich zu behalten.

»Hey, Summer«, höre ich Adam, der sich zu uns legt und mich von hinten umarmt. »Das war alles viel zu viel für dich, mh?«

»Nein, ich bin doch schon ein großes Mädchen«, widerspreche ich ihm schluchzend.

»Auch große Mädchen haben nur begrenzte Kräfte. Du hast gerade erst eine Geburt hinter dich gebracht …« Liebevoll streichelt er Junes Köpfchen, die sich langsam wieder beruhigt.

Ich rücke näher an ihn heran und flüstere: »Es tut mir leid.«

»Das muss es nicht. Du hast vollkommen zu Recht dem Detective die Leviten gelesen, Sunshine.«

»Ach, vor meine Sonnenstrahlen haben sich schon längst tief verhangene Wolken geschoben.«

»Ich werde sie zur Seite schieben, was meinst du?«

»Ach, Adam …«, wispere ich und weine leise. »Seit du hier bist, scheint alle meine Kraft zu schwinden. Ich verstehe das nicht.«

»Weil du jetzt weißt, dass ich Kraft für uns beide habe. Endlich darfst du auch mal wieder schwach sein«, beruhigt er mich sanft.

»Meinst du das ernst?«

»Ja, das meine ich ernst. Ruh dich jetzt aus. June schläft schon wieder selig und auch du solltest jetzt schlafen.«

»Und der Detective?«

»Um den kümmere ich mich.« Leider löst Adam sich nun von mir, deckt mich aber liebevoll zu und flüstert: »Schlaf jetzt, Summer.«

Kaum schließt er die Tür hinter sich, schlafe ich ein.

30. Adam

»So, Hunter, jetzt müssen wir aber miteinander reden«, sage ich, kaum dass ich den Raum wieder betreten habe. »Auf diese Weise können wir nicht weitermachen. Wir brauchen unser Leben zurück, und zwar so schnell wie möglich.«

»Setz dich«, fordert er mich auf. Ungern folge ich seiner Aufforderung. »Adam, bald werdet ihr euer Leben vollständig zurückbekommen. Du, deine Freundin und das Baby.« Er nimmt einen Schluck Wasser aus dem Glas, das vor ihm steht. »Durch den USB-Stick, den deine Freundin so lange unwissend mit sich führte, werden gerade in diesem Moment in mehreren Bundesstaaten Festnahmen vorgenommen.«

Mein Herz klopft plötzlich hart vor Aufregung. »Wirklich?«

»Ja, aber erst wenn alle führenden Köpfe gefasst sind, können wir euch endgültig in euer altes Leben entlassen.«

»Wir müssen nicht die Gerichtsverhandlungen abwarten?«, frage ich.

»Doch, natürlich. Aber wir gehen davon aus, dass es nicht lange dauern wird.«

»Wo müssen wir jetzt hin?«, frage ich heiser.

»Nach Florida, in ein traumhaft schönes Anwesen, wo du dich mit deiner Familie erholen kannst.« Ernst blickt Hunter mich an. »Ich sehe deine Enttäuschung, Adam, aber du wirst das auch noch schaffen.«

»Mir bleibt keine andere Wahl, schätze ich.«

Daraufhin zuckt er nur mit den Schultern. Was soll er mir auch sagen?

Tyson berührt mich am Oberarm. »Es tut mir leid, Adam. Wir würden euch gern sofort euer Leben zurückgeben, glaube mir. Heute Nacht bringen wir euch an euren neuen Wohnort, mit neuen Identitäten.«

Hunter tritt dazu. »Gehen Sie zu Ihrer Familie, ruhen Sie sich noch ein wenig aus, bevor Sie alles Wichtige packen. Die Sicherheitsvorkehrungen wurden mehr als verdoppelt.«

Gerade weiß ich nicht, ob mich das beruhigen soll. Mir wird klar, dass wir vielleicht in der gefährlichsten Phase der letzten Monate sind ... Aber wir sind zusammen.

31. Adam

Sechs Monate später ...

Vor dem Gerichtsgebäude stehen unzählige Reporter. Summer und ich sehen uns an. »Müssen wir da jetzt durch, Adam?«, fragt sie.

»Nein, wir können durch einen Nebenausgang gehen, wenn dir das lieber ist«, schlage ich ihr vor.

»Aber es wäre besser, wenn ich mich an die Reporter und Fotografen gewöhne, oder? Du bist eine Person des öffentlichen Lebens ...«, überlegt Summer.

»Was nicht heißt, dass ich ständig mein Gesicht in Kameras halten muss, und ich werde dich und June so gut es geht schützen.«

»Wenn wir ihnen nie Bilder liefern, werden sie besonders aufdringlich sein.«

»Wohl wahr«, antworte ich düster.

»Okay, Adam, unsere süße Maus ist in sicheren Händen bei deinen Eltern.« Sie atmet tief durch. »Ich bin bereit.«

Erleichtert sehe ich sie an. »Bist du bereit für dein neues Leben an meiner Seite?«

»Ja, das bin ich. Es macht mir ein wenig Angst.«

Ich umfasse ihre Hand fest. »Deine Angst ist verständlich, aber ich bin bei dir und lasse dich nie wieder los, Summer.«

Daraufhin sieht sie mit einem zärtlichen Blick zu mir auf. »Ich liebe dich, Adam, und kann gar nicht anders.«

»Wow, was bin ich für ein Glückspilz«, antworte ich. »Aber ich liebe dich auch.«

»Dann stellen wir uns jetzt den Reportern?« Sie lacht befreit.

»Mein Sunshine ist zurück«, freue ich mich.

»Du hast doch meine Wolken beiseitegeschoben.«

»Na dann …« Noch einmal drücke ich ihre Hand liebevoll und gemeinsam treten wir vor das Gerichtsgebäude.

Das Klicken der Kameras und die Zurufe der Reporter sind laut und kaum auszuhalten. Fotografen drängen sich um uns, rufen unsere Namen und knipsen unentwegt. Schnell ziehe ich Summer zur wartenden Limousine. Die Bodyguards bahnen uns den Weg. Kurz bevor wir einsteigen, gebe ich ihnen, was sie wünschen, drehe mich um, umfasse Summers Gesicht und küsse sie vor dem Publikum. Die Fotografen rufen noch lauter, ihre Kameras klicken wie verrückt. Dann steigen wir ein und der Chauffeur fährt sofort los.

Engumschlungen sitzen wir auf dem Rücksitz. »Wir sind wieder frei«, flüstert sie.

»Ja, unglaublich, oder? Zwischendurch dachte ich, wir würden nie wieder normal leben können.«

»Wobei ‚normal' für dich etwas anderes ist als für mich, mein Lieber.« Sie lächelt zärtlich. »Mit deinem Auftritt vor den Kameras gehörst du jetzt nicht mehr zu den begehrtesten Junggesellen des Landes.«

Ich lache leise. »Das war mir nie wichtig. Jetzt habe ich dich und June – ihr seid das Wichtigste für mich.«

Zurück in meinem Penthouse werden wir von unseren Eltern und June, die selig in ihrem Kinderwagen schläft, empfangen. Unter Tränen werden wir umarmt und gefeiert.
Mein Vater lässt Champagnerkorken knallen und wir stoßen auf unser freies Leben an. Dabei sehen wir uns die Nachrichten auf CNN an. Zuerst wird unser Kuss gezeigt, dann aus der Anklage zitiert. Es folgen Bilder aus dem Gerichtssaal. Lange Haftstrafen wurden verhängt, die großen Vermögen der Mafia beschlagnahmt und kleine Handlanger kamen mit Geldstrafen davon. Raminez und auch seine möglichen Nachfolger werden das Gefängnis nie wieder von außen sehen. Mein Cousin, der auch der CFO meines Unternehmens und ebenfalls in diese Sache verstrickt war, bekam eine empfindliche Geldstrafe verhängt. Er war im Grunde nur ein kleines Licht, war aber durch seine Vertuschungsversuche erpressbar, weswegen er immer tiefer in die

kriminellen Machenschaften hineingezogen wurde. Mein Mitleid darüber hält sich sehr in Grenzen. Durch ihn habe ich die schlimmste Zeit meines Lebens erlebt und nicht nur ich, sondern auch Summer.

Noch während des Berichts schalte ich den Fernseher aus. Ich wende mich an unsere Eltern: »Es liegen noch anstrengende Wochen vor uns, bis wir all die Erlebnisse verarbeitet haben und ich mein Unternehmen wieder selbst führe. Summer und ich dürfen endlich frei über unser Leben entscheiden. Unsere kleine Tochter, die hoffentlich von all dem Chaos nichts mitbekommen hat, wird ein wundervolles Leben vor sich haben mit der großartigsten Mutter, die sie hätte haben können.«

Während ich Summers Hände ergreife und sie ansehe, bekomme ich heftiges Herzklopfen.

»Sunshine, wir haben wirklich viel durchgestanden. Ich liebe dich für alles, was du bist und für alles, was du für mich getan hast. Ich liebe dich auch dafür, dass du mich nicht nur zum Vater gemacht hast, sondern zu einem Mann, der jetzt weiß, was Liebe wirklich bedeutet. Durch dich habe ich gelernt, sie zu fühlen, denn du hast mich an Stellen meines Herzens berührt, von denen ich nicht einmal wusste, dass sie existieren.«

»Adam«, flüstert sie gerührt, mit Tränen in den Augen.

»Und deshalb«, fahre ich fort, »frage ich dich, Summer, willst du meine Frau werden?«

»Adam, du machst mich fertig«, antwortet sie und wischt sich die Tränen aus dem Gesicht. »In meinem Herzen bist du schon längst mein Mann. Und ja, ich will deine Frau werden.« Jetzt lacht sie. »Ich will unbedingt deine Frau werden. Ja! Ja, und nochmals ja!«, ruft sie aus und strahlt mich an.

Daraufhin umfasse ich ihr Gesicht und küsse sie mit all der Liebe, die ich für sie empfinde. »Du machst mich damit zum glücklichsten Mann auf dem Planeten«, flüstere ich, woraufhin sie lächelt.

»Bisher war ich mir meiner Macht über dich gar nicht bewusst, mein Lieber.«

»Vielleicht hätte ich dir das lieber nicht so deutlich sagen sollen?«, frage ich amüsiert. »Wer weiß, wie sehr du das noch ausnutzen wirst.«

Da lacht sie befreit auf. »Jetzt, wo du es erwähnst, sollte ich vielleicht wirklich meine neuen Superkräfte testen«, spielt sie mit und zwinkert mir zu. »Vielleicht beginne ich damit, dich zu diesen schrecklichen Tanzstunden zu schleppen, die du immer vermeiden wolltest, von denen du mir mal in einer stillen Stunde erzählt hast.«

Ich hebe eine Augenbraue und tue gespielt entsetzt. »Nicht die Tanzstunden! Wie grausam kannst du sein?«

Sie kichert und schmiegt sich enger an mich. »Nur das Beste für den glücklichsten Mann auf dem Planeten, richtig? Ich erwarte, dass du bei unserem

Hochzeitswalzer deine Füße ebenso elegant wie deine Worte bewegst.«

»Herausforderung angenommen.« Ich lache, ziehe sie noch näher zu mir heran und flüstere: »Aber nur, wenn es bedeutet, dich in meinen Armen halten zu dürfen.«

Summer schaut mich liebevoll an. »Das klingt nach einem fairen Handel. Aber sei gewarnt, ich habe vor, meine Macht weise und oft zu nutzen.«

»Solange *weise* bedeutet, mich an deiner Seite zu halten, bin ich bereit, jedem deiner Wünsche nachzugeben.«

»Und was ist mit den Wünschen unserer Tochter?«, fragt sie schmunzelnd. »Wirst du sie auch alle erfüllen?«

»O Mann!«, seufze ich, »sie wird mich sowas von um die Finger wickeln, dass ich gar nicht anders kann, als ihr alle Wünsche zu erfüllen.«

»Ich liebe dich, Adam und June kann sich glücklich schätzen, den besten Daddy der Welt bekommen zu haben«, schmeichelt sie und küsst mich.

»Dürfen wir euch endlich mal umarmen, euch gratulieren und überhaupt?«, fragt mein Dad und grinst uns an.

Und dann sind wir mittendrin im Knuddeln, Küssen und Weinen, denn Tränen der Rührung können sich unsere Moms nicht unterdrücken. Erst als

June anfängt zu wimmern, schafft Summer es, sich von unseren Eltern zu lösen.

Ich sehe ihr an, wie glücklich sie ist. Kurz darauf kommt sie mit der Kleinen auf dem Arm zu mir.

»Hier, Adam, dein Töchterchen, welches ab jetzt mehr dein Leben bestimmen wird, als ich es je könnte.«

Leise lachend nehme ich ihr June ab und lege sie an meine Schulter. Meine zwei Mädels machen mich ausgesprochen glücklich.

Am späten Abend, als unsere Eltern sich verabschiedet haben und June nach dem Stillen und Baden müde eingeschlafen ist, haben Summer und ich endlich Zeit für uns.

Ich beobachte, wie sie durch die Räume des Penthouse geht und sich alles genau ansieht. Als sie an der Fensterfront des Hauptraums steht, der aus Küche, Wohn- und Esszimmer besteht, trete ich hinter sie und umarme sie.

»Ich hoffe, es gefällt dir hier, denn es wird ab jetzt auch dein Zuhause sein.«

»Adam, es ist ein Traum – alles hier. Es ist mehr, als ich mir je vorgestellt habe. Ein wenig schüchtert mich der Luxus ein«, gibt sie zu, während sie sich an mich lehnt.

»Das muss es nicht, du passt perfekt hierher. Du hast es sicherlich nicht bemerkt, aber obwohl du niemals zuvor hier gewesen bist, hast du dich vollkommen natürlich darin bewegt«, sage ich, schiebe mit einer Hand ihre langen Haare zur Seite und küsse ihren Nacken.

»Der Ausblick von hier oben ist berauschend, weißt du?«, fragt sie leise und umfasst meine Unterarme.

»Ja, ich weiß. Genau deswegen wollte ich dies Penthouse haben. Du hast noch nicht einmal die Terrasse, den Pool und den Dachgarten bewundert.«

»O mein Gott, Adam! Das ist ja unglaublich. Mir gefällt die Schlichtheit der Einrichtung, die hochwertigen Materialien, einfach alles. Hattest du einen Innenarchitekten?«

»Ja, das hatte ich. Allein wäre ich vollkommen überfordert gewesen. Mit ihm zusammen war es jedoch einfach«, erinnere ich mich.

»Aber Junes Zimmer richten wir allein ein, oder?«, fragt sie und dreht sich in meinen Armen zu mir um.

»Wie du es wünschst, Babe«, antworte ich und küsse sie.

»Mh«, macht sie, »das hast du noch nie zu mir gesagt«, stellt sie fest.

»Magst du es nicht?«

»Oh, doch, ich mag es sogar sehr«, antwortet sie und sieht mir in die Augen. »In den letzten Monaten haben wir als Paar und als Familie wirklich gut funktioniert, trotz aller Schwierigkeiten, findest du nicht? Ab heute beginnt jedoch ein neues Kapitel.«

»In dieser schwierigen Zeit habe ich jeden Tag mehr gespürt, dass du die Frau meines Lebens bist, Summer. Jetzt endlich kann ich dir meine Welt zu Füßen legen und alles mit dir teilen, natürlich auch mit June.« Ich schmunzele.

Sie küsst mich zärtlich, löst sich aus meinen Armen und nimmt mich an die Hand. Gemeinsam setzen wir uns auf die Sofalandschaft mit Blick zur Fensterfront, wo wir die Lichter der Stadt und den hell leuchtenden Mond am nächtlichen Himmel sehen.

»Bevor wir heute ins Gericht gefahren sind und nachdem du diesen Anzug angezogen hast, habe ich realisiert, dass dir dieser maßgeschneiderte Anzug außerordentlich gut steht. In diesem Moment habe ich den Mann an meiner Seite gespürt, den ich bisher noch nicht kannte. Nicht mehr den Barkeeper oder den Kerl, mit dem ich mich verstecken musste, sondern den Selfmade-Millionär, den CEO eines großen Unternehmens«, gesteht sie.

»Ehrlich gesagt, als ich vor dir stand, war ich erleichtert, endlich der Mann für dich zu sein, der ich wirklich bin.«

»Nein, das bist du nicht hauptsächlich«, widerspricht sie mir und streichelt mit zwei Fingern über mein Kinn. »Du bist vor allem der liebende, fürsorgliche Mensch, der Daddy unserer Tochter und ehrlich gesagt, du hast mich in den letzten Monaten geradezu auf Händen getragen.«

»Wow, was für eine Liebeserklärung, Babe«, raune ich tief berührt.

»Jedes Wort ist ernst gemeint«, sagt sie leise.

»Das fühle ich, und das macht mich unglaublich glücklich und sehr stolz.«

Sie kuschelt sich selig an meine Brust.

»Ich wäre jetzt dafür, unsere Verlobung eingehend zu feiern. Wir müssen dringend mein Bett einweihen.«

»Wie viele Frauen haben da eigentlich schon vor mir mit dir …«, will sie wissen und sieht mich forschend an.

Glücklicherweise muss ich ihr nichts vorschwindeln. »Keine, Babe, du bist die erste«, antworte ich also wahrheitsgemäß.

»Nein!«, stößt sie aus, »das kann ich kaum glauben.«

Jetzt lache ich. »Meinst du, ich bin so ein Schwerenöter?«

»Ja, das meine ich tatsächlich. Also?«

»Also, ich habe, kurz bevor wir in diesen Schlamassel geraten sind, ein neues Bett gekauft.«

»Warum?« Sie lässt nicht locker.

»Weil das Vorige einfach nicht so recht zu mir passte. Jetzt«, ich stehe auf und ziehe sie mit mir, »habe ich das perfekte King-Size-Bett, um dich darin zum Stöhnen zu bringen.«

»Oh!«, bringt sie hervor, bevor ich sie voller Verlangen küsse.

Mit einem Griff in ihre Haare löse ich die Aufsteckfrisur, sodass sie wie schwarze Seide über ihren Rücken fallen. Ohne meinen Mund von ihrem zu nehmen, schiebe ich sie rückwärts ins Schlafzimmer hinein. Erst vor dem Bett bleibe ich stehen, weil sie mir das Sakko von den Schultern schiebt und schon meine Krawatte vom Hals löst. Bevor ich sie entkleide, streiche ich durch ihre Haarpracht, die mich vom ersten Augenblick an ihr faszinierte – wie ihre grünen Augen, die jetzt allerdings schwarz sind vor Lust.

»Dreh dich um«, fordere ich sie heiser auf, umfasse ihre Schultern und helfe ihr. Dann schiebe ich ihre Haare auf einer Seite nach vorn, um ihren Nacken zu küssen – sanft zuerst, mehrfach, bis es sie immer wieder schauert.

Leise kichert sie. »Ich habe Gänsehaut am ganzen Körper.«

Das veranlasst mich, mit der Zungenspitze ihren Nacken entlangzufahren, bis zu ihrer Halsbeuge, wo ich sanft hineinbeiße.

Ihr leises Seufzen schießt direkt durch mich hindurch in meinen Schwanz, der freudig zuckend anschwillt.

Derweil öffne ich den langen Reißverschluss ihres Kleides am Rücken, bis es aufklafft und ich es von ihren Schultern schiebe, sodass es raschelnd zu Boden gleitet. Summer greift hinter sich direkt in meinen Schritt.

Wir stöhnen beide auf.

»In den letzten Wochen waren wir niemals allein, Babe, ich kann es kaum erwarten, mich endlich tief in dir zu versenken.«

Mein Herz hämmert hart gegen meine Rippen, während meine Hand über ihren Bauch hinab zwischen ihre Schenkel gleitet. Ihre herrlich glattrasierte Pussy fühlt sich weicher und zarter an als in meiner Erinnerung. Sie trieft vor Lust und benetzt meine Finger. Kurz löse ich mich von ihr, um mich in Windeseile meiner Klamotten zu entledigen und mich an sie zu pressen, meinen Schwanz an ihrem prallen Hintern. Aufreizend reibt sie sich an ihm.

»Wenn du nicht willst, dass ich augenblicklich über dich herfalle, Summer, dann höre lieber auf damit«, warne ich sie, umfasse ihr Kinn und drehe sie halb zu mir, um sie zu küssen.

Trotz meiner Warnung reibt sie sich weiter an mir. Oder erst recht? Dann löst sie sich von meinen Lippen und legt sich auf das weiche Bett.

»Komm, Adam, ich warte schon so lange darauf, dass du über mich herfällst«, lockt sie mich mit verführerischem Lächeln.

Sofort schiebe ich mich über sie, küsse ihren Hals und ihre üppigen Brüste. Ungeduldig wölbt sie sich mir entgegen und winkelt ihre Beine an, um mir den Weg in die Tiefen ihrer Weiblichkeit freizumachen.

»Bitte«, wispert sie, »jetzt.«

Da umfasse ich ihr Gesicht und sehe ihr tief in die Augen, während ich langsam in sie dringe. Sie ist so eng, dass ich zunächst behutsam bin und es mir zugleich fast den Verstand raubt. Genussvoll ziehe ich mich zurück und stoße zu, finde meinen Rhythmus, immer noch bemüht, uns Zeit für diesen überaus sinnlichen Akt zu geben. Zu lange ist es her, dass wir Sex hatten, viel zu lange. Und jetzt endlich tief in ihr zu sein, ihre Haut an meiner zu spüren, ihren Atem an meinen Lippen, ihre Finger, die sich in meine Bizepse krallen … Summer, die Frau meines Lebens.

»Adam«, stöhnt sie, »ich komme.«

Ihre Pussy umspannt meinen Schwanz so fest, dass mich der Orgasmus regelrecht überrollt. Unaufhaltsam und unkontrolliert stoße ich in sie, angespornt durch ihr Stöhnen, bis ich mein Gesicht an ihren Hals presse und mich tief in ihr entlade. Selbst danach höre ich nicht auf, wie ein Rasender in sie zu stoßen, bis sie kraftlos unter mir nachgibt.

»Du machst mich echt fertig, Adam«, seufzt sie und küsst mich zärtlich.

Selbst erschöpft, rolle ich mich neben Summer, um sie jedoch sofort in meine Arme zu ziehen. »Ich wusste, dass es umwerfend mit dir ist, aber es war noch viel – schöner, intensiver«, murmle ich in ihre Haare.

»Ja, es war unglaublich. Wir hatten so lange keinen Sex mehr, dass ich schon manchmal daran gezweifelt hatte, ob wir überhaupt jemals welchen hatten«, erzählt sie leise lachend.

»Nun, durch June müsstest du eigentlich Erinnerung daran haben«, antworte ich ein wenig gekränkt.

Jetzt lacht sie lauter. »O Adam! Als könnte ich unsere heißen Stunden in der WG-Villa jemals vergessen.«

»Die WG-Villa ... das ist wie aus einem anderen Leben, wenn ich daran zurückdenke«, bekenne ich.

»Ja, das war auch ein anderes Leben«, bestätigt sie und fährt mit einem Finger meine Lippen nach.

»Dann die lange Trennung von dir, Summer – ich habe gelitten wie ein Hund.«

»Ach, mir erging es nicht besser, glaube mir. Und als wir uns dann endlich wiederhatten, war ich schon Mutter und ständig die Polizisten um uns herum. Manchmal hätte ich schreien mögen.«

»Es war nicht einfach, niemals Privatsphäre zu haben. Immerhin lag Tyson nicht mit uns im Bett«, sinniere ich, was sie erneut zum Lachen bringt.

»Nein, aber dass er und seine Leute direkt vor der Schlafzimmertür standen und überall Sicherheitskameras angebracht waren, haben unsere Zweisamkeit nicht leichter gemacht.«

»Nein, das haben wir seit heute hinter uns«, seufze ich erleichtert.

Wir hören June weinen.

Sofort schiebe ich Summer von mir und stehe auf. »Bleib du nur liegen, ich sehe mal nach.« Bevor ich zu ihr gehe, mache ich einen kurzen Umweg übers Bad, greife im Vorbeigehen meinen Morgenmantel und bin mit wenigen Schritten bei June im Zimmer. »Hey, little Princess, was ist mit dir?«, frage ich leise und beuge mich zu ihr hinunter ins Bett. Da weint sie noch mehr und ich hebe sie in meine Arme.

Sie ist jetzt fast neun Monate alt und mittlerweile ein handfestes Baby geworden. Anfänglich war sie so zart, dass ich dachte, sie würde zerbrechen, wenn ich sie anfasse.

»Komm, wir gehen zu Mom, sie wird sicherlich wissen, was dir fehlt«, erkläre ich June.

Im Schlafzimmer angekommen, sitzt Summer schon im Nachthemd mit dem Rücken an das Kopfteil des Bettes gelehnt.

»Dachte ich es mir, dass ihr herkommen würdet. Wahrscheinlich fühlt sie sich ein wenig fremd in der neuen Umgebung«, empfängt sie uns und hält mir ihre Arme geöffnet entgegen.

Sanft lege ich ihr June hinein. »Meinst du, sie hat Hunger?«, frage ich und setze mich zu den beiden.

»Vielleicht«, antwortet sie und legt unser Töchterchen an ihre Brust.

Müde und wenig hungrig trinkt June, bis sie einschläft.

»Komm, das Bett ist definitiv groß genug für uns drei«, schlage ich vor, »wir haben in den letzten

Monaten so gut wie immer alle zusammen geschlafen, das wird sie vermisst haben.«

»Ja, das denke ich auch«, antwortet Summer und so kuschelt sie sich mit June in ihren Armen, direkt in meine hinein.

Glücklich und zufrieden schlafen wir ein – meine Familie und ich.

32. Summer

Neun Monate später ...

Ich stehe vor dem bodentiefen Spiegel in meinem Ankleidezimmer – ja, mittlerweile habe ich eins. Manchmal muss ich mich selbst kneifen, um mir klarzumachen, dass ich nicht träume. Ich habe unsere Mütter gebeten, mich ein paar Minuten allein zu lassen.

Heute ist unser Hochzeitstag. Heute werde ich offiziell Adams Frau.

Unsere kleine June läuft mittlerweile und hält gerade ihre Grandmas auf Trab. Noch einmal drehe ich mich im Spiegel, um mein Kleid von allen Seiten zu betrachten. Es ist bodenlang mit einer kleinen Schleppe, champagnerfarben mit zarter Perlenstickerei – schlicht, doch figurbetont. Meine Haare sind zu einem tiefen Chignon gebunden, ein paar gelockte Strähnen umspielen sanft mein Gesicht und den Hals. Ich weiß, Adam liebt diese Frisur.

Die letzten Monate waren nicht einfach für Adam und mich. Jeder von uns wurde auf seine Weise von den Ereignissen gezeichnet. Manchmal machen mich Adams Übervorsichtigkeit und sein intensives Sicherheitsbedürfnis verrückt. Aber ich verstehe ihn, und deshalb habe ich einen weiblichen Bodyguard, der June und mich in der Öffentlichkeit begleitet. Eigentlich möchte ich nur Adam als ständigen Begleiter an meiner Seite. Ich liebe ihn mehr als mein Leben.

Seitdem June laufen gelernt hat, gibt es kaum noch ruhige Minuten, sie hält uns auf Trab. Sie ist unser kleiner Sonnenschein, der uns oft zum Lachen bringt. June zeigt auf ihre kindliche Art, dass das Leben ein ständiges Hinfallen und Aufstehen ist – ein *niemals Aufgeben*.

Es klopft an meiner Tür.

»Summer?«, ruft meine Mutter. »June ist angezogen und dein aufgeregter Bräutigam wartet auch schon auf dich.«

Den ganzen Morgen war ich total nervös, sodass ich nichts essen konnte. Jetzt pocht mein Herz so heftig, dass ich einen Moment brauche, um mich zu beruhigen. Ich heirate nicht nur Adam, sondern auch sein Imperium und seinen gesellschaftlichen Status, was mir zwischendurch immer wieder Angst einjagt. Geduldig und liebevoll hilft Adam mir jedes Mal darüber hinweg, bezieht mich in alles ein und berät sogar große Entscheidungen mit mir. Er möchte mich an seiner Seite haben; als Ehefrau, Mutter seiner Tochter als Geliebte, Beraterin und Co-CEO. Dieser letzte Punkt hat mich anfangs fassungslos gemacht. Doch es war sein dringlicher Wunsch, dass ich seine Position einnehme und alles weiterführe, sollte es jemals notwendig sein.

Noch einmal atme ich tief durch und betrete den Hauptraum des Penthouse, in dem ich schon erwartet werde.

Adam übergibt June, im süßen weißen Kleid und Blumenkränzchen auf den dunklen Haaren, an seine Mutter und wendet sich mir zu. Sanft legt er seine Hände auf meine Schultern, ohne seinen Blick von mir zu lassen.

»Du weißt schon, dass du in diesem Kleid gefährlich aussiehst, oder? So gefährlich, dass ich vielleicht ein paar neue Regeln einführen muss.«

Ich lache auf und schaue ihm spielerisch in die Augen. »Neue Regeln? Und die wären?«

Adam zieht mich näher zu sich heran und flüstert: »Regel Nummer eins: Du musst mich mindestens zehn Mal am Tag küssen, damit ich sicherstellen kann, dass dieses Lächeln immer nur mir gehört.«

»Nur zehn? Das klingt machbar«, erwidere ich schmunzelnd, »aber nur, wenn du auch eine Regel befolgst.«

»Alles, was du willst, Missis-to-be«, entgegnet Adam, sein Blick voller Zärtlichkeit.

»Du musst versprechen, nie wieder, ohne mich Champagner zu trinken. Nur so können wir sicherstellen, dass alle feierlichen Momente geteilt werden.«

Adam nickt ernst, dann bricht ein breites Grinsen auf seinem Gesicht aus. »Abgemacht. Und jetzt, Ms. Fields, zukünftige Mrs. Walker, führe ich dich zu unserer kleinen, aber feinen Kirche, in der du endlich meine Frau wirst.«

Langsam schreiten wir Hand in Hand zur Orgelmusik den Gang im Mittelschiff der Kirche entlang zum Altar. Wir haben nur wenige Gäste eingeladen, um großen Rummel und einen Fotografenauflauf zu vermeiden. Selbst das Datum haben wir geheim gehalten. Der Presse werden wir ein paar Fotos verkaufen und den Erlös einem Kinderhospiz in Jacksonville spenden.

Plötzlich überkommt mich ein überschäumendes Glücksgefühl und Übermut. Ich sehe Adam an, nicke ihm zu und raffe mein Brautkleid über meinen Füßen zusammen. Er versteht sofort und Hand in Hand rennen wir zum Altar. Vor dem Reverend kommen wir lachend zum Stehen und küssen uns im Überschwang unserer Gefühle.

Als Adam sich von mir löst, wendet er sich dem Pastor zu: „Fangen Sie an, Sir, wir können es kaum erwarten, endlich verheiratet zu sein."

Amüsiert beginnt der Reverend mit der Trauzeremonie. Ich bin ehrlich; viel bekomme ich von seiner Predigt nicht mit, denn ich lasse innerlich unsere gemeinsame Zeit Revue passieren: Wie wir uns im *Golden Beach Resort* kennengelernt haben, unseren ersten Kuss, unser ‚erstes Mal' auf dem Dachboden der WG-Villa, meine unverhoffte Schwangerschaft und die erzwungenen Trennungen. Ab jetzt wird uns niemand mehr trennen.

»Daddy!«, ruft June im Hintergrund, »Mommy!« Gerade als wir beide uns nach ihr umdrehen, quetscht sie sich zwischen uns.

»Was habe ich nur für ein Glück«, sagt Adam und hebt June auf seine Arme, »da heirate ich gleich zwei bezaubernde Frauen. Ich könnte nicht glücklicher sein.« Seine Augen strahlen und seine ganze Liebe für uns steht in ihnen.

Der Priester räuspert sich. »Darf ich noch erwähnen, dass Sie die Braut jetzt küssen dürfen, Mr. Walker?«, fragt er mit einem breiten Grinsen.

Adam zwinkert ihm zu. »Aber natürlich!« Er trägt June, die ihre Ärmchen um seinen Hals geschlungen hat, auf einem Arm. Mit dem freien Arm umfasst er meine Taille und zieht mich an sich. »Ich liebe dich, Summer. Du bist die Erfüllung all meiner geheimen Sehnsüchte und Träume.«

Seine Worte lösen Tränen der Rührung bei mir aus.

»Adam, ich liebe dich«, flüstere ich. Mehr bringe ich in diesem Augenblick nicht über meine Lippen, was auch gar nicht nötig ist, denn er küsst mich voller Zärtlichkeit – bis June ruft: »Daddy! Ich auch!«

Adam und ich sehen uns lachend an. Liebevoll nehmen wir sie in unsere Mitte und küssen ihre Wangen. Der Mittelpunkt unserer Liebe ist ganz eindeutig unsere kleine Prinzessin.

Während wir uns ansehen, umarmt von Licht und Liebe, fühlen wir, dass ein *Happy End* nur der Anfang von etwas noch Schönerem ist.

Happy End

Band 3 folgt am 6.4.25
My Hidden Boss – California Dreams

Danksagung

Ein großes Dankeschön!

An euch, meine Leserinnen und Leser – ihr seid der Herzschlag hinter meinen Geschichten. Eure Begeisterung, eure Gedanken und euer Feedback motivieren mich jeden Tag, weiter zu schreiben. Zu wissen, dass meine Bücher ein Teil eures Lebens sind, bedeutet mir mehr, als Worte ausdrücken können. Danke, dass ihr diesen Weg mit mir geht.

Mein Dank gilt auch den Blogger:innen, die meine Geschichten mit so viel Liebe in die Welt tragen. Ihr seid ein unschätzbarer Teil meiner Reise, und ich bin so dankbar für euren Einsatz, eure Zeit und eure Leidenschaft.

Ein herzliches Dankeschön an Brigitte – für deine Unterstützung, deine ehrlichen Ratschläge und deine unerschütterliche Freundschaft. Du bist ein Fels in der Brandung und ein wichtiger Teil dieses Abenteuers.

Zuletzt, aber mit ganzem Herzen: Danke an meinen Mann. Dein Glaube an mich, deine Geduld und dein Lachen sind das Fundament, auf dem ich alles aufbaue. Du bist meine größte Inspiration und mein Zuhause. ❤

Von Herzen fürs Herz,

Eure Sandra

Weitere Bücher von mir

1. Septemberliebe: Forever and Ever
2. Sahneschnittchen & Erdbeerküssen 1
3. Heißer Glögg & Mandelküsschen 2
4. Evelyn: Fairy Love
5. Be mine, Valentine
6. Ein Stück vom Waffelglück
7. Be a Prinzess Today: Anthology
8. Eric Nordin: Unlimited Love
9. Nur Engel küssen besser: Sven & Leonie
10. Nur Engel fliegen besser: Johan & Jonna
11. Celtic Heart: Sehnsucht nach dir
12. Limfjord Kisses: Ins Herz gemeißelt
13. Mr. X-Mess: Kiss me, Boss
14. Mr. Peppermint: Ein Boss zum Vernaschen
15. Mr. Summersby: My incredible Boss
16. Mr. Halloween: Save me, Boss
17. Dallas Thunderhawks: Key to Bliss
18. Kisses under the Mistletoe

Hörbücher

1. Be mine, Valentine
2. Ein Stück vom Waffelglück
3. Nur Engel küssen besser
4. Mr. X-Mess: Kiss me, Boss
5. Mr. Peppermint: Ein Boss zum Vernaschen
6. Mr. Summersby: My inredible Boss
7. Mr. Halloween: Save me, Boss
8. Dallas Thunderhawks: Key to Bliss
9. My Hidden Boss – Texas Whispers (coming soon)
10. My Hidden Boss – Florida Kisses (coming soon)
11. My Hidden Boss – California Dreams (coming soon)

Neuauflagen 2025

Weitere Bücher von mir erscheinen 2025 in einer Neuauflage als Self-Publishing-Edition.

Hier eine Vorschau auf die Titel, die euch im kommenden Jahr erwarten:

1. Candice Chocolat: Nur Liebe schmeckt süßer (Candice-Chocolat-Reihe 1)
2. Candice Chocolat: Dein Anker in meinem Herzen (Candice-Chocolat-Reihe 2)
3. My Hidden Boss: Texas Whispers
4. My Hidden Boss: Florida Kisses *ganz neu*
5. My Hidden Boss: California Dreams *ganz neu*
6. Doc Heartbeat: Ian Hathaway (Chelsea-Hospital-Reihe 1)
7. Doc Heartbeat: Jean Leroy (Chelsea-Hospital-Reihe 2)
8. Doc Hearbeat: Jack Washington (Chelsea-Hospital-Reihe 3)
9. Doc Heartbeat: Christmas Special (Chelsea-Hospital-Reihe 4)
10. California INK: Under my Skin 1
11. California INK: Bound by Soul 2

Über mich

Seit September 2017 schreibe ich Liebesromane: sinnlich, knisternd, mit genügend Drama und garantiertem Happy End.

In jeden meiner Romane habe ich ein Stück von mir selbst hineingegeben. Etwas aus meinem Leben, etwas aus meinem Herzen, ein Stück meiner Seele. Manchmal ist es die Hauptmotivation der Protagonistin, meistens nur ein Teil ihrer vielen Facetten.

Aber vor allem gebe ich all meine Liebe in jeden meiner Romane. Egal, ob sie 700 Seiten lang sind oder Shortys, wie in Anthologien. Und ich bin in jeden meiner sexy Protagonisten verliebt!

Ich schreibe Von Herzen fürs Herz,
Sandra Cugier 🖤

Shine Romance – Liebesromane, die deine Seele berühren und zum Strahlen bringen.

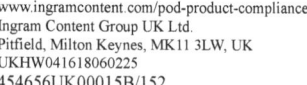 www.ingramcontent.com/pod-product-compliance
Ingram Content Group UK Ltd.
Pitfield, Milton Keynes, MK11 3LW, UK
UKHW041618060225
454656UK00015B/152